晚唱

百年江南·范小青中短篇小说集

范小青 著

四川文艺出版社

图书在版编目（CIP）数据

晚唱 / 范小青著. 一 成都： 四川文艺出版社，
2020.1
（百年江南·范小青中短篇小说集）
ISBN 978-7-5411-5523-9

Ⅰ.①晚… Ⅱ.①范… Ⅲ.①中篇小说—小说集—中
国—当代②短篇小说—小说集—中国—当代 Ⅳ.
①I247.7

中国版本图书馆CIP数据核字（2019）第211451号

BAINIANJIANGNAN FANXIAOQINGZHONGDUANPIANXIAOSHUOJI
百年江南·范小青中短篇小说集
WANCHANG

晚　唱

范小青　著

出 品 人　张庆宁
策划统筹　崔付建　陈　武
责任编辑　荆　菁
特约编辑　罗路晗
责任校对　汪　平
封面设计　叶　茂

出版发行　四川文艺出版社（成都市槐树街2号）
网　　址　www.scwys.com
电　　话　028-86259285（发行部）　028-86259303（编辑部）
传　　真　028-86259306

邮购地址　成都市槐树街2号四川文艺出版社邮购部　610031
印　　刷　山东泰安新华印务有限责任公司
成品尺寸　149mm×215mm　　开　　本　16开
印　　张　18.5　　　　　　　字　　数　210千
版　　次　2020年1月第一版　印　　次　2020年1月第一次印刷
书　　号　ISBN 978-7-5411-5523-9
定　　价　38.00元

目　录

成　长 ……………………………… 001

别了乡塘 ………………………… 074

前　景 ……………………………… 124

没有往事 ………………………… 184

晚　唱 ……………………………… 218

一　页 ……………………………… 255

成　长

一

在南方小镇杨湾一带的乡间，对女孩子的轻视这算不了什么，这是一种风俗，一种习惯，像"嫁出的女儿泼出去的水""外孙一桌，外孙女一戳"这一类的说法遍地都是，就连女孩子们自己也是这样想的。女孩子们在走过外婆家的时候她们并不走进去看一看，却是远远地用手指一戳，说，那就是我外婆家。然后就走过去了。就是这样。

在从前，杨湾乡间的女孩子家里多半是不让她们去念什么书的，后来情况不一样了，女孩子也要和男孩子一样念书，这事情是政府管着的。开始的时候悠久的风俗习惯总是和政府的要求有一些冲突，之后时间慢慢地长了，大家也知道政府要管的事是一定能管起来的，所以也就不再冲突，反正大家的经济条件也好了些，女孩子要念书让她们去念念也无妨，但是总不能让她们念得很高，一般到小学毕业就差不多了，给念到初中的那真是凤毛麟角。对于一些聪明好学的女孩子，老师很为她们中断学业中断了美好的前程而遗憾，老师也会上门去动员，但多半不起什么作用，老师也就作罢。每年老师碰到这样的事情多了去，多了也就不怎么很惋惜。说到底，在乡间教书的老师毕竟和城里的老师有所不同，他们已经学会适应许多难以理喻却又理直气壮存在着的事情。

在杨湾一带乡间，像彩红这样普普通通的女孩子能念到高中真是很不容易，但是不管怎么难，彩红她到底是把高中念完了。并不是彩红的父母亲对彩红有什么特别的偏爱，他们也和杨湾乡间的许多父母亲一样，从骨子里散发出重男轻女的思想，说到底他们也都是普普通通的农民，要求他们有高于别的农民的思想觉悟那是不现实的。可以说从彩红一生下来他们就没有怎么把彩红放在心上，彩红上面有一个哥哥，这就有了一切。当然作为父母亲来说，他们也不会不管不顾女儿的长大成人，他们在十九年中，也把彩红养育成一个像模像样的大姑娘，这是事实。他们觉得，这已经足够，女儿是一盆早晚要泼出去的水，他们完全没有必要在这盆水里花去很多的精力和投资。这样的想法，也许有一些自私，但却很适合乡情乡风，这一带的人都这样想，也就不认为有什么不好。在这样的思想的指导之下，彩红的父母对于彩红的读书问题，那也是不言而喻的。在彩红初中毕业的时候，谁都以为彩红不会再念下去了。彩红的功课是不错的，老师也是惋惜的，可是谁也没有想到要动员一个女孩子去上高中。连老师也觉得彩红的这一段人生之路到此已经可以画上一个句号，下一段的人生路也就是许许多多农村姑娘走过的路，不会有什么奇迹出现，嫁人，生孩子，到老，做婆婆，大家都是这样，彩红也会这样走过她的一生。

可是彩红却出人意料地念上了高中，毫无疑问，这里面有一个人起了关键的作用，这个人就是彩红的哥哥永明。在彩红初中毕业的时候，永明对父亲说："让彩红读高中。"

父亲愣了半天，说："你说什么？"

永明说："让彩红读高中。"

父亲说："你说得出。"

母亲也说："泼出去的水……"

永明说："你们鼠目寸光。"父亲用一种奇怪的眼神看着儿子，不说话。

永明接着说："我们这样的平头百姓人家，要想出头，总要付出一点代价。"

父亲说："出什么头？"

永明说："不做农民。"

父亲吓了一跳："不做农民，做什么？"

永明说："不做农民，做什么都好。"

父亲说："你的老子，老子的老子，你的上辈上上辈，都做的农民。"

永明说："正是这样，你不觉得我们家做农民的时间太长了些吗？"

父亲哑口无言，我们家做农民的时间太长了些，他一时不能明白儿子的意思，那么别人家呢，这村上，哪一家不是世世代代做农民呢。父亲突然想到，现在跟过去真是不同了。

永明说："我们家的事情，都在彩红身上了。"

母亲"嘿"了一声，没有说话。

永明叹了一口气，说："我这人是不行，我已经没有希望，只有靠彩红。"

父亲说："彩红是要嫁人的。"

永明说："嫁了人她还是彩红，还是我们家的女儿。"

父亲张了张嘴，过了一会儿他问："你要彩红怎么样？"

永明说："考大学。"

父亲很蔑视地看了彩红一眼，问："你自己说，你能保证考上大学吗？"

彩红看看父亲，再看看哥哥，说："我，不知道。"

永明说："那你自己说，你想不想上高中。"

彩红想了想，低声说："我，我随便。"

永明说："好啊，我在这里帮你说话，你倒想两面讨好。"

彩红说："我没有两面讨好。"

永明脸上有一种恨铁不成钢的意思，这时候父亲说："你看看，这种丫头，你帮她争什么。"

永明说："不跟你们啰唆了，话就说到这里，要让彩红上高中。"

永明一锤定音。

父母亲再没有说话。

很明显永明作为这个家庭的新生代的权威在这时候已经初露端倪。

　　至于永明在当时为什么一定要坚持让妹妹读高中，是如他自己说的他们家的希望就在彩红身上了，还是有别的什么想法，也或者是作为他自己没能上得了高中的一种补偿，这只有永明自己心里明白，父母亲不明白，彩红更是不明白。其实彩红不明白的事情很多，要说聪明好学，哥哥恐怕要胜她几倍，哥哥看的书也不知要比她多多少。彩红在读书的时候，只不过管好自己的功课而已，哥哥却是要博览群书的，可是到头来，博览群书的永明却连高中也没有考取，这对永明的打击很大，这一点彩红能够看出来。

　　彩红到杨湾镇的中学去念高中，杨湾中学的升学率一直是比较高的，在这样的学校读书，彩红应该有信心。三年的时间里彩红确实是努力的，没有偷过一点懒，该学好的她都学好。老师说，以这样的情况，只要在高考的时候临场发挥正常，你是能考上大学的。其实也不仅仅是老师有这样的看法，许多人都觉得彩红是能考上大学的。如果一个普普通通的农村女孩子，能顺顺当当地进入重点高中，那么她离大学的门槛一定不远了，大家就是这样想的。

　　这想法确实很美好也很善良，却缺少一些科学分析精神。其实在大家哄抬彩红的时候，也有人头脑始终是清醒的，那就是彩红的父亲。那时候连最看不起彩红的母亲也已经为女儿的前途心旌摇曳，幻想着以后怎么样消受女儿的福分，却被丈夫当头浇了一盆凉水，他说，你做梦。

　　彩红的父亲到底凭什么认定彩红不可能考上大学，这谁也不知道。也许他是最了解彩红的，或者他是最不了解彩红的，也或者是他骨子里散发出来的重男轻女思想蒙蔽了他的眼睛，但有一点是肯定的，彩红的父亲觉得彩红不可能考上大学这想法里绝没有什么科学的分析。彩红的父亲是一个大字识不了几个的农民，他还不懂得科学是什么，他只是凭自己的心说话罢了。在他的心底深处，就是顽固地存在着彩红不可能考上大学的想法，你拿他没办法，也不知他这想法从何而来，因何而生。还有一种可能就是在彩红出生的时候给小丫头算过一命，命中注定的事情你无法改变，但事实上家里却从来没有给彩红算过命，像彩红这样的丫头片子，根本连给她算命的必要都没有，父亲完全不必为她花去那一笔不该花的算命钱。

父亲的预言果然应验，彩红没有考上大学。

这时候乡间的工厂已经有了些趋势，虽然还没有像后来那样遍地开花，乡下已经有一些年轻人进厂做起工人来。只是他们进厂做工人，并不看他们的学历是什么，在乡间大家知道许多事情的决定因素是亲戚关系、人情关系以及其他一些复杂的和不复杂的社会关系。当彩红的父亲帮女儿到厂里去打听情况时，父亲说，我们彩红高中毕业。厂长说，我们的工作有小学水平就能做得很好了，父亲再没有别的话好说。他们家的亲戚朋友中，也不是没有掌一点小权的，只是有些人关系实在太远，而且好多年都不怎么来往，现在要进厂了，突然求到人家门上，这口真是不知怎么开才好，这话也真不知怎么才说得上。父亲找到一位做了副厂长的远房表弟，远房表弟很客气，答应把彩红的事放在心上，可是父亲也知道这种应付完全是礼节性的，是不负任何责任的。

彩红在刚刚离开学校的那一段日子，正是乡下的大忙时候，彩红帮着父母一起种地，母亲说："你看看你插的秧，什么样子。"

彩红抬头看看秧行，是不像样子，抿嘴一笑说："我真是不行了，读书读笨了。"

父亲在一边说："你还笑，你不争气。"

彩红又笑笑："我是不争气。"

她继续插秧，母亲也继续批评她，彩红在母亲的批评中把秧插得好些了。其实彩红很小的时候就跟着大人下地劳动，她并不害怕劳动。

到了中午时分，母亲回家去做饭，父亲也到树荫下去歇歇，抽烟，和别的男人说话，田里只有彩红一个人。她慢慢地插着秧，也不着急，反正总共就这一些田，插完了秧也是没事情做。有时候彩红抬起身子看看这一大片的秧田，茫茫的，心里好像有许多想法，却不知道到底是些什么想法。太阳照下来，秧田的水都是烫的，彩红的衬衣都湿了，有人走过彩红家的田，看着彩红，说："高中生，歇歇吧。"

彩红笑笑："要歇的。"

也有人说："彩红你真是可惜呀，考上大学，就不吃这苦头了。"

彩红说："是的。"

就这样彩红和家里人一起忙完了农活，彩红人也晒黑了些，歇了一日，父亲叫彩红到镇上去买些生活用品，父亲把钱给了彩红，彩红就上路了。

这一条路彩红真是走得熟透熟透的，三年高中，她就是在这条路上来来回回地走，后来有一天，她突然就告别了这条路，现在她又走过来。虽然中间也不过一两个月时间，但是在彩红的感觉上却像是有了好多年了，她甚至觉得这条路已经很陌生，彩红一路走着，心里又有了些说不清的感受。

彩红不知道，这时候命运正在她的头上看着她，后来命运发出了善意的微笑，它开始朝彩红招手，只是彩红还没有看到。

　　彩红很快到了镇上，她在走过杨湾中学校门口的时候，看到那墙上贴着高考的红榜，彩红走过去看看，她看到了一大串熟悉的名字。已经说过杨湾中学的升学率一直很高的，这一年依旧在全县名列前茅。彩红看那红榜上的名字，看到一个名字，她就想起这个同学的容貌，一切的一切又浮现在眼前，彩红心里真是有许多许多的感慨呢。她想为什么没有我的名字呢，我哪怕考上一所中专护校也是好的呀，可是她的成绩离专科成绩线还差一大截，彩红一直也不明白她怎么会考得那么差。彩红站了一会儿，她轻轻地叹息一声，已经过去的事情，彩红尽量不再去想了。彩红正要走开，突然有人在她肩上拍了一下，彩红回头看，是班上的两个女同学。这两个女生，从高一开始就是班上最差的学生，又笨又懒，老是挂红灯，老师同学都很看不起她们，她们也不在乎，两人形影不离，自称姐妹花，一个叫白牡丹，一个叫红玫瑰，一天到晚吊儿郎当的。彩红记得老师还曾拿她的例子去批评她们俩，说你们看姚彩红一个农村的女孩子能凭自己的努力念到高中，那是多么不容易，你们不要身在福中不知福。老师说这番话的时候，彩红正在想到大学里是睡上铺好呢，还是睡下铺好。彩红是在电视电影里看到那些女大学生的，她想，下铺稳当，但是上铺很新鲜，最后彩红也不知到底是上铺好还是下铺好。

　　白牡丹看了一眼红榜，回头问："姚彩红，你怎么也来看榜，你不是考得很臭么。"

　　彩红说："我不是来看榜的，我是路过这里。"

　　红玫瑰看看彩红的脸色，说："其实，这些人，你看，她，还有她——"她指着榜上的一些名字,"她们其实根本不如你学习好呢,是不是?怎么她们都考上了,你考不上?"

彩红说:"我也不知道怎么搞的,怎么会考得那么差。"

白牡丹拉着红玫瑰走开,一边说:"到底是乡下人,不经吓的,上考场就鸡头昏。"

彩红听红玫瑰说:"我看姚彩红真是可惜,不像我们……"

彩红看两个女同学走远,她又叹息一声,继续向镇上走去。其实这时候彩红如果抬起头来,她也许能看到命运的微笑,彩红就不会叹息,但是彩红她没有抬头,她一直往前走。

彩红在镇上买了东西,时间已经到了中午,彩红准备回家,在经过一家饭店的时候,她闻到了饭店里的香味,也听到饭店里的嘈杂声,彩红想这一切都和我无关,都不是属于我的,就像大学也不是属于我的一样。彩红咽了一口唾沫,她根本不可能知道这小小的饭店却是她十九岁人生的一个关键的转折点。杨湾镇上有好多条街,每条街上都有饭店,但是彩红偏偏在这一天,又是在这样一个时间,在这一条街上,走过这一家饭店,以至于给她的人生带来了很大的变化,这一切好像是早已注定了的,事实正是如此。不要忘记,从这一天起,彩红走到哪里,命运就在她的头上微笑到哪里。

如果这一天父亲没有叫彩红上街买东西,如果彩红上了街,但是她没有在杨湾中学的红榜前停留那一会儿,或者彩红在街上买东西的时候多耽搁一点时间,比如到布店看看花布,到服装店看看服装,这对一个女孩子来说完全是可能也是应该的,如果彩红不是到这一条街上买东西,而是到了另一条街上,因为父亲并没有指定彩红一定要到哪一条街上的哪一家店里买东西,所以这里面的随意性也是很大的。可是事实上却没有那么多的如果和或者，也没有那么大的随意性，彩红就是沿着命运给她确定的路线走，就是在那一天，那一个时间，走上那一条街，走过那一家饭店，于是，事情突然发生了。

就在彩红闻到了香味，听到了嘈杂声的一瞬间，从饭店里跌跌撞撞出来一个人，酒气熏天，一出门正和彩红撞了个满怀，他斜靠在彩红身上，哼哼着站也站不稳。彩红正要把他推开，定睛一看，却发现这人正是她的那个做副厂长的远房表叔，彩红连忙推他："表叔，你怎么啦？"

远房表叔睁眼看看彩红，他没有认出她来。

彩红说："我是彩红呀，你不认识我了，我是姚水泉的女儿呀。"

远房表叔又睁开眼睛看看她，嘴里含含糊糊地说："姚水泉，姚水泉……"

彩红说："表叔，你要到哪里去？"

远房表叔指指饭店："我到里面去喝，喝……"

彩红用力把远房表叔扶好，慢慢搀着他进饭店去，那一桌子的人都喝得七荤八素，看副厂长被一个女孩子搀了进来，大家起哄，要罚他的酒，彩红看远房表叔人也认不得，话也说不很清了，就说："我表叔已经不能喝了。"

大家笑，说："原来是表侄女呢，好，好，表叔不能喝，侄女代喝。"

彩红抿嘴笑，说："我不会喝，真的。"

远房表叔拉住彩红的手，说："你喝，你喝了你要什么表叔给你什么。"

彩红心想我要上大学你能给我大学吗，彩红又想我爸爸请你帮忙，你说放在心上，其实你根本没有放在心上。当然彩红也不过就是想想而已，她也不会把表叔怎么样，她也不能把表叔怎么样。

远房表叔端起一杯酒送到彩红嘴边，彩红想让开，可是她看表叔的样子，她的心就软了，她看看酒杯，是空的，笑起来，说："空的。"

表叔也笑，说："小姑娘老实。"

桌上别的人叫起来，喊老板娘加酒，老板娘过来，珠光宝气的，穿得很好，体态也很丰满，看上去就像一个老板娘，她朝彩红一笑。彩红看她很面熟，一时却想不起是哪里见过的，老板娘给杯子加上酒，对彩红说："喝吧。"

大家都盯着彩红，彩红没有办法，她一口喝了下去，准备辣得怎么样，可是过了好一会儿也没有一点辣的感觉，她突然想到那根本不是酒，是白开水，彩红惊得差一点叫起来，一眼看到老板娘正在对她使眼色，笑，彩红的脸就红起来，她听到有人说："能喝的，你看看，六十度的，下去连眉头也不皱一下。"

远房表叔也奇怪地看了她一眼，脸上有一种捉摸不透的表情。

后来彩红又在老板娘的手脚之下连喝了好几杯白开水，把一桌子的人都震住了。只听得大家说，果真如此，酒桌上要防三种人：老人、病人和女人。又说，女人上场，果真厉害。于是一个个都举手做投降状，不和彩红喝，彩红只是看着他们笑。后来终于站起来一个不服气的，向彩红挑战，彩红再找老板娘，却发现老板娘不在店堂里，大概进去端菜了，彩红眼看着那个站起来的人，拿了酒瓶在她的杯子里加满了酒，彩红心里很害怕，但又不能不喝，在众目睽睽之下硬着头皮喝下了有生以来的第一杯酒，结果呛得直咳嗽。大家看她咳得眼泪都要流下来，都说，太猛了太猛了，吃点菜，远房表叔也说："空肚子吧，快吃菜，空肚子喝酒伤身体的。"

彩红连忙吃了几口菜，又在别人的逼迫之下，喝了第二杯酒。这一杯已经和第一杯感觉很不一样了，不仅没呛着，也不觉得很辣，只是感觉到有一股滚烫的东西从嗓子里一直到肚子里，也不觉得特别的好受，也没有什么特别的难受，倒是脸上开始有点发热，大家看着她笑，说，脸红了，脸红了。

于是又争论起来，有的说脸红是不能喝酒，也有的说脸红能喝酒，说是喝红喝红，无底洞，争来争去又叫彩红喝。彩红说："不喝了，不喝了。"

大家说，你不喝，叫你表叔喝。

彩红看表叔的样子也是不能再喝了，倒是觉得自己好像还能喝一点，就站起来对大家说："对不起诸位，我表叔这几天累了，实在要喝，我代他喝了。"

大家一片叫好声，彩红又喝了几杯，杯杯货真价实，终于没有人再敢和她对阵。彩红看没有人再起哄，自己给自己斟满了酒，说："我再代表我表叔敬大家一杯，我干了，大家随意。"

坐在主位上的一位中年人一直在注意着彩红，没有说话，这时候他也站了起来，说："小姑娘，勇气可嘉，我敬你一杯。"

彩红连忙说："不敢，不敢，我是小辈，应该我敬你，先干为敬。"一边说一边抢着先喝了。

大家说，这是化工厂的刘厂长，你敬得对。

彩红肃然起敬，说："原来是刘厂长，真是有眼不识泰山，失敬失敬，我再敬一杯赔礼。"

刘厂长看着彩红的风姿，不住地点头，后来他问道："你叫什么名字？"

远房表叔刁着舌头说："她叫姚彩红。"

刘厂长笑，说："你叫姚彩红？"

彩红点头，可是她心里好像有点糊涂，谁是姚彩红，我么，我怎么是姚彩红呢。

刘厂长又问："姚彩红你念书念得不少吧？"

彩红说："高中毕业。"

刘厂长说："怪不得，就是不一样。"他说着又端起酒杯，说，"来，这一次不说谁敬谁，为了我们将来可能的合作，我们干一杯。"

彩红喝了那杯酒，只觉得飘飘然，很想说话。她不停地说了许多话，也不知道说的是不是醉话，有没有说错什么，只是看到刘厂长不住地点头，看着她笑，彩红想，我这是怎么啦。

闹了一会儿，老板娘把彩红拉到一边，说："怎么，姚彩红，不认识我啦。"

彩红说："我应该认得你的，面孔真是很熟。"

老板娘笑了，说："我变化大，你们都认不出我了，我是秀清呀，初一和你同学的。考试的时候，你还让我偷看你的考卷，你倒忘了，我可是忘不了的。"

彩红说："哎呀，就是你秀清，就是你呀。"

秀清说："也难怪记不得了，我只念了一年就不念了。"

彩红说："你走了我真是很想你。"

秀清说："也有好几年了，我很老了是吧，人家都说我有三十了。"

彩红说："主要是你烫了这种发型。"

秀清说："没有办法，在饭店做，不装扮得老一点，要被人欺负的。"

彩红说："你们家老板呢？"

秀清笑起来："他不出堂的，在灶房里做厨子。"

彩红也笑："你真是早，你比我大两岁吧。"

秀清说："我大两岁，对了，我听说你没有考上大学，真是可惜。"

彩红说："算了，不说了。"

秀清说："你其实可以重念一年，再考，我相信你能考上的。"

彩红摇摇头："我考不上。"

秀清说："有的人复习三四年，最后还是考上了呢。"

彩红说："我家里也不让我再念了。"

秀清说："不念也好，现在考大学也没有什么意思。"

彩红说："你怎么走开了，我后来都是喝的真酒了。"

秀清说："你还说呢，我出来一看，你正闹得厉害，能说会道，伶牙俐齿，比我还像个老板娘呢，我都觉得你变了，不像你了，现在看看，倒还是你。"

彩红摸摸自己的脸，笑起来。

她们正说着话，那一桌也散了，大家和老板娘告辞，说一些不三不四的话，吃吃老板娘的豆腐，秀清也不在乎。别的人也和彩红开几句恰如其分的玩笑，只有刘厂长郑重地和彩红握了握手，说："后会。"彩红也不知这是什么意思。

最后彩红的远房表叔走出来，他朝彩红看看，说了一句："回去向你爹问一声好。"就跟着大家一起走了。

这一天彩红回家晚了些，被父亲骂了几句，彩红也没有解释。

到了第二天上午，远房表叔突然来了，还带着礼，虽然不是什么很贵重的东西，但是这一份情，却叫彩红家里的人都承受不了。远房表叔告诉彩红家里人，镇上最大的厂——化工厂厂长看中了彩红，叫彩红去上班。

远房表叔的话真是没头没脑，说得彩红父母亲发愣，远房表叔看看彩红的脸色，说："怎么，你昨天回来没有告诉他们？"

彩红说："告诉他们什么？"

远房表叔说："咦，你这个小姑娘，昨天那一桌上有一个人就是化工厂的刘厂长呀。"

彩红说："我知道他是刘厂长。"

远房表叔说："你知道化工厂有多大，你知道刘厂长他们一年创造的收入要占整个杨湾镇收入的百分之四十呢。"

彩红说："我知道的。"

远房表叔说："现在人家刘厂长要请你去他们厂做事呢。"

彩红父亲说："你倒热心。"

远房表叔开门见山，说："我不能不帮他，我们厂里的料，都是靠的他们，他们的下脚货，就能支撑我们一个厂，要是没有他们，我们厂只有喝西北风。"

彩红父亲说："哪有那么好的事情，化工厂是很难进去的，他看中我们彩红哪一点。"

远房表叔说："你们自己的女儿有本事，你们都不了解，看你们做长辈的怎么做的，要不是昨天碰上我，也没有这么好的事情，彩红的酒量，大得吓死人。"

表叔把昨天的事情说了一下，彩红父亲盯住彩红看，说："怎么会，你怎么会喝酒。"

彩红抿嘴一笑，说："哪里呀，我喝的都是开水呀。"

远房表叔脸色变了，说："彩红你不能瞎说，这事情我已经跟刘厂长打了包票，他已经答应给我们二十吨。"

彩红说："我没有瞎说，老板娘是我初中的同学，她做的手脚。"

远房表叔一听，有些慌，说："既然事已如此，你只能将错就错了。"

彩红笑笑，不说话，看着父亲。

彩红父亲想了想，问："化工厂要彩红去做什么工作？"

远房表叔说："厂办文书，告诉你，最好的位置，又轻松又风光，多少人抢也抢不到，也算你们彩红转运了。"

远房表叔这话说得正是，此时此刻，命运正微笑着看着彩红，只是彩红自己毫无觉察。

事情就这样决定了，进化工厂是杨湾一带乡间许多人梦寐以求的事情，彩红的父亲他不会放弃这一次机会。决定这件事情的时候，彩红的哥哥永明不在家，如果永明在家，会怎么想呢，他是支持还是反对，这很难说。其实不管永明的态度怎么样，既然命运已经决定了的事情，一般的人恐怕是很难扭转过来的。

彩红到了化工厂才知道，其实厂办早已经有了一个文书，姓陆，是镇上一个副书记的女儿，放在那里也是摆摆样子的，厂办有不少人，放一两个人摆摆样子也算不了什么。彩红刚去的时候，只是觉得手脚都没有地方放似的，她也和小陆一样有一张办公桌，正放在小陆的办公桌对面。她在小陆冷冷地注视下，走到桌子边上，她朝小陆笑笑，小陆脸上没有什么表情。彩红觉得小陆的脸色不大好，灰灰的，眼圈下面一圈乌青乌青的，好像有什么病。

彩红小心翼翼地坐下来，她突然听到小陆开口说："你知道你是来做什么的？"

彩红不好意思地笑笑，摇摇头。

小陆冷冷地说："陪客人喝酒。"

彩红抿嘴笑，说："怎么会，我又不会喝酒。"

小陆有些鄙视地看着她，说："年纪不大，倒会说假话。"

彩红说："其实那天我喝的许多杯都是白开水。"

小陆仍然冷冷的，说："那就是喝假酒。"

彩红忍不住又笑了，说："正是的，是喝的假酒。"

小陆不再说话，只是盯住彩红又看了一会儿，慢慢地居然看出点怜悯的意思来。彩红看小陆突然不说话了，小心地说："我，应该做什么？"

小陆说："等吃饭。"

彩红其实应该明白，命运的微笑中原来却是蕴含着好多复杂的成分，但是彩红她不明白，她连命运的微笑都看不到，她更不可能看到微笑中的复杂的成分。彩红完全是在一种纯净的气氛中开始走她的人生的新的道路的。

彩红在第一天到化工厂工作，就觉得小陆像上帝一样，她坐在她的对面，时时刻刻注意着她，使彩红在无形中感受到自己面对着一股强大的力量，小陆在第一天说的话，从第一天起就开始证实。

　　一直到那一天，彩红走到秀清的饭店门口那时候为止，在十九年的人生中，彩红根本没有喝过一口酒，她根本不知道自己到底是能喝还是不能喝，酒量是很大还是很小。彩红也见到过种种人的种种酒态，有的人一喝就骂，也有的人喝了酒就哭，或者笑，也看见过喝了酒难受得痛不欲生的，也看见过喝酒快活如神仙的。彩红从来没有把自己和酒连在一起，别的任何人恐怕也不能把一个普普通通的农家姑娘和酒连起来，也许只有命运才有这样的能力吧。

　　情况正是如此，命运把彩红推到了秀清的饭店门口，让她的人生之路从那一步开始转折，从此彩红开始了她的人生的新阶段，实际上也就是彩红的喝酒生涯的开始。后来的事实证明，彩红确实是能喝酒的，这看起来是一个巧合，瞎猫抓死老鼠，完全是瞎蒙。也许还有许许多多像彩红这样的普普通通的农家女孩子都是能喝酒的，只是她们没有像彩红这样被人发现，被人误会，偏偏彩红就被撞上了。由此不难看出，在巧合的表面现象后面，彩红撞上的实在不是别的什么，而是命运。其实说起来彩红的酒量不能算很大，并不像有些人想象的那样，女人喝酒无量无限，彩红喝多了也会和男人们一样醉酒，别人所有的种种感受她也会有，只是彩红不好意思像男人那样毫无节制地甚至夸张地表现出来。彩红要是醉了酒，也不多说什么，等应付过场面，她就回家去睡觉，于是大家觉得彩红从来没有醉过酒，就是这样。当然，以彩红的那一点酒量，虽然不大，但应付一般的场面却是绰绰有余。在一般的酒席上，只要有一个姑娘站起来对别人说，来，我陪你喝，结果常常使举座皆惊，没有人敢应战；如果这时候她能先于他人喝下两三杯去，那效果一定更好。在开始的时候彩红只是听命于刘厂长，叫她和谁喝就和谁喝，她并不能喝出酒以外的别的什么感受，不能喝出快乐和悲伤，也不能喝出甜美和辛酸，对于酒，除了感受到有一点辣，别的彩红实在说不出什么体验。相信以后彩红慢慢会有一些别的感受，时间长了，彩红会从酒中喝出酒以外的许许多多的意思，这不用怀疑。还有一点也是不用怀疑的，那就是彩红在她的喝酒生涯中，注定要以假酒为主，注定要做各种手脚。这从一开始就已经有了预兆，老板娘秀清的办法只是许许多多办法中的一种罢了，雕虫小技，以后彩红在她的实践中必将不断丰富和发展喝假酒和假喝酒的技巧和水平。但是在彩红喝这些假酒的同时，她也必将喝更多更多的真酒，她的喝酒的本能，也会最大限度地被发挥和调动起来，这一点也是不用怀疑的。

　　彩红在化工厂的喝酒生涯是从她到化工厂报到的第二天就开始的。那一天中午，刘厂长过来叫她，小陆还没有下班，彩红朝小陆看看，说："你，去不去？"

　　小陆好像没有听见彩红的话，阴沉着脸，盯着一张报纸看，彩红有点尴尬，刘厂长说："小陆身体不好。"

　　彩红就跟着刘厂长向厂里的餐厅走去。一进餐厅，看到主客多位都已经就座，刘厂长道了一声歉，就把彩红安排在一位看上去文质彬彬的戴着一副金丝眼镜的男人旁边坐下，酒席就开始了。一直到酒席开始，彩红也不知道她来参加的是一次什么样的宴会，请的是些什么人，她在酒席上有些什么任务，这一切，刘厂长都不向她交代，也许刘厂长觉得彩红完全有能力应付这一切。

　　在席间彩红慢慢地知道了这些客人是他们的联营厂上海一家大化工厂的人，彩红知道这些客人对自己厂的分量，一开始彩红有些拘束，觉得手脚活动不开，也没有什么话好说。刘厂长向客人们介绍了彩红，戴眼镜的客人是联营厂一位主管副厂长，他看看彩红，说："是文书，笔杆子，对了，你们还有一位文书，是小陆，是不是？"

刘厂长说："赵厂长好记性，是小陆。"

赵厂长问："她人呢？"

刘厂长说："她身体不好。"

赵厂长说："呀，要当心，我看她也是不好的样子，脸色一直是灰灰的，不像这位姚小姐，很健康。"

彩红笑笑。

上的冷菜有十二盘，热菜有清蒸河鳗、甲鱼，都是补人的，大家笑着说，这是开十全大补汤了。

刘厂长说："十全大补，不如九九归一。"

大家又笑，说，刘厂长自己先归。

刘厂长就先喝了，别人看刘厂长喝，也都开始喝起来，一边喝一边说话，刘厂长感叹地说："想当年，我们厂刚刚办起来的时候，要想请一桌席还要偷偷摸摸，上面三天两头下来检查。"

赵厂长说："那是，三年前的事情还就在眼前呢。我记得那时候，大家满嘴说什么'酒杯一端，政策放宽，筷子一提，可以可以'，那样的话，批评不正之风。"

大家都笑，说，就是，想起来真是好笑，其实几杯酒算什么呀。

化工厂建厂初期就来帮助工作的工程师老李说："三年的变化真是很大呀，当时我到你们厂，一看，什么厂呀，就是几间破草房，心里大叫上当。现在真是不能比了，财大气粗了，要赶上我们的百年老厂了，我们的人都说我帮了别人忘了自己。"

刘厂长点头，说："我们厂的发展，全靠你们的支持，没有你们，也就没有我们。"

赵厂长说："刘厂长也客气起来。"

刘厂长说："我没有客气，完全是心里话。"

赵厂长说："有你刘厂长这样的能人，哪能办不起事情呀。"

大家说是，厂办主任也说："这倒是的，我们厂三年来，刘厂长真是吃尽千辛万苦。"

赵厂长说："那是，你们乡镇企业不是有名言的么，千辛万苦，千山万水，千言万语，千方百计，刘厂长哪一样没有尝过，对不对？不说别的，就说这九九归一，恐怕也是要不断归出新水平的吧。"

刘厂长笑，说："那是，各种度数都要应付，各种颜色都要掌握，各种方法都要运用……"

赵厂长说："刘厂长是全能冠军，我们都是很服帖的，什么一天两天不睡，三步四步都会，七两八两不醉，别的我倒也不觉得有什么了不起，打打麻将跳跳舞也算不了什么，倒是这每天七两八两不醉我是真服帖的，我真是没有办法对付的。"

刘厂长说："什么七两八两不醉，你不看我这个人，跟三年前是大不一样了，我这张脸一走出去，别人就说我是一张酒脸，还有看不见的呢，一只肝，医生说早就是酒肝了。"

大家听了都有些感慨的样子，有人叹息起来，刘厂长却仍然谈笑风生，他一边说笑，一边朝彩红看了一下。彩红端着酒杯站起来，说："我敬老大哥厂各位一杯，没有老大哥厂的支持帮助，也不会有我们厂的今天，你们随意，我干。"于是先干了一杯。

坐在彩红边上的赵厂长兴奋起来，说："果真，果真，刘厂长把姚小姐往我身边一放，我就知道姚小姐会有两下子的，果然英豪，果然英豪。"

彩红乘势说："近水楼台先得月，我就先敬赵厂长一杯。"

赵厂长也没有含糊，应战干了一杯。

彩红再敬李工程师，再敬别的客人，一一单线联系，单独作战，不断地在酒桌上掀起一个又一个的高潮。厂办主任也是第一次见到彩红喝酒，见她如此爽快，怕她不懂得自我控制，不断地向她暗示。彩红也不是不明白主任的暗示，只是她好像已经管不住了，在众人的哄闹中，彩红一杯杯地往肚里灌。

大家说，女中豪杰。

又说，面若桃花。

又说，从没见过。

彩红在酒的作用下，确实也觉得自己变了个人似的，这种感觉在秀清的饭店里有过一次，这是第二次，好像比那一次更强烈、更明显。彩红不断地喝，不断地说话，话语真是妙不可言，风趣幽默，一桌子的人她最活泼。赵厂长反复对刘厂长说，姚小姐真是难得的人才，能喝，尤其能说，我也算是有些见识的人了，像这样有口才也有说话水平的女孩子我还真见得不多。彩红听到赵厂长的话，她努力地想他是在说我吗，彩红想自己什么时候有了好口才的呢。彩红记得自己从小就是一个不会说话的孩子，小时候家里人叫她"哑巴"，进了高中以后，也一直是沉默寡言的，书面作业总是很好，可就是课堂提问回答不好，老师也曾多次提醒她，希望她能克服这方面的缺陷。彩红看到一个坐在教室里闷声不响的女孩子就是她自己，而现在这个坐在酒席上妙语连珠的人是谁呢，彩红又一次对自己产生了一点小小的怀疑。其实这也正常，酒精毕竟不是白开水，这道理其实很简单，人喝了酒总会有些或者说也应该有些不平常的想法或做法，彩红也一样。当然酒精并不能做到平等待人，对一些人来说酒精是害人的东西，他们在酒精的作用下，丧失理智，违法作乱，弄得很不成体统；但是酒精对另一些人却是一种再好不过的东西，它能使人高兴，使人振奋，使人头脑清醒，使人豁达大度，彩红就是属于这后一种情况。酒把彩红变得更漂亮，更聪明，更机智，彩红的内在的几乎所有的才能，在酒精的作用下得到了最大程度的发挥。

刘厂长深深为自己庆幸，怎么就偏偏让他碰到了姚彩红，也是他的运气，他的酒肝也到了该好好养养的地步了，彩红也许是上帝派来帮助他的呢。

彩红在刘厂长这里也过得很好，她暂时还没有感觉喝酒陪客是一种负担，她觉得她能接触这许多人是一件很愉快的事情。她看他们说话，看他们喝酒，看他们吹牛，看他们醉酒，她自己也和他们一起说话，一起醉酒，她觉得人真是很有意思的。

在彩红进了化工厂不到半年，有一次杨湾镇镇长张卫平陪着县里几位领导到化工厂检查工作。彩红早就听说过张镇长的名字，这名字是和杨湾的发展和成绩连在一起的，彩红尽管知道张镇长，但是她从来没有想到过张镇长会和她有什么关系。彩红是在张镇长陪县领导来的时候第一次见到张镇长的，她看到一群人走进餐厅，一眼就看出其中哪一个是张镇长，彩红自己也不明白，她怎么能在那许多人中一眼就看出他来的，以后很长时间她一直在想这个问题，但是她始终没有想明白。

也许这又是在她的头上微笑着的命运暗示了她吧。

那天刘厂长把彩红安排在张镇长的身边，张镇长在彩红身边坐下，朝彩红笑笑，说："你是姚彩红。"

彩红奇怪地说："你怎么知道？"

张镇长说："我早就知道你的大名。"

彩红不好意思地笑了，说："我什么大名呀。"

张镇长说："当然是大名，我今天一进来就猜出是你。"

彩红想为什么张镇长能猜出她来，就像她也是一眼就能从许多长得差不多的人中看出哪一个是张镇长，彩红想这真是奇怪。她笑了，说："我也是早听过你的大名，你一进来我就知道镇长就是你。"

张镇长开心地笑了。

虽然有县里的几位领导在场，但刘厂长还是把彩红放在张镇长身边，这无疑说明刘厂长的清醒和果断，县官不如现管，刘厂长明白。其实刘厂长如果知道这一安排的结果，他也许就不会这样做了。可惜刘厂长他不能未卜先知，于是他犯下了一个错误，虽然不是什么很严重，但毕竟将使他和他的厂蒙受一个说大不大说小不小的损失。

在张镇长来过后不久，彩红就被调到镇上去工作，也是做的文书，大家知道这是张镇长调的彩红，彩红在向小陆告别的时候，她很意外地看见小陆笑了一下，彩红忽然觉得小陆的笑原来是那么好看。

一直到这时候，彩红也还不知道命运在她的头上复杂地微笑着，彩红正是在命运之光的拂照之下从乡间走了出来，走上了通往城里去的路。

永明得知了彩红要往镇上去做事的消息。永明说："我知道妹妹会走出去的，不是这条路，自会有那条路。"

母亲也很高兴，母亲说："早知这样，也不必读什么高中，早一点让她到镇上做事，现在说不定已经转了户口呢。"

永明说："那不一样，如果妹妹不是高中生，镇上也不见得要她去呢，彩红你自己说是不是？"

彩红笑笑，说："我也不知道。"

彩红确实是不知道。命运曾经怎样摆布了她，以后还将怎样摆布她，彩红是不会知道的。

只有父亲，仍然保持着清醒的头脑，他对于彩红有希望转成镇上户口的说法持怀疑态度，他不相信彩红有一天能从他的这个农民的世家走出去。他说不出理由，就是不相信，骨子里的重男轻女思想使这个根牢果实的农民从女儿一出生就看穿了女儿的命运。

事实一定会给姚水泉的重男轻女的思想来一次重击。

二

这一年的年底彩红的哥哥结婚，嫂子是邻村的，家里条件什么也都可以，人也长得好，看上去脾气也是和顺的。据媒人介绍，做姑娘时，从来也没有和人吵闹过，连说话也不跟人大声说，低声细语，很守规矩的。彩红的父母亲对这一条是很看重的，其实说到底，在重男轻女的乡间，这样的姑娘并不少见，彩红自己也就是这样的人。虽然现在她高低也算是一个镇机关上的人了，但是在彩红家里仍然没有她的一席之地，没有她说话的余地，彩红每个月的收入，总是如数交给父亲，彩红并不以为这有什么不对，她觉得这很正常。村里许多在厂里做活的女孩子也都是这样，自己没有权力使用自己的劳动所得，好像她们根本就不知道那种权力本来应该属于自己，她们也根本没有想到有一天要去争取这种权力。彩红也是这样，不过彩红在镇上工作做长些，她的认识慢慢会提高一些。有一天张镇长看着彩红突然说，你怎么不去买件新衣服，百货商店有一件新款式，很适合你穿。彩红说，我没有钱，我的工资全部交给我爸爸的。张镇长听了，说，怎么会这样。彩红笑起来，说，就是这样的。她看张镇长摇了摇头，好像想起了什么事情，她就没有再说话。在杨湾一带乡间，女孩子最风光的时候就是在订婚和结婚这一段时间，这时候她们是天使，这时间里婆家的人会善待她们，这种善待一直维持到进门。一旦进了门，成为人家的老婆，女孩子们的风光基本上也就结束了，也有的女人看起来很凶，那也只不过是表面上厉害一些罢了，骨子里永远是要被压在男子底下的，事情就是这样。彩红的嫂子应该说是一个很和顺的人，可是不知为什么，进门以后总是跟永明合不来，常常为一点很小的事情两个人就生起气来，其实他们两个的八字事先都是请人看过了的，并不犯冲，也不知是哪里搭错了什么。

　　彩红的嫂子和哥哥有些说不清的疙瘩，但是和彩红倒是很合得来，两个人在一起也有话说，也不闹什么矛盾，所以新年里嫂子回门的时候，一定叫彩红陪她回去。永明虽然也是一起去，但是由于嫂子只和彩红说说笑笑，反倒把永明丢在了一边，看上去很冷落，不过永明好像也不在乎，他和丈人家那边的男人们说话，谈得头头是道，好像根本不是陪新娘子回门去的。这边嫂子带着彩红在一帮女人中间神气得很，嫂子告诉大家她的小姑子在镇上做事情，镇长什么，都是要看她三分面子的。女人们都很赞叹，嫂子的嫂子也许有点酸溜溜的，她看看彩红，说："倒看你不出，有这样大的本事。"

彩红的嫂子说："我们彩红高中毕业呢。"

嫂子的嫂子说："高中毕业怎么没有考大学呀？"

彩红的嫂子说："我们不要考大学，现在考大学有什么了不起，毕业了出来才几钱工资呀，我们彩红在镇上做干部，那才实惠呢。"

嫂子的嫂子咽了一口唾沫，说："彩红的相看上是蛮好的，一个乡下女孩子，做了镇上人，真是好运呢，彩红你的户口也出去呀？"

彩红正要回答，嫂子抢在前面说："那当然，在镇上做事，户口还成什么问题呀，我们彩红刚去几天，镇长就帮她农，农，那个，农什么？"

彩红笑，说："农转非。"

嫂子也笑，说："我就是不如我们彩红，农转非也说不清楚。你知道农转非是很难的，千分之几，一千个人里只有两个人可以转，有的人做了几十年工作也还没有转到呢。"

嫂子的嫂子想了想，又问："那彩红刚刚去怎么就能农转非了呢？开后门的吧。"

嫂子说："那当然，不开后门等到哪年哪月呢，我们彩红跟镇长做事，总是便宜的。"

大家说，那是，跟镇长做事，还能吃亏呀。

嫂子笑。

等后来人散了些，彩红说："你怎么说我已经转了呢，农转非真是很难的，不可能这么快的。"

嫂子说："过了年你跟镇长说说，还不是一句话呀。"嫂子一边说，一边看着彩红意味深长地笑。

彩红嘴里说着那也不能那么容易之类的话，脸却有些红起来。

她们正说着，永明进来了，看看她们，问："说什么？"

嫂子说："说彩红，农转，那个，农转……"

永明看了她一眼，说："话也不会说，农转非就农转非，农转那个什么。"

嫂子说："我是不会说话，我哪里如你呀。"

永明没有理她，回头问彩红："这事情倒是要紧事情，是不是有了什么说法？"

彩红说："哪有这么快呀。"

永明说："你不要以为你去的时间不长，就不把农转非的事情放在心上，这事情是要争取的，你知不知道？"

彩红说："我知道。"彩红在说这话的时候，她心里正在笑着呢。在放新年假的时候，镇长跟她说的话，这几天来，她一想起这些话心里就觉得暖暖的，她甚至舍不得把这些话讲出来让家里人分享分享，她要一个独自地慢慢地品尝呢。

那一天镇长特意把彩红叫过去，说彩红告诉你一个消息，你先不要跟别人说，家里人也暂时不要说，过了年来，有农转非的名额，给你先转。

彩红看着镇长真是不知说什么才好。镇长笑了，他挥了挥手，说，你走吧，回去过个开心年，这些日子也够你应付的，回去少喝点酒。

　　彩红除了知道点头，别的就不知道该怎么样了。

　　新年的几天假放完了，彩红在正月初五这天去镇上上班，她又走上了这条熟悉的路。天气很冷，有霜冻，彩红一边走一边看着路边被霜打了的桑树，她看到桑树在严寒中居然已经开始冒出新芽，彩红心里就有一种生机勃勃的感受。她觉得自己很快活，想到很快又要见到几天不见的镇机关的同事，彩红就愉快。其实彩红也明白，她心里想的并不是所有的镇机关里工作的人，也不是所有的人都能使她愉快的。彩红于是又想起了嫂子说起张镇长时那种神态，嫂子看着她的那种眼光，彩红心里就有一种异样的感觉。

　　张镇长不是杨湾本地人，他是当年的插队青年，也不是插在杨湾乡间的，而是在另一个地方，后来做了插队农村的先进，就在乡下扎了根，慢慢地做了农村的干部，经过几年的调动，后来就调到杨湾来做镇长。彩红到镇上工作的时候，张镇长已经在镇长位子上工作了一段时间，大家都觉得张镇长人也好，工作能力也强，好像就挑不出什么毛病似的。

　　张镇长能从刘厂长那里把彩红挖过来，说到底镇长也是有镇长的打算，当然这打算不大可能是为彩红考虑，只能是为了镇长自己，或者是为了镇上的工作。当时镇长和彩红谈话，彩红很愿意跟张镇长走，但她又觉得就这样跟了镇长走很对不起刘厂长。镇长听彩红这样说，他看了彩红一会儿，后来他说，刘厂长那里有我说话。彩红不作声，镇长问她你自己想不想到镇上工作，彩红说我想去的。镇长又问你想到镇上去做事，是不是因为镇上工作比在厂里有前途，彩红想了想，说我也不知道。镇长笑了起来，没有再和彩红说什么。

彩红回去把张镇长的话跟家里人说，永明问，他是不是说过有可能转户口，彩红说是说过的。永明说，那你还犹豫什么，比你在化工厂好多了，在化工厂就是有机会也轮不到你，厂里恐怕有成千的农村户口等着转，镇机关能有多少人，你的机会就大得多，而且在机关里一转就是干部编制，你怎么头脑不清呢。母亲说，她就是头脑不清，彩红看看父亲，父亲不说话，只是冷冷地哼一声，彩红不知道父亲哼的什么意思。后来张镇长直接和刘厂长说了，很顺利就把彩红调到镇上去。刘厂长在彩红走了以后很想再物色一个像彩红这样的女孩子，可是他始终没有物色到，这种事情也许是可遇而不可求的，也许在杨湾一带乡下，像彩红这样能喝上几杯的女孩子大有人在，只是厂长他碰不到她们。

应该说张镇长把彩红调到镇上的目的和刘厂长当初的目的是差不多的，张镇长自己身体不怎么好，酒量也是有限，常常为应付不了场面发愁。在化工厂他亲眼看到彩红喝酒的豪爽和气魄，一见之下，张镇长就想，要是我身边有这样一个人就好了，过了不久张镇长的这种想法就变成了现实。从一个单纯的目的出发，后来却达到了超过这个目的的效果，这不能不说是一种收获。彩红到镇上工作了半年以后，她的内在的许多潜力渐渐被发掘出来，喝酒原来只是她的许多能力中的小小的一部分罢了。

现在彩红走在通往镇上去的路上，彩红觉得四周的一切都是那么的好，连寒冷也是好的，连霜冻也是好的。

彩红在走进杨湾镇的时候稍稍犹豫了一下。她是从杨湾的西口进入杨湾镇的，从西口到镇机关，有两条路可以走，彩红稍稍想了一下，她选了一条远一点的路，没有别的什么意思，这条街，秀清在那里开了一家饭店，去年夏天，命运就是在这里开始拂照彩红的。

彩红很快走到了秀清的饭店门口，门开着，彩红没有想到要进去看一看，她只站在门前呆呆地看着，思想也不知飞到了什么地方，后来秀清出来，看到彩红在门口发愣，秀清过来，说："哟，彩红，你现在不认得我们了。"

彩红愣了一下，说："秀清。"

秀清说："镇上的大干部，眼睛长到额头上。"

彩红说："我怎么会。"

秀清说："你不要忘记当初还是我帮的你呢。"

彩红说："我怎么会忘记。"

秀清笑起来："看你呆痴痴的样子，是不是有心思了？"

彩红说："什么心思？"

秀清说："你的心思不就写在自己脸上么，你有对象了是不是？外面哪个不知道呀。"

彩红说："瞎说了。"

秀清突然笑了起来，说："我随便说说，探探你的，你真是不经吓，你看你脸也变了。"

彩红不好意思地摸摸自己的脸。

秀清说："对象什么是跟你开开玩笑的，不过你交了好运这可是真的，农转非了吧，真快。"

彩红连连摇头，说："没有，没有，哪有这么快。"

秀清研究似地看着彩红，又说："我听人家说这一次总共一个名额，是给你的，定下来了，说镇长做的主。我听了就觉得有问题，镇长他凭什么对你这么好，彩红你要当心一点呢。"

彩红说："秀清你怎么也说这种话，我怎么会。"

秀清说："这话也不是我说出来的。"

彩红说："别人的话你就相信，我的话你就不相信。"

秀清盯住彩红看了一会儿，突然叹了一口气，说："你呀，谁叫你念书念那么高的。"

彩红把秀清这句话想了想，后来她说："我走了。"

秀清笑，说："走吧，走吧，不走你心里也不好过，以后好起来不要忘记我们就是。"

彩红穿过小街就到了镇政府。政府大门前还张灯结彩挂着喜庆灯笼和彩旗，节日气氛还很浓。彩红进去碰到的人都喜气洋洋，互相道着新年好，来得早的都已谈开了，一边吃着新年食物，一边说着新年里的新鲜事情。彩红走过几间办公室，一一和大家打过招呼，就到自己办公室去。和她一起办公的是镇上搞宣传、写通讯报道的小陈，新分来的大学生，家不在杨湾，回去过年说好了要待到初十以后再来的，初十之前的工作就由彩红相帮做做，反正对小陈的一套工作，彩红也是有数，也能做好。彩红一个人坐了一会儿，听着隔壁房间的谈笑声，彩红想机关里大多的人都已经见到了，怎么不见张镇长，也没有听到他的声音。虽然张镇长的家不在杨湾，但他是镇长，不能像小陈那样一回就回十几天，放假那天说好初五一定来上班。彩红很想往最里面的办公室看看张镇长来了没有，却又觉得迈不开步子。从前彩红并不是这样的，要看镇长她就到镇长办公室去，不会有别的什么想法，仅仅过了一个年假，人就变得犹犹豫豫的了，考虑得也多起来。

彩红又干坐了一会儿，觉得很难受，她走了出来，站在走道上朝里看看。里边的那扇门开着，有光线从门里射出来，这房子朝东，光线很足，但是光线并不能说明里面有没有人。彩红站了一会儿，终于没有朝里去，她朝外面的办公室去，和大家一起聊聊天。

这边的话题正说到年初镇上要组织先进村的支部书记到深圳参观，镇上要派人带队，已经定下来张镇长去。说话间他们看到彩红，就说，彩红，准备到广东去吧。

彩红笑笑，说："怎么轮得到我。"

大家说，就是你，已经定了。

彩红说："去广州是不是乘飞机？"

大家说，那当然，跟着先进村的支部书记，有你的福享。

彩红说："我不敢乘飞机，我连火车也没有坐过。"

大家都笑，说，那更应该乘飞机了，一步登天呀。

也有人说，你怕什么，这一次张镇长带队。

这话一说，别的人都看彩红的脸，彩红的脸红起来，大家就笑，也不再继续说了。后来话题又说到先进村的几个支部书记，杨书记怎么怎么，李书记怎么怎么，正说着就听到走道里面哪一间办公室的电话铃响起来，大家听了一下，听不很清是哪一间办公室的电话，彩红说："是张镇长办公室的电话。"

大家说，还是彩红听得出，彩红你去接吧。

彩红就过去接电话，她心里有点异样，她想会不会是张镇长打来的呢？一听声音，正是张镇长，张镇长说："彩红，我知道会是你来接电话的。"

彩红说："是的。"

张镇长说："新年过得好吧？"

彩红说："好的。"

张镇长顿了一顿，说："彩红，告诉他们一下，县里明天开两干会，今天下午报到，我就不去杨湾了，直接到县里报到。"

彩红说："你要开几天会？"

张镇长说："三天。"

彩红说："好的。"

张镇长那边好像又顿了一下，最后说："彩红，去广州的事情，你知道了吧？"

彩红说："我听他们说的。"

张镇长说："好，就这样。"

彩红回过来，把张镇长的话跟几位副镇长说了，他们都问别的还有没有什么话了，彩红说没有了，又问是不是说了广州的事情，彩红摇摇头。彩红摇头的时候觉得大家都怀疑地看着她，她心里有点难受。

张镇长开完会回到镇上，离出发去广州的时间已经很近了，已经派人去上海订飞机票，张镇长突然说他另有事情走不开，提议请镇委派一名副书记带队。镇委也同意了张镇长的意见，派了陆副书记，也就是化工厂那个小陆的父亲去，于是急急忙忙又派人到上海改飞机票，总算是赶上了。

出发那一天，由镇上派专车把大家送到上海，张镇长一一和大家握手道别，祝大家顺利，和彩红握手时，张镇长说："彩红，去开开眼界。"

彩红点点头。车子开动了，彩红坐在车上看张镇长在车后朝他们挥手，一直到车子开出很远很远，彩红还能看到张镇长的身影。

这一队人都是男的，只有彩红一个女孩子，真是万绿丛中一点红。村支部书记都认为镇上这个决定很英明，以往每次出门，你看我我看你，都是些糟老头子，真没有什么看头的，现在有了一个女孩子，支部书记们都很高兴。陆书记说："你们小心，彩红的酒量可是没说的。"

支部书记们说，早有所闻，这次去广州，正好验证一下。

彩红说："不行的，其实我的酒量不大的。"

支部书记们说，小丫头，还懂谦虚呢。

陆书记说："我们说好了，不要内讧，一致对外。"

支部书记里也有去过广州的，介绍说，其实老广那边不像我们这边，来了客人非灌醉才是。他们是不劝酒的，很随意，想喝就喝，不想喝就不喝，像外国人那样，先问你一下，喝不喝，你要说不喝，就此再不给你酒喝，所以像我们这样的酒徒是千万不能假客气的。

陆书记说："你倒有了经验。"

支部书记说："我也是从教训中得来的，第一次，就因为假客气了一下，弄得三五天没喝到一滴酒，馋死了。"

彩红笑起来。

支部书记说："你不要笑，他们不请我们喝，我们自己请自己喝，到时候，就不可能不内讧了。"

彩红还是笑。

别的书记就对他说："你想吓倒姚彩红啊，不要想了吧，姚彩红要没有三下两下的，张镇长能这么看重她呀。"

这话说得大家点头称是，那个传授经验的支部书记也说："我哪里敢吓姚彩红，姚彩红你不要吓我就谢天谢地了。"

　　大家都笑得很快活，彩红看到陆书记一边笑，一边注意地看她的脸，彩红经不起他看，好像陆书记的眼睛就是 X 光线似的，能一直穿透她的五脏六腑。

　　后来有了一个空隙，陆书记和彩红说："我女儿在化工厂你认识的吧？"

　　彩红点点头，她又想起小陆苍白的脸，发青的眼圈，冷冷的神态，她说："小陆很好的。"

　　陆书记说："你不知道，她有病。"

　　彩红吓了一跳。

　　陆书记说："说起来也不能算什么大不了的病，可就是治不好。"

　　彩红说："是什么？"

　　陆书记叹息一声："晚上睡不着觉，失眠。"

　　彩红想，怪不得她的眼圈总是乌青乌青的。彩红说："晚上睡不着觉，很难受的，我有的时候也睡不着，真是难受。"

　　陆书记听彩红这样说，眼圈也有点红，他说："可是许多人都不理解，觉得她是装假，是仗着我摆摆小姐派头。"

　　彩红说："怎么会，小陆不是那样的人。"

　　陆书记说："难得你能跟她相处得不错，虽然你们在一起时间不长，她也回来说起过你，对你的印象蛮好的，这是很不容易的。你知道她长期睡不着觉，心情全变了，变得很怪，跟谁也合不来。"

　　彩红叹息一声。

　　陆书记停了一会儿，说："其实像我这样，在镇上不过做一个副书记，有什么脾头好靠。"

　　彩红说："是的。"

陆书记又说："像我这样，已经五十出头，再往上也没有什么希望了，周书记张镇长都是年富力强，彩红你说是不是？"

彩红点点头，但是她并不知道陆书记跟她说这些做什么。彩红想原来他们做干部的人心里也是有很多很多的想法呢，她从陆书记又联想起张镇长，她也不知道张镇长心里是不是也像陆书记这样对这些事情看得很重的；彩红想镇长已经是一个镇上最大的官了，虽然镇委那边还有周书记，虽然张镇长这边有些事情还是要由那边的周书记说了算，但是在级别上，张镇长和周书记是平的，分不出高下，所以如果张镇长也有和陆书记一样的想法，那么张镇长的发展就要走出杨湾镇，也许要走到县里去了。

彩红看出来陆书记好像还有什么话要说，可是她等了半天也没见他再说什么。彩红想陆书记是不是还有什么心思不好跟人说呢，她又想到小陆的失眠，会不会也有什么心思不能说才弄得这样子呢？彩红看着陆书记疲惫不堪的脸色，心里有点难受。

在飞机上彩红透过机窗看见白云在脚下飘，她忍不住呕吐起来，整个内脏翻江倒海。镇机关大家跟她开玩笑，说她一步登天。彩红在呕吐的时候她想这一步登天的滋味实在也是很不好受的。就在这时候，彩红开始感觉到在她的头上有着一种力量或是别的什么东西，这东西时时刻刻注意着她，笼罩着她，彩红突然就有了一种不踏实的感受。她努力想弄清楚那是什么，可是她没有能弄清楚，她所能做的，就是往前走，不看后面，也不看两旁，一直往前走。

在广州彩红确实是大开了眼界。支部书记们很喜欢这个同行的女孩子，他们一致认为彩红长得漂亮。其实在这之前，还从来没有人说过彩红长得怎么样，在家里母亲不高兴的时候说"不要看你那张倒霉脸"，彩红也从来没有想过自己是漂亮还是不漂亮。支部书记们后来一致认为彩红到了广州一定要买几套时装，他们自告奋勇做彩红的参谋。彩红却苦着脸说我没有钱，我出来爸爸总共给我百来块钱，要给嫂子买一块手表的。支部书记们哈哈大笑。

在回家的路上，陆书记又和彩红说起镇上的一些事情，他问了一些关于张镇长的情况，彩红都说了。后来陆书记说："其实张镇长人是很好的，是不是？"

彩红说："是的。"

陆书记顿了一下，后来他终于说："彩红你知道不知道镇长怎么突然决定不到广州了？"

彩红说："我不知道。"

陆书记朝她看看，说："你没有听说有几封信？"

彩红说："什么信？"

陆书记说："是写镇长的，不大好。反正县里收到信，大概跟镇长谈过的。"

彩红问："信上写的什么？"

陆书记叹了一口气，说："你真是不懂。反正也没有好话，不说也罢，省得要你也跟着烦心。"

彩红想了想，说："是不是因为我的事情。"

陆书记说："你还是知道的。农转非的事情，你知道农转非是一件不好惹的事情，谁惹上了都没有好果子吃。"

彩红点了点头。

彩红从广州带回来两块表，一块女式表是村支部书记送给她的，彩红拿带去的钱买了一块男表，她把女表给了嫂子。那块男表在她的口袋里放了好多天,最后彩红终于下决心把表放在了张镇长的桌子上。

张镇长那时正在看一篇文章,看到彩红把一块表给他,镇长拿起表来看了看,说:"做什么?"

彩红说:"我送给你的,我看你的表也很旧了。"

镇长愣了一下,看看自己手上的表,真是很旧了。他说:"旧虽然是旧了,可是有意义的,我和我爱人谈恋爱的时候,她送给我的,几个月没有舍得买肉吃,才省下来的。"

彩红听镇长这样说,她也愣了一会儿,站在那里不知怎么办才好。镇长看她的样子,笑了笑,说:"说什么也不能收你的东西,你现在倒是应该装扮装扮自己,在镇机关工作,样样要跟得上,衣装也要跟得上呢。"

彩红不说话。

镇长把表拿起来,交到她手里,说:"拿去吧。"

彩红收起表,心里乱糟糟的,不知是一种什么滋味,她正要走出去,镇长又叫住了她,说:"彩红,你还好吧,听说坐飞机不习惯,是不是吐了?"

彩红点点头。

镇长顿了一下,说:"我还是跟你说说,本来这一次的农转非——"

彩红张了张嘴,她看到镇长挥挥手,就没有说话。

镇长说:"有些情况比较复杂,你来的时间不长,可能还不清楚……"

彩红说:"我不要,我不要农转非。"

镇长听她这样说，倒笑起来，说："这不是你要不要的问题，该是你的就是你的，不该是你的，就不能是你的，对吧？"

彩红点点头。

镇长叹息了一下，说："还没有最后定，正在做些工作，你做好两种准备，好吗？这一次如果不行，下一次再来，反正还年轻。"

彩红再点头，她觉得镇长说得真好，意思全在里面了，她实在也没有什么说的了。

彩红从镇长那边出来，回到自己宿舍。刚坐了一会儿，就听到有人敲门，去开了门一看，原来是镇上的老丁。老丁一看到彩红，就流下两行眼泪。

彩红不知出了什么事情，慌得连忙说："老丁你怎么啦，老丁你怎么啦？"

老丁一边哭一边说："彩红，我求求你了，让我一次。"

彩红说："老丁你说什么，是不是农转非呀？"

老丁说："彩红你是好人，大家都说你心肠好，你知道我家里实在是有困难，我的老娘长期病在床上，一年光是医药费不知要花多少钱。你让我转了户口，有了公费医疗，不管怎么说，老娘的药费多少可以揩揩公家的油，现在这样下去，我真是负担不起了呀。"

彩红说："老丁，其实我没有要……"

老丁说："我知道这次有一个名额，镇长说给你的。"

彩红说："我没有要，我不要这个名额。"

老丁睁大眼睛看着彩红，问："真的？"

彩红说："真的，我没有资格农转非。"

老丁用手摸了摸眼睛，愣了好一会儿，才走了出去。

过了一日，镇长见到彩红，说："老丁去找你的？"

彩红点点头，说："老丁家里很困难，他的老母亲——"

镇长笑起来，说："彩红你真是，你以为老丁说的都是真的。"

彩红惊讶地看着镇长。镇长说："你慢慢地了解。"

镇长告诉彩红农转非的名额已经定了，既不是彩红的，也不是老丁的，是另外一个人的，镇长问彩红会不会想不通。

彩红笑了，说："我不会想不通的，我看那些村书记，他们都是乡下户口，过得比谁都好呢。"

镇长说："你能这样想，当然好，不过，有机会还是要争取的。"

彩红说："是的。"

镇长说："彩红你能正确对待我真高兴，我真怕你有想法，影响工作。你知道我们杨湾建设新区的规划上面已经批下来了，以后的工作要更紧张，应酬也更多。"

彩红说："镇长你放心，我真的没有什么想法。"

镇长点点头，说："我没有看错你。"

杨湾的新区建设果真很快就上了马，新区地点放在古运河沿岸，交通便利，环境优美，既依托着古镇，又与古镇保持一定的距离，恰到好处，吸引了许多投资者。从破土动工，到第一批标准厂房的建成，只用了两个月的时间。眼看着在一座千年不变的古镇旁，即将以惊人的速度出现一座新的城镇，真是令人振奋。

正如张镇长所说，新区建设开始后，镇上的工作更紧张，应酬也更多，到了下一年的三月份，杨湾镇举办了一次比较大的活动。为了使上面各个部门都能给杨湾的新区开绿灯，这一次主要邀请的对象是县里的一些要害部门，实权部门，像税务、工商、财政、金融、交通、供电、保险等。活动名称就叫作"桃花节恳谈会"。杨湾地方出桃花，阳春三月，正是桃花盛开的时候。

上午九点多钟，小车开始一辆接一辆地来到杨湾，镇政府门前的空地上很快就停得满满的。有好几位局长一到镇上先就嚷着要见一见杨湾镇的巾帼英雄。彩红就被拉了出来，居然博得大家的热烈鼓掌。她被一一介绍给王局李局陈局杨局，局长们几乎没有别的话跟她说，所有的话题就是说的酒，彩红就和他们一起说酒。张镇长找了个空隙，把彩红拉到一边，说："看样子今天会很热闹，你怎么样，行不行？不行就早一点走开，现在退还不迟 "

彩红说："不碍事的，你放心好了。"

镇长说："最近一阵，我看你的酒量好像不如刚来时了。是不是有哪里不好？你不要硬撑，有什么就跟我说。"

彩红说："没有什么，真的没有什么，我很好。"

镇长还要说什么，局长们都围过来，说，镇长这么急着面授机宜，一定是要放倒我们了。

张镇长说："哪里哪里，诸位神仙的量，我怎能没有数。我们姚彩红，身体不大好……"

不等镇长说完，局长们又叫起来，说，你们唱什么英雄惜美人，姚彩红的大名我们都知道，这美人是不让须眉的，用不着你镇长怜香惜玉，要怜要惜我们也会，保证做得不比你差。

镇长笑着说："那是，那是。"

到最后一位该到的人物到来的时候，已经十点多了，众人只在会议室里稍坐一会儿，喝了些茶，就到吃饭时间，重场戏由此拉开大幕。

席间大家果然兴致益然，采纳了彩红提议的划拳喝酒、转勺子喝酒。猜火柴喝酒等办法。这样闹了一阵，局长们才发现上了当，但是又不知是什么原因，每次都轮不到彩红。大家说不公平，说彩红做了手脚。彩红只是笑，说："说我做手脚，你们没有证据。"于是专门换了人来监督，还是轮不到彩红。最后就提出再换方法。税务局局长提出来大家念喝酒顺口溜，轮到谁，念不出就罚酒。大家一致赞成，就开始了。

感情深，一口闷。

感情浅，舔一舔。

唱反调的说，只要感情深，不管假与真。

又说喝酒的几部曲，第一部和言细语，第二部花言巧语，第三部胡言乱语，第四部一言不语。

再说，工作要抓紧，喝酒要宽松。

三种全会（白黄啤），肠胃（常委）通过，永醉（垂）不休。

又说，早上做相公，中午做关公，晚上做济公。

说，革命老酒天天醉，喝坏了党风喝坏了胃。

说，生命不息，老酒不止。

说了许多许多，还是难不倒彩红。有人说，姚彩红，真是拿你没办法。另外的人就说，你不知道姚彩红是干什么的，酒上面的事还能难倒她？这话得到一致的赞同，看起来对姚彩红这样的人，也只有放弃彩红，把目标对准书记镇长。镇委周书记是有挡箭牌的，他一喝酒就皮肤过敏，这一块牌子往前挡，别人也拿他没办法，于是只剩下张镇长一人挑重担。

当然最后的担子还是由姚彩红挑起来，这是从一开始就已经决定了的。这时候彩红还不知道，在她以以一当十的气势应付些酒场老手的时候，她已经被一个人注意上了，这个人是随着局长们一起来的，是一位记者。他的报纸是一张很小的微不足道的报纸，所以大家并没有怎么注意他的存在，这样倒使记者有了注意和观察众人的很好的条件。他本来并不是来注意姚彩红的，他在到杨湾之前还根本不知道有姚彩红这样一个人，但是现在他已经把姚彩红深深地印在脑子里，记在心上了。以后的事实将会证明，有时候小报记者的能量是超常的。

活动顺利结束，结果和镇领导事先期望的完全一致，杨湾镇在这一次活动中得到许多好处。不过，杨湾也不是没有一点损失的，第二天彩红就进了医院。当然这一点点损失和杨湾镇在这一次争取到的经济发展中的许多优厚条件比起来，实在是算不上什么的。镇领导都先后看望了彩红，这对彩红来说已属多余。

镇长看着躺在医院挂盐水的彩红，他的眼圈有点红。他说："我本来应该让你走开，我知道这一次是……"

彩红说："你调我过来，不就是要我做这个工作的么，怎么能走开呀。"

彩红说这话的时候，她好像感觉到有一丝凄伤的意思从镇长脸上掠过去，彩红心里也跟着动了一下。

镇长摇了摇头，说："我真是有点后悔把你调过来。"

彩红笑笑，说："其实一样的，不调过来，我在厂里也是一样。"

镇长摇了摇头："要是你也不到厂里去，那就不一样。"

彩红说："那是，要不是刘厂长把我弄出来，我就是在乡下种种田了，或者到哪个村办厂做做，跟现在是不一样的。"

但是彩红她毕竟已经出来了，她毕竟已经走出了乡下，一直守在她头上的命运早已经给她安排好了这一条路，谁也拗不过命运的安排，彩红也是如此。命运既然已经安排彩红走这一条与一般的乡下女孩子所不同的路，那么彩红她也只能这么走下去，永远也不可能退回去，也不可能再和乡下别的女孩子一样了。

镇长想了想，问彩红："你觉得那样好，还是现在这样好？"

彩红也想了想，说："我也不知道，你说呢？"

镇长轻轻地笑了一下，说："我也不知道怎么才好。"

彩红也笑了，她的胃痛得很厉害，但她还是笑了。

镇长看着彩红的笑意，他想到医生说的话，镇长心里有一种说不清的滋味。

<h2 style="text-align:center">三</h2>

到了这年秋天，来了一位回乡探亲的台湾老板，在安排接待工作时，镇长没有把彩红放进去。

隔日镇长对彩红说："你回家忙秋收吧，这一次不安排你了。"

彩红说："如果需要，我可以跟我爸爸商量……"

镇长说："不要了，你回去就是。"

彩红看着镇长，她觉得镇长很瘦，想说几句要他保重的话，却又不知怎么说出口。

镇长眼睛盯着桌子上的材料，不看彩红，说："农转非的事情，这一次帮你解决了。"

彩红愣了一下，她说："其实，其实，我也不一定，镇上还有其他人——"

镇长说："这和你没有关系，我们会做工作的。"

彩红点了点头，她看着镇长，觉得心里有好多话要跟他说说。她想如果这时候镇长让她坐下来，她一定要把那些说不清的话好好地说出来。可是镇长并不叫她坐下来，他朝她笑笑，挥了一下手说："你去吧，帮家里忙完了再出来。"

彩红走了出来，她心里空落落的。

彩红回家帮助家里收稻，在割稻的时候，她不小心把手割破了。父亲看见了，板着脸骂："你怎么回事？你连稻也不会割了，你真像个干部了。"

嫂子帮她包好伤口，说："真是的，怎么到现在还不农转那个呀。"

父亲说："她有那个命？"

嫂子说："你们张镇长，怎么说话不算数。"

彩红说："谁说话不算数？"

嫂子笑起来："又不说你，你急什么。"

彩红说："我没有急。"

嫂子说："你脸上急了。"

彩红摸摸自己的脸。

嫂子笑得很古怪。

父亲生气地"咳"了一声，说："嚼什么舌头，做。"

大家不再说话。

休息的时候，彩红躺在田埂上，她看着天空中慢慢飘过的云，她想起了从前的一些事情。她小的时候和哥哥一起在田里挑马兰头，哥哥跟她讲许多书里看来的事情，她总是听得不明不白。现在彩红再回想从前的事情，就像在眼前似的，很近很近。彩红在田埂上躺了很久很久，后来在父亲的吆喝声中她爬起来继续割稻子。

第二天下晚的时候，彩红还没有收工，看到镇上的通讯员小赵骑着自行车过来，老远就大声喊彩红，说镇长叫她马上到镇上去。

父亲听了说："不是放农忙么，又来催魂。"

彩红看看父亲的脸色，没有回小赵的话，也没有动弹。

父亲说："这时候叫你去，有什么要紧事情？"

彩红说："大概是来了客人。"

父亲"哼"了一声，不再说话。

彩红握着镰刀呆呆地站着，小赵喊过话也不多停留，已经走远去了。

父亲继续弯腰割稻。过了一会儿，他直起腰来，看彩红还站着，说："站着做什么，等天上掉东西？叫去你就去。"

彩红说："我去了。"

她放下镰刀，拍拍身上的泥土，小心地跨过割下来的稻子，走到了田埂上。

父亲突然说："你就这样去？"

彩红看着父亲。

父亲说："一身的脏，大姑娘家，怎么好意思？回去换件衣服。"

彩红听了父亲这话，突然觉得眼睛酸酸的，她点点头，赶紧走了。

到了镇上，张镇长正在等她，见她来了，镇长说："来得真快。"

彩红说："是不是有客人来？"

镇长说："那位台湾老板，还是要你出来一起接待。"

彩红看着镇长。

镇长说："我了解过了，台湾老板身体不好，年纪也大了，滴酒不沾，看到酒就头疼，吃饭桌上不能摆酒。"

彩红"哦"了一声。

镇长说："所以我叫你出来。"

彩红点了点头，没有再说话。

彩红跟着镇长连夜去把台湾老板接回来了。

这一次的接待任务完成得很好，老先生很满意，尤其是彩红待人接物的态度，给老先生的印象非常深刻。老先生甚至提出来要收彩红做干女儿，一会儿又说要出高价聘请彩红做他的秘书。彩红不知道老先生是随口说说，还是真有这样的意思，每次提起来，彩红就设法打岔，几次下来，弄得老先生有点不高兴，但故乡人的真情诚意到底还是打动了老先生，最后谈判很顺利，双方皆大欢喜。

送走了台湾老板，镇长找彩红去，问她："老先生说要收你做干女儿，你怎么，不愿意？"

彩红笑了，说："当真呢。"

镇长说："我看老先生是认真的，你也许失去了一次好机会，要是真做了台湾老板的干女儿，你真是要什么有什么了。"

彩红又笑："哪能呢，我哪有那样的福气。"

镇长认真地朝彩红看了一会儿，最后说："这是你爹的口气么。"

彩红听了镇长这话，笑了一下。

彩红的笑完全是出于内心的，她并不是应付什么，她没有说假话，彩红真是觉得自己没有做台湾老板干女儿那样的份。都知道彩红的父亲对于彩红的发展始终都是抱着怀疑的态度，这已经不是什么奇怪的事情，但是如果谁能窥探一下彩红的内心，也许能看出来，其实在彩红自己的心底里，对自己的一切从来不曾有过很大的抱负，也没有什么特别的想法，彩红只是按照命运指给她的路往前走。

问题是谁也看不到彩红的内心，就连彩红自己也是不能很明白的。

在这样的时候，如果彩红能抬头看一看，她就会看到微笑着的命运正在收敛它的笑意，但是彩红既然没有看到过命运的微笑，那么她也同样看不到命运的另外一种嘴脸。彩红仍然和以前一样，对命运一无所知，既没有被命运宠爱的幸福，也没有被命运控制的恐惧。她将一如既往，慢慢地，一步一个脚印往前走，她也许不知道前面是什么，她也不一定要知道前面是什么。

深秋时候，来了位记者，正是阳春三月随着局长们一起到杨湾的那位小报记者。这一回记者在杨湾一住就是好多天，到处打听情况，到处搜集素材。镇上的人想反正不过是张很小的报纸的记者，给他弄点情况去也没有什么大不了的，再说记者在杨湾白住白吃白喝，想来最后总不会给杨湾捅什么大娄子。这样一想，镇上的领导也就不怎么注意记者，该他吃的由他吃，该他拿的也不忘了他，别的就随他去。

记者在深秋的一个早晨来到杨湾镇，他走进镇政府机关，踏上那一条长长的走道，看到机关里的人都在忙着，谁也没有空闲注意他一下。记者叹了一口气，继续向走道深处走去，他在一间办公室门前停下来，他看见里面坐着一个年轻的姑娘，他突然想起这就是那一回在他心里留下了很深印象的姚彩红。记者也许是凭着他的职业的特殊的敏感早已觉得这姑娘身上有一种特别的气质，记者想，我一定能在这个姑娘那里得到一些东西。以后的事实证明，记者的想法很有道理。

彩红看到门口站着一个年轻人，她对他笑，说："你找谁？"

记者跨进门去，拿出了他的记者证，说："我是记者。"

虽然记者来得很多，但彩红并没有对记者产生厌烦的感觉，她看记者小心翼翼的样子，她想记者们也真是很辛苦很难。她笑笑说："是记者，请坐。"

记者在彩红这里坐了下来，那时候彩红还不知道记者这一坐会坐出个什么结果，记者心里也许已经有了比较确定的计划，也许暂时还没有什么明确的打算，但是记者决心把目标放在彩红身上这已经毫无疑问。

彩红问记者："你是第一次到我们杨湾来吧？"

记者笑着说："这是第二次，第一次我就注意到你了。"

彩红不好意思地笑了一下，又问："你是采访哪方面情况的？"

记者笑起来，说："其实我也没有什么明确的采访对象和采访内容。我们是一张很小的报纸，没有什么影响，你们大概连看也没有看到过的。"

彩红接待过好些记者，他们大都要宣传自己的报纸怎么有影响，可是这位记者却说自己的报纸没有影响，这就给了彩红一种新鲜的印象。彩红说："那你来做什么呢？"

记者说："我来交朋友。"

记者的轻松感染了彩红，她觉得这位记者没有什么记者的架子，很好相处，其实这时候年轻的彩红正在走入也同样年轻的记者的圈套中去。记者和彩红谈了一个上午，基本上没有涉及杨湾镇经济发展这样的题目，只是天南海北地聊。彩红觉得记者真是见多识广，博学多才，而记者则认为彩红应酬自如，谈吐得体，一举一动懂得分寸，恰到好处。后来就到了吃饭的时间，镇长抽空过来陪记者吃饭，彩红也在场。记者又一次看到彩红的另一种风采，真是酒有别肠。这一切都使记者再一次震惊，他想不到在一个小小的镇上居然有着彩红这样的女性公关人才，记者不能不对彩红产生出浓厚的兴趣。后来记者又陆陆续续和彩红谈了两三天，几乎把彩红肚子里所有的东西都掏了出来，最后终于满意而归。

不多久，一篇大文章发出来了，并不是发在那张小报上，而是发在省里的一张最大的最有权威的报纸上，这位小报记者的名字也随之响了起来。这篇轰动了一方的文章的题目叫作"大喝大发，小喝小发，不喝不发"。文章写杨湾镇在发展经济的过程中是怎么样利用酒大做文章，文章还详细写了有关姚彩红的内容，并由此出发大谈在发展经济过程中女性的作用，尤其是在重男轻女的风俗至今仍十分浓厚的乡间。其实文章本身倒并没有很明显的褒贬和是非评价，记者在杨湾的日子里也是和所有的人一样天天上酒席，天天高唱喝酒歌的；他曾经搜集了许多关于乡镇企业喝酒的顺口溜，民歌民谚，说起来一串一串的，喝多一些，他就吹自己喝遍天下东西南北的光荣历史，所以他的这篇文章能写得生动翔实，和他的切身经历自然是分不开的。记者在文章中并没有摆出自己的观点，对酒在发展乡镇企业中的作用，他既没有赞扬，也没有批评，只是作为一种现象提出来请大家思考。报纸发这篇文章的用意也是如此，为此还加了编者按，说明文章虽然写的杨湾，但是这种现象却不只是杨湾独有，是一种相当普遍的现象，希望各界读者能就此展开讨论，各抒己见，并且不仅对喝酒的现象，也可以对别的一些普遍问题提出自己的看法。于是很快展开了一场大讨论，报纸的发行量那一阵也上去了。

杨湾镇在这场大讨论中充当了这样一个角色，真使杨湾人哭笑不得。认为杨湾镇的经验可取的人，都到杨湾来参观学习，镇上的干部大部分都投入到接待工作中去，还是忙不过来，当然这样的忙总算是让人忙得心里舒服；另外一方面也不断有人批评指责杨湾的做法，包括上级一些领导部门的人，一时间杨湾的压力也大起来。最让人哭笑不得的是有些人专门赶到杨湾来，说是要看一看姚彩红是怎么样的一个人，也有人出高价聘她，也有的向她讨教，也有人很严肃地要和姚彩红谈谈心，还有的人一见姚彩红就说，原来就这么一个丫头呀。

一天镇长看到彩红坐在办公室里发愣，就将彩红叫到他办公室说："彩红，你有心思。"

彩红说："没有。"

镇长说："没有就好。"

彩红站着沉默了一会儿，后来她说："其实……其实还是有一点的，我想，那篇文章，都是我说出去的，都怪我。"

张镇长也沉默了一会儿，后来他笑了笑，说："其实什么事情也没有，是不是？"

彩红不作声。

镇长又说："彩红你好像变了，你以前不发愁的。"

彩红说："可是，这事情……"

镇长说："真的，真的没有什么事。"

彩红说:"没有事就好。"

彩红转身要出去,镇长忽然叫住了她。他看了她一会儿,说:"彩红,你想不想到县里去工作?"

彩红看着镇长,她好像没有明白。

镇长又说了一遍:"如果有机会让你到县里,你去不去?"

彩红摇摇头:"我不知道。"

镇长也摇摇头,说:"再说吧。"

彩红点点头,其实彩红心里,是有好多话想要向镇长说的,她很想说,也很愿意说,但是却什么也不说。她在镇长面前永远都是这样,有许多话想说,却是说不出来。

彩红就这样走出了镇长的办公室。

此时此刻,守在彩红头上的命运正在注视着彩红的一举一动,它看到彩红走出镇长的办公室,命运苦笑了一下。

彩红在命运的苦笑中走了出来,她心里有些茫然,她在镇政府的大门外转了几个圈子,后来她慢慢地走到了秀清的饭店门口。秀清不在店堂里,换了一个年轻的姑娘在招待客人,几张桌子都坐得满满的,又是一片热闹。彩红想起当初她走过这地方,远房表叔突然跌出来的情景,不由笑了一下。

彩红正发愣,就发现店里有人在招呼她,定睛一看,却是陆书记,正在陪客人。陆书记招呼彩红进去,给客人们介绍了。客人们闹起来,要彩红喝酒。陆书记挡住说:"我帮姚彩红说一句,她胃不好,医生关照不能再喝。"

大家说,陆书记,她又不是在你们党委这边工作,她是在政府那边,你帮的什么忙呢。

陆书记说："在这边在那边都是为我们镇上工作，我不能害她的。"

大家见陆书记这样说，也就不再勉强。

彩红跟大家道过歉，走了出去，走出一段路，发现陆书记也跟上来了。

彩红说："客人走了？"

陆书记点点头。

彩红说："好长时间没有见到小陆了，她还好吧？"

陆书记叹了一口气，说："不好，她一直不好。"

彩红说："还是睡不着觉？"

陆书记说："是的，睡不着觉，情绪越来越坏。"

彩红说："我最近也不大好，胃老是疼。"

陆书记说："你不能再喝了。"

彩红感激地说："是的，这一阵，我不大喝了。"

陆书记默默地走了一程，后来他说："其实当初张镇长也不应该把你弄过来。"

彩红说："这不怪张镇长。"

陆书记看她一眼，说："怪是不怪他，但是如果他当初不动这个心思，后来也不会有许多事情了，怎么说他也为了你吃了搁头。"

彩红看着陆书记。

陆书记顿了一下，说："镇长是不会告诉你的，这一次的农转非，他坚持要给你，周书记这边有另外的想法，所以弄得很僵。"

彩红有些急，说："我跟镇长说的，我不要，我真是，我怎么办——"

陆书记说："这事情还没有争完，又冒出个记者的事情，闹得县里都有些生气……"

彩红说："生镇长的气？"

陆书记说："是生镇长的气，前一阵县里正考察他，本来是要弄到县里去，提拔，可是，你知道报纸上那篇文章很讨厌，还有……"

彩红低下头，说："都怪我不好。"

陆书记笑笑，说："你也不要怪自己，有些事情，也不是谁谁就能弄成的，你想这样，事情偏要那样，你没有办法。"

彩红想，许多事情正是这样的。

他们在路口分手时，陆书记说："有时间你来看看小陆好不好，她很寂寞、很孤独，没有人和她说话。"

彩红说："好的，我一定去。"

但是彩红并没有很把看小陆的事情放在心上，她一直没有抽出时间去看一看小陆，谁也没有把小陆的睡不着觉很放在心上，包括陆书记也可能是随便说说的。以后，当彩红为这件事情痛悔不已的时候，彩红才知道世界上有些事情实在是不能随随便便就放过去的。

过了些时候，永明给彩红介绍了一个对象，姓肖，是另外一个乡的，也是高中毕业没有考上大学，在乡里的中学做代课老师。事先双方交换看过了照片，都觉得满意，后来就领到家里来了。

肖老师来的那天，大家就在客堂间见面。彩红有些不好意思，也没敢正眼看肖老师，只是有一种瘦瘦高高的印象罢了。她一直低着头，听着永明和肖老师还有介绍人说话。

介绍人先要说说肖老师的情况，肖老师笑着说："介绍什么呀，认也都认识了，我自己说说就是，绕什么圈子。"他说了自己的家庭情况，和自己高中毕业没有考上大学的心情，又说说代课的情况，接着永明叫彩红也自己说说。彩红说："我不说，你说。"

永明就代彩红说说她的情况，也是高中毕业落了榜，肖老师听到这里插嘴说："同病相怜。"

彩红忍不住要笑。

永明又说说彩红在镇上工作的事情，后来肖老师回头问彩红："听说你的酒量很大，镇上有客人就叫你陪酒是不是？"

彩红看着永明。

永明说："听他们说，她哪里有什么酒量，弄虚作假罢了。"

彩红笑。

肖老师说："怎么会？"

永明说："事先弄点白开水灌在空酒瓶里就是了，还有别的办法，多的是。"

肖老师说："人家不怀疑，喝假酒抓住了不罚？"

永明说："那是要真真假假的，该喝真的还是喝一些的。其实女人一上场，男人就先怕三分，你们说是不是？"

肖老师说："这倒是的，我们学校也有一两位能喝的女老师，我们见了都很怕的。"

永明说："其实她们的量也是有限，就是往那里一站，男人自己先矮下去。"

他们一起笑起来。肖老师说："真的，要说喝酒，女人到底是喝不过男人的，但是男人太要面子，怕万一输给女的，就没脸了，于是就吓退了。"

永明说："正是这样，彩红这一两年其实也没喝下去多少酒，名声倒是传出去了。"

肖老师有一阵没有说话。过了一会儿介绍人说："虽然酒喝下去不多，但是做这工作也很辛苦，天天陪着人家。"

这话一说，大家半天都没有声音了。过了好一会儿，永明说："彩红也是人在江湖，身不由己啊。"

彩红注意到肖教师伸展了一下身体。后来他笑了，说："这倒也是的，想起来也是很不容易。"他停顿了一下，又说，"本来我也不知道的，上次看到报纸上写的，后来还有些争论呢。"

一时间没有谁接肖老师的话题，肖老师就把话题扯开去，他问彩红平时喜欢看些什么书。彩红说："我不大看书的，我哥哥看书看得很多。"

肖老师就问永明看什么书。永明说："说起来你也不要笑，我是没有档次的，喜欢看武侠小说。"

肖老师说："这怎么叫没有档次，我也是喜欢看武侠书的。"

他们谈谈说说，一上午也快过去了。永明要留他们吃饭，他们坚决不肯，说以后常来往就是，不必客气。

肖老师他们走后，父亲从自己屋里出来。永明说："你怎么这样，彩红对象来，你也不来招呼一下。"

父亲说："彩红对象，你说得跟真的似的。"

永明说："你怎么对彩红永远是老眼光，彩红的人生都要被你看扁了。"

父亲说："是长是扁都是命里决定，不是被人看出来的。"

永明说："命运可以掌握在自己手里。"

父亲说："那你就叫彩红去掌握吧。"

永明说："那当然。"

肖老师来过以后，有一阵没有消息过来。永明有点沉不住气，去找了介绍人打听。介绍人支支吾吾的，说是好像肖老师家里的人有些不同的想法，具体是什么想法，介绍人推说不清楚，也不知道是真不清楚呢还是不肯说出来。永明回来的时候有些生气，他问彩红："你的事情，怎么到现在还没有个说法？"

彩红说："什么事情？"

永明瞪了她一眼："什么事情，你要是转了户口，睬他们那些人做什么，一个代课的，有什么了不起。"

彩红不作声。

永明说："你说呀。"

彩红摇摇头："我不知道。"

永明说："你天天在镇上混，怎么能不知道。"

彩红说："我真的不知道。"

其实彩红当然是知道的，镇长向她几乎是许了诺的这一个农转非又落空了，镇长坚持了很长的一段时间，到底没有能坚持住。这些情况彩红都是知道的，但是彩红不说。

永明最后看了彩红一眼，长叹一声："要你这样的人，有什么用噢。"

对于彩红，好多年来永明一直是抱有很大希望的，有关彩红的事情，他从来没有说过这样的泄气话。现在永明的信心是不是也已经被命运所打退，如果说父亲从一开始就对女儿抱着的那一种偏见，是一种与生俱来的想法，那么永明面对彩红的现实也许正在开始接受父亲的那种顽固的永远不变的偏见吧。

大家都感觉到了这一点。

彩红也知道大家对她的想法，但是彩红并不泄气，这不是彩红盲目乐观，因为她从一开始也就没有鼓过多么大的气，根本就没有鼓起来的气，也就不能泄到哪里去，事情就是这样。

彩红继续走她的人生的路，她继续在镇政府工作，虽然胃病很严重，但是在需要的时候，酒也还是要喝几杯的，只是比以前少喝一些。彩红在镇上和大家都相处得不错，她的户口也一直没有能转到镇上。从这一层意义上说，其实彩红根本就没有走出乡间，她还是南方乡间一个普普通通的女孩子，只是在个人的经历方面，比别的女孩子多了一些罢了。

快到年底的一天，彩红在新区帮助统计工程进度。做完工作，她站在运河岸上，看着运河水缓缓地向前流淌。她的目光随着水流向前，忽然她看到在远远的地方，有一个人，也是面对运河而立，也在看流淌着的运河水，彩红发现，这人是肖老师。

四

入夏以后就下起雨来，这很正常，在南方这一带每年夏初都要下雨，应该说入了夏下雨这没有什么，如果入了夏不下雨，却会使人觉得不踏实，好像日子里少了些什么，少得令人不安，令人怀疑。现在既然雨已经开始下起来，大家也就安安心心地继续过自己的日子。谁也没有想到，入夏的这一场雨后来居然下出了一场百年未遇的大水灾来，只十来天的时间，地势低洼的杨湾已经陷于一片大水的围困之中，从杨湾的四乡一直到杨湾镇，好多地方农田已经淹没，厂房进水，民居民宅岌岌可危。

建设在运河沿岸的杨湾新区首当其冲，到七月初的时候，整个新区几十座新厂房、许多新设施、几百亩土地，只靠了一道很不坚固的运河堤坝维系着。随着大雨不断从天而降，河水不断地从下往上涨，只要堤坝缺一个口子，很快就会造成整个新区全军覆没的后果。那些天，杨湾镇的气氛紧张得让人喘不过气来。

堤坝终究还是被冲破了。

那天夜里，彩红正在镇上值班，听到河沿方向的紧急信号，连忙和大家一起赶到大堤。这时候，缺口已经被一道人墙挡住，抢险的战斗正在进行。彩红看不清水里的人，但她能听见张镇长的声音，她的心好像踏实了些。一个多小时后，缺口被堵住了。

张镇长回到镇上，没来得及换下湿衣服，连忙给县里打电话，汇报情况。彩红看镇长累得说话也说不动，脸色发青，她去冲了一杯咖啡过来，没有打扰镇长，正想走出去，忽听镇长"呀"了一声。彩红回头看，见镇长正看着自己光光的手腕，说："表掉了。"

彩红说："会不会掉在河里了？"

镇长点点头："大概是的，刚才下水的时候没有注意。"他看了彩红一眼，问，"你表上几点？"

彩红说："十二点零五分。"

镇长说："彩红你去睡吧，这几天看你也瘦下来了。"

彩红张了张嘴，想说什么，但还是没有说。她走出来，到自己的办公室，她在窗前站了一会儿，窗外的雨继续下着，后来彩红拉开抽屉，拿出一块男式表，又回到镇长这边，把表交给镇长。

镇长抬头看看彩红。

彩红说："我放了一年半，还是给了你。"

镇长什么话也没有说，就把表戴上了。

彩红说："要不要叫醒李师傅给你做点面条？"

镇长摇摇头："不用了，我一点也不饿。彩红你不要再熬了，快去睡吧。有事情会叫你的。"

彩红慢慢地走出了镇长的办公室，在昏暗的夜色中，命运正在注视着她。此时此刻命运到底是一副怎么样的嘴脸，彩红她是不能知道的，就连命运自己也有点不能确定这时候它该以一种什么的态度去对待彩红。

彩红走到门口，她回头深深地看了镇长一眼。彩红不能预料，她这一眼，差一点成为她看到镇长的最后一眼。虽然她后来还是看到了镇长，但是被死神拉过去又放回来的镇长，和现在彩红看到的镇长是很不一样了，对这一点彩红现在真是一无所知。

彩红回到自己宿舍，没有一点预感，也没有一点不安，她很快就睡着了。她实在是很累很累，睡得很沉很沉。她并不知道在凌晨三点钟，大堤上的紧急信号又一次传来，在镇上值夜班的人都惊醒了，他们甚至来不及披上雨具，就向大堤奔去，谁也没有想到漏掉了一个姚彩红。只有张镇长，他是想到彩红的。从彩红宿舍门前经过的时候，张镇长稍稍停顿了一下，他知道彩红在睡觉，他也知道彩红累，睡得太实，她听不见外面的声音。他想是不是喊彩红一下，从纪律要求来说，他应该把彩红喊起来，但是镇长他只是稍稍地停了一下，他到底没有惊动彩红。他和大家一起，从彩红门前奔过去了。

此时此刻彩红也许正在做一个温馨愉快的梦，大雨是她的催眠曲，许多人的惊慌紧张的声音是一种很美的伴奏，彩红在这样一种梦境中一直睡到第二天上午。

一阵急促的敲门声把彩红惊醒的时候，彩红一看时间，已是上午九点。她爬起来开了门，门口站着的是小陈。彩红看到小陈第一感觉就是，小陈变了，仅仅只有一夜时间，小陈身上的那种大学生气味已经荡然无存。小陈两眼通红，浑身烂泥，发出颤抖的声音，说："你怎么，你真的在睡觉？"

彩红看着小陈，她还没有完全清醒，她一时不明白小陈在说什么。

小陈怀疑地看着彩红，顿了一会儿，说："你夜里没有听到报警声？"

彩红摇摇头。

小陈更加怀疑，一脸的不信任，说："我们那么大的声音，你怎么会听不见。"

彩红说："我真的没有听见，真的，我睡得太死。"

小陈盯着彩红看了一会儿，说："我想你也不会做那种事情，听到声音不起来。"

彩红说："我真的没有听见，你们怎么不叫我一声。"

小陈说："那样的场合，人都紧张得要命，谁还知道谁在不在。到天亮后才发现没有你，还以为……没想到你在睡大觉。"

彩红低下头："真是，对不起，我真的……"

小陈说："出事情了，小赵，没有了。"

彩红问："什么没有了？"

小陈流下两行眼泪，神态却是汹汹的："什么没有了，你问得出，小赵死了！"

　　彩红呆呆地看着小陈，好像没有听懂他的话。

　　小陈又说："还有张镇长……"

　　彩红一把抓住小陈的手："张镇长怎么了？"

　　张镇长被一棵顺流而下的大树撞了，送到医院抢救。

　　彩红说："怎么会，怎么会，怎么会这样……"

　　小陈说："你夜里要是在场你就知道怎么会了。"

　　彩红说："可是我没有在场，我怎么会，我怎么会……"

　　小陈注意地看了彩红一眼，说："你也不要多想了，也不会说你什么。"

　　彩红问："镇长的情况怎么样？"

　　小陈告诉她，镇长的腰被撞断了，虽然手术比较顺利，但是医生不敢保证会不会留下后遗症，医生说严重的后遗症，就是终身瘫痪。小陈又说，从医生严峻的脸色和谈吐中大家都能感觉出医生的担忧。

　　彩红没等小陈说完，就说："终身瘫痪，怎么会，怎么会？！"

　　彩红一边说着，她只觉得心口很痛，也很闷，她不由得抬头深深地出一口气。就在这一抬头的过程中，彩红突然模模糊糊地看到一种东西，她早就有一种感觉，这东西好长时间以来，一直在她头上守着她，看着她，左右着她，现在彩红终于看到了它的一点影子，但是彩红却不能看清它的嘴脸。她也不知道那就是命运，彩红努力地想看清楚一点，但是不能，那种感觉时隐时现。彩红深深地叹息一声，她想，为什么，为什么要这样呢。彩红不能明白。

　　彩红到医院去看镇长。镇长躺在病床上一动也不能动，他看到彩红，笑了一笑，说："彩红，我可能要瘫在床上一辈子了。"

彩红拼命摇头，说："不会的，不会的。"

镇长又笑，看得出他每说一句话，每笑一次都很痛苦。镇长说："假如真的瘫了怎么办呢？"

彩红盯着镇长看了一会儿，她说："要是你真的瘫了，我服侍你一辈子。"

镇长看着彩红，没有说话。

彩红说："你不相信我，我可以嫁给你。"

镇长又笑，这一次痛得更厉害，他"咝咝"地抽了几口冷气，但是痛过之后他又笑了，说："我是有老婆的，你再嫁我，让我犯重婚罪呀，要判我的刑呀。"

彩红也忍不住一笑，不好意思地说："怎么会，我是说，我是说，万一，万一……"

镇长说："万一我老婆不要我了，是不是？"

彩红没有说是不是。

镇长说："彩红，你不了解我们。我们的感情不是一年两年，我们一起读书，一起长大，一起插队，一起走人生的路，好多好多年了。"

彩红低下头去，轻轻地说："我知道。"

他们有一会儿没有说话。后来彩红振作起来，说："镇长，你不会有事，你一定会好起来，你相信不相信我的话。"

镇长说："我相信，其实就是站不起来了，我想也还是值得。小赵的生命，还有我的健康，还有大家的努力，换回来的杨湾新区可是无价的呢。"

　　彩红点点头，她的胃隐隐作痛。彩红想，为了杨湾，为了新区我也付出了代价，我付出的代价到底比生命的代价轻多少呢。

　　彩红在想着这些的时候，觉得自己好像慢慢地在长大。彩红想我的成长的代价又是什么东西换来的呢。

　　大水退了后，一切工作又重新开始。镇长暂时还没有出院的可能，由一位副镇长代替他的工作。杨湾的新区建设以加倍的速度补回大水造成的损失。彩红的胃病已经很严重，但是酒却不能不喝，应酬越来越多。

　　从彩红第一次喝酒到现在也不过两年时间，在彩红自己的感觉上却是走了很长很长的路。对于酒，彩红一开始根本不觉得是一种负担，同时也没有什么感觉，也没有什么感情的，现在却是很不一样了。现在彩红在感觉到喝酒是一个沉重的负担的同时，她对酒的感觉和对酒的感情都在渐渐地丰富起来，她已经开始能喝出酒以外的一些味道。如果说杨湾镇的经济建设和杨湾新区的发展，像一把熊熊燃烧的火焰，那么，也许可以说，在彩红的血液中流淌着的酒精，已经足以用来点燃这把火焰了。

　　回头想起来，彩红并不是为了得到什么才付出代价的。从一开始彩红就不知道自己应该做什么，她只是做别人希望她做的事情。如果有一天一个普普通通的乡下女孩子突然交了好运，她一定不知所措，彩红也是这样。彩红在两年中付出的代价是大的，那她到底得到了什么，得到了杨湾的发展吗？也许是的，但是杨湾的发展是属于彩红的吗？这很难说。

　　不管彩红最后能够得到，还是不能得到，彩红一如既往，做她应该做的工作，这是由彩红本性中的优秀成分所决定，还是因为彩红她从一开始就走进了一种命运的规定性，彩红自己显然无法回答这样的问题，别的任何人恐怕也是难以说清楚的。

从彩红的本意来说，她也许确实能够一如既往地做她的工作，但是彩红的工作是否能够长期地不间断地做下去，这恐怕还要看一看守在她头上的命运的嘴脸。

在这一年秋天来临的时候，县长到杨湾来了，他先去看了还住在医院的张镇长，说了几句安慰的话。回到镇上已经到吃饭的时候，上了饭桌，县长举起酒杯，突然重重地叹了一声，把杯子里的酒一饮而尽，说："今天来喝你们一杯挥泪酒。"

一桌子的人都惊住了，不知发生了什么事情，大家看着县长，气氛十分紧张。

为了彻底解决洪患，决定采取分水泄洪的办法，大水要从杨湾新区经过。县长说，一个月以后，杨湾新区就是一片汪洋了。

县长宣布了决定，全场鸦雀无声。

县长说，为了更多更大的新区，只能牺牲杨湾新区。

没有人说话。

县长说，杨湾的损失，上面会考虑的。

没有人说话。

县长再说，你们有什么想法，可以说出来。

仍然没有人说话。想法太多太多，已经不是能说出来的了。

从来滴酒不沾的周书记突然站起来，端着酒杯大声说："喝！"他一仰脖子喝下一杯酒。

县长也站起来，说："喝吧。"

这一天夜里，镇上许多人喝醉了。

分洪那一天，彩红离开了现场，到医院去看镇长。随着时间的推移，镇长的病还是没有痊愈的希望，看起来重新站起的可能性越来越小，镇上专门请了一个农民工帮助他料理生活。彩红在分洪的那一天早上走进镇长的病房，她一看到镇长青灰消瘦的脸，彩红就哭了起来。镇长没有说话，一直等彩红觉得自己的眼泪流完了，镇长才拿一块手巾给她。

彩红擦着眼睛。镇长说："今天分洪？"

彩红点头，她说："这时候，恐怕已经是一片水了。"

镇长笑了一下，说："多少辛苦多少努力多少代价，化成了一片水，这真是一个很奇怪的结束。"

彩红看看镇长的脸色，说："不说那些了，我们都希望你能好起来，要是你能……"

镇长摇了摇头，黯然地说："没有希望了。你大概也知道，昨天已经和我谈了，免职，我不再是镇长了。"

彩红张了张嘴，彩红是知道的，只是她不愿意承认这事情。

镇长又说："我也没有什么可抱怨的，我只是觉得很对不起你……"

彩红说："镇长你怎么说这样的话。"

镇长说："我一直想跟你说说，一直没有到开口的时机，现在也许到了这时候，彩红，我很自私，当初我把你调来，完全是为了……"

彩红要打断他的话，镇长却说："你让我说说，彩红其实我从来没有为你考虑过，说得不好听，我也就是想利用你把我自己的仕途走得更远大些……"

彩红说："你这样说不公平，你对我好，我怎么能不知道。"

镇长叹息一声，说："我对你好，是我害了你，我不知道怎么来补偿你的损失，我也不知道该怎么做。应该说，在碰到你之前，我做事情从来不多考虑，很干脆；自从你来了，我总是有一种亏心的感觉，慢慢地我做事情变得犹豫，变得多虑，我从前真不是这样的。我在杨湾工作也好多年了，和我合作的人也不少，但是没有人能够改变我，最后却是你，彩红，一个普普通通的乡下女孩子影响了我。我说不清楚，在你身上有一种什么东西……这许多天我躺在这里一直在想着……"

彩红看镇长嘴唇很干，倒了一杯水给他喝。镇长摇了摇头，说："不喝水，喝多了水不方便。"

彩红听着心里一酸。

镇长继续说："我的这些想法，你过去可能不知道，我现在说出来，你也许从此会看不起我，但是我还是要说——"

彩红笑了一下，说："我都知道。"

镇长顿了一下，想了想，后来他点了点头，说："是的，你是明白的，正因为你都知道，你才能做到。"

这时候护士进来送药，她看到彩红在，很奇怪，说："今天分洪，大家都去看了，你怎么不去。"

彩红说："我不想看。"

护士点点头："也是的，看着真是叫人难过的，吃了多少苦，最后被水一冲，真是的。"

护士走后，镇长叫彩红从他的枕头底下摸出一个小纸包。打开来，彩红看里面是一大沓钱。镇长轻轻地摸了摸那钱，说："彩红，我最对不起你的，就是没有能帮你办了农转非，其实我要是再坚持，也许能坚持下来的，可是后来我让了步，说到底我还是不想为了你和周书记和县里搞得很僵。当时我想，这一次不行，还会有下一次，可是我想错了，对我来说再也没有下一次了。"

彩红再一次流下了眼泪，她说："镇长，你不要说了。"

镇长把那包钱交到彩红手上，说："这是我自己积下来的一万二千块钱，我的私房钱，你拿着。镇上为了集资，马上要卖户口，一万二千块钱一个户口，这也算是我对你的一个迟到了的补偿。"

彩红说："我不要。"

镇长说："你看不起我。"

彩红说："镇长你说得出，我怎么看不起你。你是我最敬重的人，也是我……"彩红说着脸有点发红，她停了一下，继续说，"这钱我不能拿的，就像上次你问我为什么不愿意做台湾老板的干女儿一样，本来不属于我的东西，我不能要，也不想要。"

镇长听了彩红这话，认真地朝彩红看了一会儿，后来镇长说："彩红你真的长大了。"

彩红从医院出来，她在杨湾镇上走着，不知不觉又走到了那一条街，走到了秀清饭店的门口。她朝里面看看，没有看到秀清，却见个比秀清年纪更小一点的姑娘在张罗着。彩红过去问她秀清在不在，姑娘朝彩红翻了个白眼，说秀清早不在这里了，现在她是这里的老板娘了。彩红问秀清的男人是不是也走了，那姑娘笑起来，说，什么秀清的男人，现在就是我的男人了，秀清她是一个人滚蛋的。彩红不能相信这样的事情，她进了里面的厨房看，果然看到秀清的男人在掌勺，他看到彩红进来，一脸的笑。彩红说，秀清呢，男人说，秀清老太婆了，还要她做什么，走了。说着他和那个姑娘一起笑。

彩红在他们的笑声中走了出来。她想，事情怎么会这样呢。秀清一直说她的男人是最老实最可靠的，事情怎么会这样呢。

分洪的第二天，陆书记接替了张镇长坐到了镇长的办公室。陆书记在杨湾镇工作了几十年，从好多年前开始就是副书记，一直不能拨正，他已经五十三，眼看就没有机会拨正了，现在突然拨正了。这也许是陆书记一辈子所追求所努力的，现在他终于得到了结果。

可是陆镇长在这一天早晨却没有来上班，到了上午九点多钟传来消息，说是陆书记的女儿自杀了，用自己的裤带把自己吊在运河边的一棵大树上。陆镇长一家人找了她一夜，终于在天亮的时候找到了已经归去的女儿。彩红赶到陆镇长家，小陆的尸体就停放在门堂间，彩红想去揭开盖在她脸上的白布最后看她一眼，可是被人挡住了。彩红想，我为什么没有抽时间来看看她，我说好要来看她的，我并不是没有时间，我缺少的只是对别人的关心。

陆镇长手臂上套着黑纱，走过来对彩红说："我真想不到会有这样的结果。"

彩红并没有听清陆镇长说的什么，她在想，虽然她不能再见小陆一面，但是她能够想象小陆最后的模样，小陆的神态一定是平静而安详的，小陆的脸上不会有什么痛苦，她已经走完了自己的路，不必有什么遗憾，也不必有更多的悲伤。

彩红最后对陆镇长说："你不要太难过了，你说过的，有些事情并不是我们想怎么样就能怎么样的，有时候你想这样，事情偏要那样，没有办法。"

陆镇长点了点头。

到这一年的年底，彩红就从镇上回家了，镇上并没有谁叫她走，但是这一年又新分来几个大学生，大家坐在那里你看我我看你。彩红想与其坐在这里白耗时间，不如回去帮帮父母亲。父母亲这一两年老得很快，永明已经走出去，也不知到了哪里，反正是不能常常回来，嫂子一个人带着小小的孩子，又要照顾老人，又要管一个大家庭，真是很累很累。彩红在向陆镇长提出这个要求时，陆镇长有些发愣，他想了半天，问："是不是你觉得我对你不好，我不如张镇长？"

彩红笑起来："陆镇长怎么会想到那上面去，是我自己要走的，家里也是需要人，我在这里也没有很多的事情好做。再说，我的身体也不大好，想回去休息休息。"

陆镇长又想了一会儿，他说："你要想走，也不是不可以，但是就这么走，叫我怎么说，叫我怎么向张镇长说，你的农转非事情，我正在想办法。"

彩红又笑笑，陆镇长知道彩红的笑是一种很坚决的表示。

陆镇长最后说："也好，给你走，不过彩红，你什么时候想回来，什么时候镇上的大门对你都是开着的。"

彩红很感动，但是她没有动摇回家的决心。

彩红终于又走了那一条熟悉的路，这一回她是走回来，而不是走出去。彩红自己也没有想到，走出去好些年，最后还是走回来了。对这样一个结束，彩红并不懊悔，这一次的回来，和她当年高考结束时的回来却是不一样了，路还是那条路，人还是那个人，但是彩红的感觉是不一样的。

彩红回到家里，家里人也没有多说什么。母亲身体不好，躺在床上，她看到女儿，只是轻轻地笑了一下，没有说话。

彩红的父亲只说了一句话，父亲说："我知道你会回来的。"

很难说父亲是否早就知道会有今天这样的结果，父亲从一开始就认定彩红走不出去，骨子里的重男轻女思想，好像使父亲把彩红的一生都看得很透很透。但是父亲如果觉得女儿走的是一条回头路的话，那么父亲他又犯了一个错误，以后的事实将会继续给他这种思想以重击。

彩红听父亲这样说，笑着说："我回来不好吗？"

父亲说："好的。"

父亲对彩红的态度仍然是蔑视的，但是在父亲的内心深处，绝不是没有变化的。时间在向前，一切都在变化，父亲尽管他是一个大字不识几箩的老农民，但是父亲的思想也在变化，这是事实。

冬天的时候，彩红跟着父亲在田里敲麦泥。父亲说："你看田埂上站的是谁？"

彩红回头看，她看见肖老师站在田埂上。

彩红走过去。

肖老师说："彩红，你瘦了。"

彩红说："我退回来了，不再在镇上工作了。"

肖老师说："我知道。"

彩红说："我的胃，很不好，医生说——"

肖老师说："我知道。"

彩红再没有话说。

肖老师说："我来约你出去走走。"

彩红说："到哪里去？"

肖老师一笑，说："不远，你猜猜。"

彩红说："到运河边。"

肖老师说："是的，我知道你能猜出来。"

他们一起笑了，父亲在田里看着他们，他也笑了一下。

傍晚的时候，他们一起来到运河沿岸，从前的杨湾新区，现在就在这水的下面。虽然在冬天，运河的水流却还很急，它匆匆忙忙地向前奔去，它不知道自己要奔到何处，也不知道要奔到哪一天才算到头，但是它并不管这些，它只是急急地奔着，永不回头。

彩红抬起头来，深深地出了一口气，就在她抬起头来的时候，虽然天色已黑，但是彩红却很明白很清楚地看到了她一直没有能看到的东西，那就是始终守在她头上的命运。

彩红看到命运在微笑。

彩红回头看了肖老师一眼，肖老师也在微笑。

别了乡塘

一

市文化局干部吴为一完成了一年的下派任务，基本上是达到了领导要求的双向目标：从吴为一一头来讲，锻炼了自己；从乡镇一头来讲，得到了帮助，皆大欢喜。一年过得真是很快，不知不觉也就把任务给做了，回想当初将下未下时，多少有些忧心忡忡，不知这一年的乡村生活该怎么过下来。过去虽然也插队务过农，但那毕竟是从前的事情，现在再回头恐怕会有许多难了，人总是向往好些的日子，吃二遍苦的事情谁也不愿意。但是一年的事实告诉吴为一，当初的想法确实是有些片面，完全不知道现在乡下的情况。吴为一这一年的日子过得有滋有味，倒也不是说没吃一点苦头，但是这些苦头和从前的苦头是不一样的，吴为一总的感觉就是这一年过得很有价值很有意义，因为有意义，日子也就显得过得特别快，眼见着就到了结束的时候。吴为一告别了相处了一年的乡村干部和群众，回到局里来了，大家说，吴为一，看你不出，你还挺有能耐的，从前在局里倒是看你不出。从前吴为一在文化局基本上是个没声没息的人，也不拔尖，当然也不落后，就这么不温不火地过着，做自己的一份工作，再不惹什么事。这么下乡走了一圈，现在大家再看吴为一，觉得吴为一真的变了个人似的。吴为一自己也感觉到自己的变化，他在谈体会的时候，由衷地说，下乡锻炼，确实有好处。大家听得出这是吴为一的心里话，但是尽管如此，在第四批下派干部开始动员的时候，文化局仍然没有人主动报名，局长到市里再三请求，终于说动了有关领导，免了文化局的第四批。

吴为一回局里以后好一段时间，心还一直挂记着乡下，他真是把自己的全部心思投入进去的。丝绸厂的发展，工业公司的创利创汇都是他日夜要挂在心上的事情，现在却突然地中断，不需要他去想去愁去奔波了，吴为一一时还不能调整过来。其实文化局的工作才是他的主干线，乡下只不过是他人生的一个小小的插曲罢了，吴为一倒把这小插曲认了真，属于他自己的生活反倒不能适应了，虽然他在文化局工作的时间要比这一年的下派长得多，但是现在他看着局里的一切，倒觉得十分陌生似的，好像自己在乡下干了许多年突然进了一个全新的单位似的，上班时，常常坐在办公室里发愣。大家笑道，吴为一，乡下就那么好，像情人似的离不了啦。吴为一笑笑。

其实乡下对吴为一也是很不错的，迟迟地舍不得吴为一走，如果按一整年算，吴为一这一批下派干部是在春暖花开时下来的，再到春暖花开时，就一年了。那一批的下派干部派在别的乡镇的，都已经送走，县里也都开过欢送会，但是吴为一这里却迟迟不开。大家说，再住几天，再住几天，说要等乡里领导全在的时候才开，以示重视。可是乡里领导是不大可能有哪一天全部在家的，他们常常在外面奔波，这吴为一是有了体验的，所以一拖再拖。春花已落，县里的组织部门管这事的也催了几次，因为再不送走，第四批倒又要来了，这才凑了个好日子把欢送会开了。会上，工业公司的人和乡里的领导都很感慨，吴为一挂钩的乡丝绸厂和圩头村的干部也都赶来了，厂长和村长他们说起吴为一对他们的关心和帮助，都动了真情，眼泪汪汪的，弄得吴为一心里不好受，说道，我其实也没有做什么。他这么说，大家越是觉得吴为一好，便越是舍不得他离开。后来圩头村的村长激动起来，道，吴经理，你干脆不走了吧，留在我们乡吧。一语既出，大家都愣了一会儿，吴为一也不知说什么好。村长又补充道，下派干部留下的也不是没有。大家仍然不说话，后来还是乡书记说了，那怎么行，我们到底是小地方，吴经理以后是要派大用场的，我们留不住他，我们也不应该留住他呀！大家都说是。吴为一心里乱乱的，本来他确实是对乡下恋恋不舍，很有感情，但是村长的话使他重新审视了自己的感情，如果真的让他留在乡里，永远留下去，他能同意吗？撇开江小燕的想法，就吴为一自己的想法，吴为一觉得自己被这个问题难住了。乡书记和乡长以及工业公司钟经理都一再道，吴经理，你人虽然走了，我们还是把你当作我们的自己人，还是我们乡的一个，以后有什么事情说不定还得麻烦你。吴为一很豪气地道，那还用得着说，你们不来找我，是你们不够意思，我不尽力是我不够意思。书记乡长经理又道，同样，乡里公司里有什么好事儿，也不会忘了你，逢年过节，我们都会派人给你送些东西的，即使在平时，你有什么要求，来一个电话，你若不找我们，那也是你看我们不起。吴为一点头，心里感动着，这一天的酒都喝到八九分以上，数厂长和村长喝得最过，基本上到了十分的状态，两个人都吐了，弄得很狼狈。吐过之后，厂长对吴为一道，吴经理，我们这都是为你而醉呀。吴为一没有别的办法，只有再喝，也到了顶峰状态。说好那一天下午，乡里车子送吴为一回城的，那酒却是一喝再喝，欲罢不能了。大家道，吴经理，今天很迟了，再留一天吧，反正走也走定了，也不在乎这一天半天的了。吴为一也不是不想再留一天，总是觉得还有许多话没有说似的，再留一天再说说。但是他虽然醉了酒，头脑还不糊涂，再留一天，江小燕那边无法交代，已经一推再推，每次总还有个借口，那就是欢送会还没开，今天既然已开过欢送会，再也没有什么理由了。江小燕那边早已经失去耐心，她也知道其他的下派干部都已回归，为什么你吴为一偏偏赖在乡下不回家，江小燕的话已经很难听，是不是乡下的野狐狸勾住了魂之类的话都已出来，昨天通电话时都已经说定，今日又再食言，实在已经无话可说了。再则，自己单位文化局那一头，也已经催问过好几回，说别的部门下派干部都已回位，为什么你吴为一老不回来。好在乡里大家也都明白吴为一的心思，看吴为一为难，书记道，走就走了，迟就迟一点，就决定下来。到后来吴为一上车的时候，基本上是被人架着的，依稀还记得朝车外的书记乡长经理厂长村长们挥手道别。车开起来后，吴为一已是睡意沉沉，但是他硬撑着，想和小洪、丁师傅他们说说话，可是大脑不听指挥了，舌头大得转不过弯来。他便朝车窗外看着，模模糊糊地看到公路两边的田野、河塘。吴为一含含糊糊地说，从前，我在乡下的时候，也开过河塘，想不到又来了，又去了，再见……嘴里嘟嘟着，头一歪便沉沉睡去，以后回头想想，倒也免却了那一份离愁别绪。

车一直开到吴为一家门口，送行的小洪叫醒了他。吴为一大梦初醒，愣了半天才回忆起一切事情，发现天色已黑，他努力振作一下。小洪道："吴经理，你先上楼就是，有些东西，我替你搬上去。"

吴为一道："什么东西？"

小洪笑起来："你喝醉了，忘啦？临走时，乡里大家一起给你搬到车上的，你一点不记得啦？"

吴为一怎么也想不起来了，笑着摇摇头道："什么东西呀？"

小洪道："乡下也不能有什么好东西，一些农副产品罢，你也知道的，鱼啦，还有两条腿……"

吴为一吓了一跳："腿，什么腿？"

小洪又笑："看你还没醒酒似的，总不会是人腿吧，是猪腿，还有些活虾，几只活鸡什么的。"说着从车后厢里搬出这些东西，鸡被闷了一个多小时，放出来叫得很欢，虾也还在跳着，正是很活鲜的。吴为一要自己拿，小洪硬是不让，和司机一起搬到楼上。吴为一敲门的时候，小洪放下东西道："吴经理，我们走了。"

吴为一道："没有这话，在我这里吃了晚饭再走。"

小洪正要再说，门开了，江小燕一脸冷气立于门内，道："怎么弄到现在？不是说好吃过中饭就出来的么，一个小时的路走了几个小时，还以为路上出了事呢。"

吴为一道："中午的饭吃得长了些。"

江小燕道："是呀，喝酒！"

吴为一道："你还站着做什么，把东西搬进去，小洪和丁师傅在这儿吃晚饭。"

江小燕脸仍然冷着，一直守在她身后的丈母娘道："怎么不早说，昨天电话里也不说，早说有客人，也好有个准备，这时候叫我弄，我弄什么？"

吴为一道："随便吃什么，小洪很随便的，丁师傅也都熟的。"

小洪却拉着丁师傅转身，道："吴经理，真的不了，要吃过晚饭再走，回家得半夜了，家里也要急的。"

吴为一再要说话，江小燕抢上前道："你看看，小洪也知道家里人要急的，就你，根本不把家里人的担心放在心上，四十多岁的年纪，活在狗身上。"

小洪和丁师傅下了楼，吴为一心里很难受，追下去时车子已经开动，吴为一大声叫喊他们，他们没有听见。吴为一返身上楼来，进得门，就听丈母娘在抱怨，弄这么多鲜货，怎么办？天气已经开始热了，要臭的，我是没有办法了，你们弄吧，要折腾死我这把老骨头了。

江小燕看到吴为一进来，指着那些农副产品道："你带回来的，你弄呀，臭了我可不管，还有活鸡，你杀呀。"

吴为一因为就这么放跑了小洪和丁师傅，心里窝火，加上酒意也未全消，便仗着些胆子道："你们不要是不是，不要我搬走送到别人家去。"说着真动手要搬。

丈母娘先急，道："说得出的，送人？"上前阻拦。

江小燕道："你让他去送。"

丈母娘道："你说得出，你知道现在菜价怎么样了，这么好的活鲜，有钱也买不着呢，送人，说得出？！"

吴为一说："原来，你们也知道好。"

江小燕口气稍稍缓和了些，道："没有谁说这不好，白送的，又送上门来，还能不好。只是东西多，天又热起来，时间一长，不臭么，你不急呀，本来是想商量看怎么办吧，也不值得你如此动怒呀。"

吴为一道："你们那是商量的口气吗？"

江小燕道："现在你是越来越凶了，别人发了财，做了官才凶起来，你还没发没升，先就凶了。"

吴为一绷不住，笑了一下，道："我凶得过你呀。"

江小燕也笑了一下，说："怎么办吧，这些东西？"

吴为一说："不止这些，以后还有得送呢，马上五一了吧，又有得来，逢年过节的，不会忘记我的，说了。"

江小燕道："看你不出啊，和乡下人还挺合得来，关系挺不错么。"

吴为一有些得意："那是。"

江小燕道："早知有今天这样，当初应该买个冷冻室大的冰箱。其实去年你下去以后，我就想到过，但是想想反正一年时间，一年以后，人家早把你忘了，还送什么，就一年，也浪费不到哪里去，倒不知乡下人还挺那个的。"

吴为一道："买个冷冻室大的也不行，也是放不下。"

江小燕想了想，道："你的意思，得买个冰柜？"

吴为一道："你看吧。"

江小燕又想了想，道："那就下决心买个冰柜。"

隔日就去买了冰柜回来，把乡下带回来的东西洗净了放进新买的冰柜。丈母娘看着喜滋滋的，道："这下子好了，我也不操心了，唉，你们这个家，叫我操的心实在太多了。"

一家都开开心心，吴为一回局里报了到，开始上班。因为在下派工作中被评为先进，局里开会时还专门表扬了他。吴为一在这一年下派时间内，为所在乡镇的经济发展做出了很大努力，虽然联系的多，成功的少，但是做乡镇工作的人都知道，乡镇企业的发展，本来就是十网打鱼九网落空的事情，只要有一网成了也就成了。后来大家都发展起来，事情越来越难办，有的人干脆将这种十之于一的比率改成了"千三"的说法，意思是谈一千次能有三次成了，也算是很不错的成绩了。如此说来，吴为一在一年中替乡里和村里谈成了两个合资企业，还为他们贷了款，虽然数目不算很大，但是三百万元救活了一个丝绸厂，这是千真万确的。当时丝绸厂被夹在蚕茧大战中，被一笔资金卡死了，进退两难，面临倒闭的危机，吴为一在最关键的时候替他们借到三百万，真是雪中送炭。那一阵，吴为一成了乡里的救命星，丝绸厂是这个乡的骨干企业，乡里大半产值利润从这个厂产生，所以救了一爿厂也等于是救了一个乡。乡里的干部到县里开会到处宣传吴为一，弄得县里也都知道。下派干部开碰头会时，别的人就说，吴为一，你这一当先，我们的日子可就难过了，乡里村里都以为我们个个像你似的神，追着屁股让我们借钱，到哪里去借呀？吴为一，你把步子放慢些好不好，你这样奔，我们赤脚追也追不上呀！现在资金这么紧，你到哪里弄来的钱，能不能给我们也介绍点路子？吴为一道，我也没有什么路子，这次的钱也真是凑巧了。大家说巧事情怎么都让你碰上，我们怎么就碰不上，还是你有本事么。吴为一指天发誓，道，我真的也没有什么本领，那天我带着我们那厂长在城里乱转，被钱逼死了，突然就碰到过去的老同学，大概看我脸色也不大对头，便问起出了什么事情。我一说了，同学道，我倒是有个亲戚是在外地的银行，前不久倒是听他说过可以借出点钱来的，不过这个人我们都知道他，不大好说话的，你们若愿意，可以去试试。大家说，看这话说得多好，若愿意，那时候，谁还不愿意，别说外地，就是外星球也得去呀，对吧，吴为一？吴为一道，是的，我和厂长当天连家也不回，正好我的老同学也空着，当夜里就一起上了火车赶去了，就借到了。就这样，大家听了，感叹道，人实在是得有运气，像我们奔死了，也奔不到，别说三百万，三十万也难，你倒好，在街上走走就走出个三百万，真是人比人气死人呢，吴为一只是笑，想他们说得也是不错，自己也没出很大的力气，便做成了事情。最后吴为一被评为先进的时候，是一致同意的。大家说，不管运气不运气，吴为一确实做了事情就评他，这年头上，谁整得着钱，谁就是爷。大家笑，吴为一也笑，道，我成了爷了。这县里总共只评两个先进，就有吴为一一个，是很光荣的，所以局里也比较重视。至于职务的事情，也急不得，局长的意思也很明白，根据有关精神，下基层锻炼过的同志，提拔的条件当然要优于没有下过基层的人，让吴为一安心工作，只要人事上有变动，总会先考虑他的。对此吴为一倒也不怎么往心上去，该他的早晚会是他的，他仍然回到原来的科室工作。

　　吴为一下了一年乡，确实是改变了许多，心也宽宽的，人也胖了，脸色红润，不像从前坐办公室坐得脸上全无血色，现在往同事中间一站，明显的就能比较出来；嘴巴也比从前能讲得多了，从前基本上是不能喝酒的，现在酒量也练出来了，烟也抽得像模像样的了。厂长还送了一个BP机，原来是厂长自己的，那一阵急钱，就送给了吴为一，道，你拿着，能派大用场，我拿着还是死蟹一只。吴为一怎么也不肯收。厂长有些生气，道，意思是你不肯为我们跑钱，你若不是这意思，你就收了，方便许多，不是为你自己，是为我们厂。吴为一这才收下，起初一段时间，大家不知道这BP机已经归了吴为一，还是厂长那帮老关系，天天呼，呼得吴为一不能安宁，每天对着许多陌生的电话号码苦笑，很长一段时间以后才平息下来。临回来时，吴为一要把BP机还给厂长。厂长道，你这是想和我断了是吧，对不起，你想断，我还不能让你断，我还得缠住你呢。吴为一只得笑纳。现在配着个BP机回到局里，全局里除了搞经济实体的几个人，仍然坐机关的人中间，只此一例。如此，下乡一年，竟弄得这么个双丰收，大家对吴为一刮目相看，这是理所当然。好在吴为一这人，做事不怎么喜欢张扬，同事里眼红的人也不是没有，但也不能把他怎么样。

现在吴为一坐在办公室里，回想这一年的情况，虽然苦也吃了一些，包括妻子也是辛苦一些的，但是得到的东西好像比付出的要多，尤其是自己对乡村的那种感情，实在是值得永远回味的。乡里果然没有食言，隔三岔五，不是乡里就是公司里，或者是厂里村里，总会有人来看看他，带些农副产品，那冰柜，也真是买对了，一直是满满的。妻子、丈母娘都很愉快，只是小孩子，每天吃冰柜的东西，道，这样下去，我们永远没有新鲜货可吃的了。话倒也是不错。

吴为一坐在办公室里发着愣，一一回想着在乡下时的事情，尤其想得多的是喝酒，想着就要笑出来。同事直在背后挤眼，吴为一所在的科是组织科，吴为一是这个科的正科级的副科长，本来副科长也只能是个副科级，但因为正科长老是动不了，吴为一的资历什么又到了提正科的时候，所以就说是正科级的副科长。

　　吴为一下班回家，江小燕若是情绪比较好也会问他一些情况，比如说，不是说下过乡就可以提了么，怎么还不提你呢？吴为一道，你说提就提呀？江小燕道，又不是我说的，是你自己说的，你说回来就能提副局，副局呢，在哪里呀？吴为一不说，心里道，妇人之见，目光短浅。江小燕其实也不见得非要逼着吴为一升官，这是很明白的，要是江小燕长年累月地逼着吴为一，吴为一恐怕早就提上去了，男人有时候是要靠女人逼着才能出活，江小燕嘴上不饶人，但说到底，心计也不算怎么深。

　　吴为一回来后，日子一天天地过去，倒也很快的，转眼小半年过去，也不怎么觉得。一日吴为一正在办公室，BP机响了起来，吴为一一看对方电话号码，开始觉得有点陌生，想了一会儿，突然想起来了，是他的那位替他借到钱的老同学在呼他，连忙给了回电。那边问他今天中午有没有安排，没有安排的话，那边有安排，请他去一趟。吴为一问是不是有什么事情？那边说，你忘了，那笔贷款，快到期了。吴为一这才记起日子，连忙道："哎呀，你不提醒，我倒真是忘了，要还钱了，我得问问厂里去，好的，好的，我中午过来一趟，商量看怎么办。"

　　放下电话，见几个同事都盯着他，便道："要还钱啦。"

　　小李问："是你帮乡下贷的款？"

　　吴为一道："是呀，帮厂里贷的那笔款要到期了，时间真是快。"

老陈道："这一阵银根很紧呢，怕是还钱不容易呢。"

吴为一道："我那边没问题的，还款计划早就订好了的，再说那厂，效益好。"

小李道："很难说呢。"

吴为一说："不碍事，即使厂里一时有个困难，我那老同学，也能帮帮忙，再延一延也不是没有可能。"

同事不再说什么。

吴为一便给江小燕打电话，告诉中午不回去吃饭。江小燕问在哪里吃，吴为一道："徐娟娟让我过去一下，商量丝绸厂还贷款的事情。"

江小燕道："丝绸厂，乡下那个丝绸厂，和你有什么关系？"

吴为一道："我替他们借的钱呀。"

江小燕道："借钱还钱就是，有什么好商量的，还共进午餐呢。"

吴为一道："人总不能这样无情，需要人家的时候一个脸，不需要人家了又一个脸，那算什么？"

江小燕道："你也不要太多情了才好。"说着便挂了电话。吴为一看到一室的人又都朝他看，觉得有些尴尬，讪讪地道："老婆的嘴，没办法。"

大家一笑。

中午吴为一就往徐娟娟那边去。徐娟娟在市里的一家装潢公司做事，吴为一去的时候，她的办公室里没别人。吴为一道："都下班了？"

徐娟娟道："怎么，怕两个人在一个屋子里不好呀。"

吴为一笑道："你说的。"

徐娟娟道："走吧，到外面随便吃什么，好吗？"

吴为一点头。他们一起到外面街上，找了一家干净些的小店，进去随便点了几个菜。吴为一说："很长时间没见到你了，这一阵好吧。"

徐娟娟笑道："当然啦，用得着我们了，你会来找我的。"

吴为一道："我是那样的人吗？"

徐娟娟道："说正经的，还钱的事情你得重视一下，虽然还有个把月到期，倒是这一阵你知道的，很紧张了，不比去年。我亲戚那头已经问过我几回了，我想反正时间还早，也没去找你，现在的形势，看起来很吃紧，到处卡住了，所以我想是不是不要等到到期，先和他们厂里通个气，看看还款准备得怎么样？"

吴为一道："我知道这一阵很紧，不过你放心，丝绸厂是效益很好的厂，放贷那时，你不也去看过，不会赖账的，他们不能不给我这个面子。"

徐娟娟笑道："你以为你的面子很大是吧？"

吴为一道："那倒不是，只是一年下来，和他们也都挺合得来，互相也都熟知了脾气，厂长不会的，是个讲信用的人。"

徐娟娟道："能讲信用最好，不过有时候，事与愿违，怎么办，想还还不出。我看这样，你呢，先和他们联系一下，看他们的口气，如果口气很干脆，没问题，那也就放心了，如果口气里有些不对，我看我们得下去一趟，这事情不能掉以轻心。我亲戚那边，已经放过话来，到期一定得还，他也是向别人那儿弄来的，你不还他，他也没有办法对付。"

吴为一点头道："是，连环套。"

他们边吃边说，最后吴为一答应过一天就给徐娟娟一个明确的答复，到底是不是需要下去到厂里看看情况，等吴为一和下面通了气再说。

这天晚上，吴为一回家就感觉到江小燕的情绪不好，吴为一不知何故，也不想和她别扭，便赔着小心，赔着笑脸，一晚上都没能看到江小燕一丝笑意。吴为一也无法，只得由她去了，吃过晚饭，看过新闻，便捧起本书来看，江小燕在里屋外屋有意弄出很响的声音，吴为一只作听不见。后来丈母娘也莫名其妙地参加进来，和江小燕一敲一打，道："你心里气有什么用，人家不拿你当回事。"

江小燕道："谁稀罕谁当回事。"

丈母娘道："你也不晓得学学人家好涵养，你看看，任你急断肠，人家就是不理你，老话道，不睬你，如杀你……"

江小燕道："那是，软刀子杀了我，他就可以遂心愿了。"

吴为一终于忍不住，道："到底怎么回事，法官判个罪犯还得让他明白自己犯了什么罪，你这样一晚上摆脸，阴阳怪气的，老太太也是的，跟着一起起哄，我根本不明白是什么事情，冤不冤吧。"

江小燕终于接上了口，冷笑一声："你冤呀，你当然是冤。"

吴为一也急了，道："你说说明白行不行，我哪一点上得罪了你，错在什么地方？"

江小燕道："你怎么有错，得罪我算得了什么，只不得罪你的恩人就行。"

吴为一一时没有反应过来江小燕说的"恩人"是谁，细细一想，这才恍然大悟，道："原来你是为我中午吃饭的事情生气，好笑，太好笑了。"

江小燕道："是好笑，当然好笑，借钱还钱，谁借谁还，天经地义，轮得着你操什么心？"

吴为一道："是我做的媒人，到期了，我关心一下也应该的吧。"

江小燕道："媒人还包生儿子呢。"

吴为一道："话不能这么说，做事有头有尾，总得有个交代才好。徐娟娟和厂里又不熟，我不出面谁出面呢？"

江小燕道："你倒是关心你的老同学呢。"

吴为一道："她在我最困难的时候帮助了我，这是事实吧。"

江小燕道："这么多同学，需要钱的恐怕不是你一个，怎么偏偏就愿意帮助你呢？当初我就觉得奇怪，说什么路上碰到的，有那么巧的事情。"

吴为一再一次笑起来："你原来醋她呀。"

江小燕气愤地道："我醋她，轮得着我吗？"

吴为一忍不住大笑起来："你醋她，我太好笑了。"一边笑一边翻起什么东西来。江小燕愤愤地在一边看着。吴为一终于找到了，打开来送到江小燕面前，是一张发了黄的旧照片，吴为一指着其中一女同学，道："喏，这个就是徐娟娟，我们班最矮胖最难看的一个。"

江小燕瞟了一眼照片，心里松懈下来，脸仍然绷着。

吴为一道："这下好了吧，不醋了吧？"

江小燕道："那人家还有心灵美呢。"说着也绷不住脸，笑了起来。

吴为一暗想，女人难缠是难缠，好骗也是好骗，假如徐娟娟不是长得这样，我是指了另一个人骗她的，她也竟相信了；又想，徐娟娟还幸亏长得难看些，若换一个，这日子还不知道怎么办呢；再想，徐娟娟难看虽是难看些，但是笑起来倒也别有味道，时间长了江小燕不定又会生嫌，罢了罢了，赶紧把钱还了拉倒吧。

二

吴为一给乡丝绸厂挂了电话，说是厂长不在，出门去了。吴为一报了自己的名字，听不出对方有什么反应，就问他是不是新来的。对方说是新来的。吴为一便让他去喊一个厂里的老人，做干部的。那接电话的好像迟疑了一下，道，干部都不在呀，都出去了。吴为一心里忽然就有一种预感，也说不清是什么，连忙道，那你随便喊个人来，只要不是像你这样新来的就行。那接电话的应了一声，便去喊人。过了好一会儿，来了一个人，道，是吴经理吗？吴为一问他是谁，那人道，我是一般工人，我认得你，你恐怕认不得我，现在厂头都不在家，出去了，有什么事我可以转告的。吴为一想也只有这样了，便把还款的事说了。那边半天没吭声。吴为一"喂"了几声，那边才说，听着呢，等厂长回来，我向他汇报。吴为一让他转告厂长一两天之内无论如何给他来个电话。那边说一定转告，便没了声音。吴为一只好挂了电话。

等了两天，并没有接到厂长的电话，BP机一次也没有叫。吴为一又给厂里挂了电话，接电话的仍是那新来的人，仍然告诉他厂长不在，别的干部也都不在家，吴为一无法。搁了电话想了一会儿，又给乡工业公司挂电话，工业公司的电话老占线，怎么也挂不进去。吴为一又觉得不给工业公司讲这事也好，讲了反倒又给公司添些麻烦，反正这只是他和厂里的事情，只他和厂里解决便是了，就不再往工业公司挂电话。回头把事情告诉了徐娟娟，徐娟娟一听就说："我说的吧，果然有问题。"

吴为一道："那倒也不一定，也可能他们确实很忙，厂里的事情我是知道的，他们听到是我，不会不回话的，一定很忙。"

徐娟娟似笑非笑地看了吴为一一眼，道："那你说怎么办？"

吴为一道："看来只有去一趟了。"

徐娟娟道："肯定得去。"

吴为一犹豫了一下，说："如果到厂里，找不到人怎么办？"

徐娟娟道："你以为他那电话里说的都是真话呢，我就不信厂里没有干部，我们得去，去了再说。"

于是约好了时间，回去向江小燕说。江小燕果然还是不很高兴，但也没有怎么反对，只说："你要去谁能不让你去。"

吴为一道："也不是我要去，现在情况这样，我不去是不行的。"

江小燕道："当然，没有你地球就不转了。"

吴为一也习惯了江小燕的冷嘲热讽，也不在意。后来江小燕问道："就你和徐娟娟两人？"

吴为一道："徐娟娟想办法弄了车子，要不然得去挤长途班车，很不方便，自己开车去，方便多了。"

江小燕一时没说话，过了一会儿，说："你们真是，倒像是你们欠了人家的债，应该叫乡下派车出来才是道理。"

吴为一道："是呀，可是找不到人，厂长一直不在，如果找到厂长，派车是没有问题的。"

江小燕"哼"了一声，没有再说什么，吴为一算是过了关。

隔日就和徐娟娟一起到乡下去。徐娟娟还另外带了一个人，是他们装潢公司的业务员，说是到乡下看看有没有什么业务可以拓展，短小精悍的一个人。吴为一和他握过手，又递了支烟，就一起上车。一路上谈谈说说，倒也不觉得路程怎么长，只是司机一路上直绷着个脸，倒像谁欠了他钱似的。吴为一从反光镜中看着司机的脸，老是有些心虚的感觉，徐娟娟和业务员倒没什么感觉，该说就说，该笑就笑。

不说话的时候，吴为一就看着公路两旁的田野、河塘，心里似有些感慨，回想起那一天乡里派车把他送出来，喝酒喝得迷迷糊糊，看着路边的田野、河塘，已经道过再见，想是不大可能再来了。乡里干部说是欢迎他多来，其实机会是不可能多的，不料到现在真的又来了。吴为一想，把还款的事情落实了，以后怕是真的没什么机会了。

很快到了乡下，司机问朝哪开。吴为一说："直接到厂里去吧。"

徐娟娟道："要不要先到乡里看一看，让乡干部一起去，是不是好说话些。"

吴为一道："不用，到厂里到乡里我都一样。"

车子就直接开到丝绸厂，到厂办公室一看，厂长几人都在。吴为一心中一喜。没等他开口，厂长先已经跳起来，冲出来抓住吴为一的手，使劲摇着，嘴里道："哎呀，哎呀，吴经理，你怎么来了，哎呀呀，怎么事先也不说一声。"

吴为一笑道："打过几次电话，都说你不在，我还以为你躲起来了呢。"

厂长道："怎么会，怎么会，吴经理来，我就是有再大的事情也不敢躲……"一眼看到徐娟娟，便放开吴为一，过去和徐娟娟握手，道："徐女士也来了。"回头对办公室里其他人道："徐女士是我们厂的恩人呢。"

吴为一和徐娟娟都笑着，业务员也跟着笑，只有司机仍然一脸阴沉，两眼看着地，也不知为了什么。

厂长对围在办公室的人道："好了好了，你们的事，以后再说，我这里接待贵宾了。"

吴为一给了厂长一拳，道："怎么客气起来？"

厂长道："这怎么是客气，是贵宾就是贵宾，我又没说错。"

那拨人慢慢地撤出办公室，吴为一道："我可不是什么贵宾。"

厂长道："好，好，你不算，但是徐女士总是的吧，还有这位，这位……"

有人给泡上茶来。吴为一他们坐了，看司机仍绷着脸并不坐，吴为一朝他笑笑，说："师傅，请坐。"

司机这才坐下来，也不说话，也不喝茶，眼睛仍然看着地。

厂长故作生气地道："吴经理，你这人说话不算数。"

吴为一一吓，道："怎么？"

厂长说："你走的时候，怎么说的？说好过个把月一定下来看看的，怎么，过了多少时间了？"

吴为一道："也没什么事情，来做什么，来给你们添麻烦呀。"

厂长道："你说得出，你能添什么麻烦，你在的时候，我们给你添的麻烦才叫那个呢，现在回想起来，真是……怎么，很忙是吧，升官了吧？"

吴为一道："升什么官呀。"

厂长道："你又谦虚，你这个人，什么都好，就是太谦虚，像你这样的，肯定要提，对不对，徐女士你说对不对？"

徐娟娟道："我不知道他，不过我看他这人，恐怕也不是块升官的料。"

厂长摇头笑："你还不了解他呢，他这个人，嘿嘿……"厂长谈兴很浓，说了许多吴为一下派时的事情，又说了许多吴为一走后乡里厂里的事情，看上去一时也没有个停的时候，根本没有想到要问一问吴为一徐娟娟他们此行的目的。徐娟娟几次暗示吴为一该进入正题了，吴为一心里也明白，但是看厂长谈得正在兴头上，说的也是吴为一愿意听的话，吴为一也不知怎么打断厂长的话插入正题。又过了一会儿，业务员和司机坐得也不耐烦，他们并不知厂长说的什么东西，没兴趣听。司机沉着脸起身走出去，厂长这才收住了口，道："师傅怎么？"

业务员道："司机家里有事，下午得早些赶回去。"

徐娟娟道："是呀，吴为一，你说说吧。"

厂长连连点头，道："是的是的，你们有什么事尽管说就是，只要我们能……"

吴为一犹豫着，一时不知怎么开口，本来他以为厂长一见到他和徐娟娟就自然而然会想起贷款到期的事情，可是看起来厂长完全没有想到这一层去。这也难怪，厂里的情况吴为一也都清楚，摊子铺得大，资金缺口也大，并非只向一个徐娟娟贷了款，并且也有许多关系户欠了厂里的钱还不起来，这样的连环套，把厂长套住，所以哪一笔钱到期，哪一笔钱不到期，厂长心里也不可能全部清楚。吴为一指望厂长主动开口看来是不可能的了，于是说道："就是，就是徐娟娟帮助贷的那笔款子，三百万……"

厂长听了一惊，但很快平静下来，道："啊，对了，我倒忘记了，快到期了是吧？"

吴为一说："还有一个月，我们提前来看看，还款的事情……"

厂长道："真是快，怎么转眼就一年了呢，我还觉得就是昨天前天的事情呢。"

吴为一道："那是，时间真是很快的，我也觉得就是眼前的事，我们和徐娟娟连夜赶火车的事情就像在昨天呢，我还记得……"

徐娟娟打断了吴为一的话，对厂长说："也不是我们不相信你，还没到时间就过来催。只是我亲戚那边先追过来问我的，已经问了几次，我回答不出，他就很生气，说还款计划不落实，事情就不可靠。我那亲戚，你们也见过，不大好说话，其实人倒也不怎么凶，就是脾气那个。你跟他弄好了，他也好说话，弄僵了，很麻烦的，说得出做得出的。"

厂长连连点头称是，道："是这样的，是这样的，做大事的人都这样。"

徐娟娟见厂长又把话题扯开去，便又向吴为一使眼色，吴为一道："怎么样，还款的事没有问题吧？"

厂长一愣，随即道："吴经理你放心，'有借有还，再借不难'，这老话我们都知道，从小家里大人都这么讲的，连乡下不识字的老太婆都明白这个道理，我们有计划的，你们放心就是。"

吴为一松了口气，道："那就好。"回头去看徐娟娟，徐娟娟脸上似笑非笑，也看不出是什么意思。

厂长看看表，道："我带你们，主要是徐女士，到我们厂看看，看看我们的生产情况你们就会明白，我们厂的情况很好的，产品不够销，客户天天盯着，形势很好。"说着就起身带领吴为一徐娟娟他们到厂里转转，到了销售科，果然看到许多人围着，销售科长桌面上扔满了一支一支烟。吴为一向徐娟娟介绍道："这些都是来订货的，看来销售情况是不错。"

徐娟娟点点头，大家跟着厂长继续走，到仓库前，看到几辆货车停在那里，有人拿着提货单和仓库的人在吵架。过去一听，原来是说仓库已没有现货，提货要等了，提货的人急得满头是汗，连连道："这怎么办，这怎么办？我们那边等着上柜，师傅，能不能帮帮忙，多少让我拉一点回去，也好交个账。"

仓库的人道："我怎么帮忙，我又不是孙悟空，我变不出来呀，要能变，早给你变出来了。"

提货的人就直往仓库里看，道："真的一点货也没有了，真的一点货也没有了？"

仓库的人道："你以为我骗你呀，有货我藏着做什么，不信你进去看就是。"

提货的人真的进了仓库，不一会儿垂头丧气地出来了，手里捏着张提货单茫然四顾，不知如何是好，一眼看到这边一群人，奔过来，站到厂长跟前，喘口气，道："你好像，好像你是厂长？"

厂长没有作声，但脸上有些得意的样子。

提货的人道："厂长，帮帮忙，帮帮忙，我们空车子放两趟了。"

厂长道："没有办法，你过三天再来吧。"

提货的盯着厂长："过三天？过三天来，一定能提到？"

厂长道："尽量吧。"

提货的人道："厂长你说话要算数呀，不能让我们连放三趟空车呀。"

这时候旁边又多了一个人，手里也捏着张提货单，一脸苦相，插嘴道："你的空车还是你自己单位的，好说，我们的车子都是租的，放空车租车钱却少他们不得呀。"

厂长道："也是没办法，实在是生产任务太紧。"说着就领着吴为一一行走开去。吴为一道："看起来形势很不错。"

厂长道："还可以，活来不及做，要想办法扩大生产才行。"

吴为一道："那是。"

一圈绕下来，徐娟娟脸上也渐渐放松了许多，吴为一避开厂长对她说："看了放心些了吧？"

徐娟娟道："也没有什么不放心的，只要他们还钱，别的事情我们也管不着。这样，等会你让厂长说说他们的资金情况。"

吴为一道："好。"

厂长站在远远的地方，等他们说完了，才走过来，道："差不多了，吃饭。"

这才想起司机，不知到哪儿去了。厂长叫了人到处去找，找了来，问在哪儿，司机仍不说话，沉着脸，跟着一起往餐厅去，业务员走在吴为一身边，道："他就那样子。"

丝绸厂的餐厅又改进了一回，比吴为一在的时候，更富丽堂皇，菜也做得更地道。吴为一笑着向厂长道："水平提高很快呀。"

厂长道："专门从城里请来个大厨子。"

便喝起酒来，吴为一反正已经是众所周知的了，逃也逃不了，且回了城以后，也没怎么像像样样地喝过，真有些馋酒了，厂长只稍一劝，便喝开了。徐娟娟道是自己从不喝酒，把酒杯也反扣了。

厂长虽然有些失落，但也不勉强，只道，女士随意。问业务员，业务员自称稍能喝一点，且也没怎么客气。问到司机，司机仍是不作声，也看不出他的反应。业务员道："他的酒量，这里恐怕谁也不是他的对手，只是要开车，不行的。"

厂长道："那就少来一点，不勉强，师傅自己看着办，自己最有数。"

司机看厂长往他酒杯里加酒，也不作声，也不反对，也不显得怎么高兴。待厂长一举杯，说声女士和师傅随意，别的人都干了。果然的，除徐娟娟外，大家都一饮而尽，司机一直沉着脸，这时候却突然笑了一下，也举了杯子一口干了，大家惊讶地看着他，不知说什么好。

边吃边说，徐娟娟的心中很明白，总是要往还钱的事情上去，厂长却是一再地把话题扯开去，两边都拉着吴为一，吴为一不知向着谁才好。想想徐娟娟，也是够辛苦，替人做了件好事，到后来却要亲自跑到乡下角落里来讨债；再想想厂长那边，既然已经保证按期还款，也没什么好多说的了，反正现在时间尚未到，倘是时间到了，倒是要催着他把钱拿出来的，现在时间未到，也不好怎么催，所以看看徐娟娟，再看看厂长，实在不知说什么好，只举杯道："喝酒，喝酒。"

喝了一会儿便发现，业务员原来挺能喝，也豪爽，一会儿就脸红脖子粗，豪气大发，顶着厂长一杯抵一杯地比。厂长兴致大增，对业务员马上另眼相看，好像老朋友似的，又老拿业务员来比吴为一，意思是吴为一不如业务员爽快。吴为一道："我还怎么，我已经够自觉的了，还少呀。"

司机一直没声没息，却是闷闷地将酒一杯杯地灌下去，脸色一点不变，仍是阴沉沉的，看了叫人有些害怕。徐娟娟用脚踢踢吴为一，眼睛示意着司机，吴为一便朝业务员看，业务员此时已渐入佳境，别人的事情管不得了。徐娟娟看得急了，忍不住道："师傅，等会得开车回去。"

司机又难得一笑，仍不作声，继续喝酒，他也不和别人干杯，也不起哄，有人敬他他也喝，没有敬他他也喝；一杯一杯，喝得十分平静十分悠然，好像根本不是在喝烈性白酒，像喝温开水，又像在品着名茶，对于厂长和业务员的浩大声势，他只是默默地看着。

又喝了一阵，进入高潮阶段，总共五个人喝酒，一会儿就下去两瓶高度酒。厂长叫着再开再开，业务员只是笑，徐娟娟急得站起来，向吴为一道："吴为一，你说句话。"

吴为一道："行了行了，厂长，我们下午还得赶回去，都挺忙。"

厂长生气道："吴经理，你这是什么意思，怕我丝绸厂穷得连酒也买不起？哼，不是小看人么。"

吴为一连忙道："厂长，你也不能再喝了，你也差不多了。"

厂长道："我差不多了？我早着呢，你不喝可以，我和我们业务员喝，还有我们师傅，我们师傅这才是真正的酒仙，你们服不服？"

大家看着司机。

司机沉着冷静。

酒又拿来了，吴为一苦笑着对徐娟娟道："就是这样的，没有办法，真是没有办法，我在的时候，天天这样的。"

徐娟娟也苦笑，道："我不管，师傅等会儿开不了车你们看着办吧。"

厂长立刻说："开不了车，开不了车我有车送你们回去，放心就是。"

徐娟娟道："那我们的车怎么办？"

厂长道："我另找个司机帮你们开回去，这还不简单，你难不住我。"

徐娟娟确实也难不住厂长，只得闭了嘴，凭他们闹去了。

终于把酒喝得到了位。个个动作都有些夸张了，只司机不变脸色。在一群红脸中，徐娟娟的脸显得更苍白。一群人又跟到厂长办公室，厂长吩咐泡茶，徐娟娟道："不喝茶了吧，时间已经……"

厂长道："你不知道的，喝了酒，口干得很，还是喝点茶。"硬给端上茶来，大家喝茶。厂长把吴为一拉出来，说道："一人一份东西，都已经准备好了。"

吴为一道："又让你破费。"

厂长道："别说这样的话，另外，徐女士那包里，另有个小红包，你私下和她说一下。到时我把她的那个包交给你，你别搞错了。别人的包括你的就一起放上车，你记着就是。"

吴为一点头。

厂长又道："不过，我的意思，今天就不走了，住一个晚上，乡里的宾馆已经用起来了，不掉价的，徐女士一定满意，怎么样？"

吴为一连连摇头："不行，不行，都留不下来，司机一开始就说家里有事，下午要早点赶回去，徐娟娟他们也都没有准备过夜的。"

厂长笑着说："恐怕是你吧，我知道的，你们江夫人是个……"厂长跷了跷拇指，"是这个，吴经理见了夫人，一帖药，是不是？"

吴为一道："主要是他们几个，我倒好说，不走的话，打个电话就行，以前在乡下一年也待过了，一夜还能待不住？"

厂长道："那我和他们说去，若他们同意，你留不留？"

吴为一道："说也不用说，不会同意的。"

厂长笑了一下，回到办公室，只是喝茶，也不和大家说什么，过了一会儿，拿起电话打到什么地方，问道："今天下午场子空不空？什么，空的，好，我带几个人过来，准备点好的饮料小吃什么的。"放下电话，回头对徐娟娟和吴为一道："乡里的宾馆，有卡拉OK，你们在城里恐怕没有很多时间去玩，不如在我们这里玩一玩。今天那里一个外人也没有，就我们这几个，可以尽你们的兴。"

吴为一看着徐娟娟，徐娟娟看看表，道："时间……"

厂长道："不在时间长短，少玩一会儿也行，看看我们乡下的水平怎么样，就一小时，不行的话，就半小时。"

吴为一再朝徐娟娟看，徐娟娟道："既然厂长热情，我们去看看，一会儿就走。"

于是来到乡里的宾馆，果然下午没有什么人，厂长介绍说："到晚上就不得了了，很热闹的。"一行人走进歌厅，果然可以，和城里中高档的歌厅比也差不到哪里。业务员道："厉害，厉害，现在乡下人是厉害。"

坐下来，就有长得很漂亮的小姐端上饮料小吃。厂长道："徐女士，唱一首，这是点歌单，自己点吧。"回头招呼小姐，"喂，这位女士点歌。"

徐娟娟嘴上说我不会唱的，但还是拿了歌单看起来。吴为一道："你唱吧，我们这几个，都不行，今天一个外人也没有，你大胆唱便是。"

徐娟娟笑了一下，道："那我就点了。"

点了几首，先放出来的是《东方之珠》，男女声的，徐娟娟让吴为一陪她唱，吴为一推辞，厂长自告奋勇上去唱了。一曲下来，吴为一发现徐娟娟脸色红起来，吴为一道："徐娟娟，想不到你嗓子这么好，唱得真好。"

厂长也道："专业水平，把我一比，我像公鸭了。"

业务员支吾不清地道："徐，徐娟娟，黄莺鸟……"

徐娟娟笑着去"呸"他，发现他已经睡着，徐娟娟笑弯了腰。吴为一看一眼司机，司机却是不动声色，也看着大家说、笑、唱，自己只不作声，脸色仍然是那样子，好像根本没有喝下那么多酒似的。吴为一不知为什么心里有点怕这司机，连忙避开眼睛，回头去对徐娟娟道："真的，唱得真好。"

徐娟娟笑了一下，说："我人已经长得这么难看，难道嗓子还不应该好些吗？"

这话一说，大家倒不知怎么回答她了，吴为一依稀有一种感觉，徐娟娟人虽然不好看，但是她笑起来，别有味道，这么一想，就又想到了江小燕，连忙移开眼睛，只说："再点，再点。"

徐娟娟于是就再唱，再点，再唱，一气唱了好多歌，连服务小姐都听得入了迷，说是这歌厅里从没有来过这么会唱的人。徐娟娟听到这样的议论，脸更红了，终于把话筒交给吴为一，道："该你了，我嗓子也唱疼了。"

吴为一也唱了几首。厂长说："吴经理，不行不行，没有进步，看起来，回城里以后没有加强锻炼。"

吴为一道："也很少有机会再唱了，单位每天那一套工作，谁来请你唱？就是偶尔有活动，人总是很多，怎么唱？大家抢着个话筒，谁也不让谁。"

厂长道："对了吧，所以叫你到我们这里来，你看看，这么大歌厅，就你两人唱，尽兴吧。"

徐娟娟看着吴为一笑，说："你别说，我也没想到你能唱这么好，你从前在学校根本是不行的，连口也不开，别说唱。"

吴为一道："我本来确实是不行的，下派一年，锻炼不小，唱歌也是这一年里学的。"

徐娟娟道："还有喝酒、抽烟、交际……"

吴为一承认。

稍一停顿，就听得业务员的呼噜声，大家朝他笑。吴为一看看司机，司机漠然得很。吴为一小声问徐娟娟："是不是差不多了，司机家里还有事情。"

徐娟娟笑："你急什么，不就一小时路程么。"

吴为一正想说什么，突然门口亮了一下，吴为一看到一个熟悉的身影进了歌厅，吴为一"呀"了一声，连忙迎过去，叫道："钟经理。"

钟经理笑着朝吴为一过来，拉住了手，道："好啊，好啊，下来也不告诉我一声，你不把我当朋友，若不是刚才碰到小沈告诉我，我还不知道呢。"

吴为一道："实在是不想给你添麻烦，丝绸厂的事情就到丝绸厂办。"

钟经理道："不管你怎么说，反正你欠了我，晚上罚。"

吴为一连忙摆手："晚上不了，晚上不了，我们马上得赶回去。"

钟经理道："怎么，我留不住你了，升官了是不是？"

吴为一道："我欠你的，我欠你的，下次来，下次来一定罚。"

钟经理道："没有下次。"

旁边厂长也跟着起哄，说已经留了留不住呀，又说吴为一回了城就变成城里人了，等等。说得徐娟娟倒笑起来。吴为一听到徐娟娟笑，这才想起介绍，道："这位是乡工业公司的钟经理，我下派一年就在他的手下。"回头又向钟经理道："这位是徐女士，我的老同学，丝绸厂的钱就是她帮助弄来的。"

钟经理和徐娟娟握了手，道："那就更应该留下，不留下是不对的，厂长的安排有问题。"

厂长道："哪容得着我安排，吴经理现在架子大了，一切听他的。"

吴为一苦笑着说："天晓得，你问问徐女士，是不是大家都得赶回去有事情？"

徐娟娟却道："我倒没有什么事，怕是你那边不好交代。"

钟经理和厂长立即揪着这句话，说吴为一变了，不像从前在乡下时那样了，和他们有距离有隔阂了，等等。说得吴为一有口难辩，一眼看到沉着脸的司机，连忙道："师傅也得赶回去，师傅家里真有事情。"

大家回头看司机，一直不说话的司机这时突然开口道："谁说我家里有事情。"

大家又哄吴为一。吴为一指指业务员，道："他早上一出来就告诉我的。"

司机又不作声。

厂长一拍手，道："既然如此，决定了。"

吴为一最后把希望寄托在睡着了的业务员身上，道："也不知他怎么想，人家若有事情，也不好强留他呀。"

睡着了的业务员突然睁开眼睛，道："你说我是吗？我没有事情，告诉你，我的绰号就叫游方和尚。况且，我的事情也还没开始呢。"

吴为一道："原来没有醉呀。"再没话说。徐娟娟点的歌又来了，徐娟娟上前去唱。吴为一道："既然大家愿意留，就住一夜，我得打电话回去。"

钟经理道："那是，请假，夫人那边要是不好说，我来替你打。"

吴为一道："不是家里，是单位，说好出来一天的，这样明天上午上不了班，得说一声。"

钟经理道："好了，说妥了，晚上书记乡长他们都来。"

吴为一道："这怎么好，这怎么好，一点点小事，惊动他们做什么？"

钟经理和厂长互相看看，没有解释。吴为一便起身出去打电话，先打到自己单位科室，说了，科长道一声知道了，再没多问什么。吴为一看看时间，估计江小燕下了班到家了，再往家里打，是丈母娘接的，说江小燕还没回来，问什么事？吴为一跟老太太说不清，道，我过一会儿再打吧。搁了电话，回到歌厅，徐娟娟还在唱，钟经理和厂长都不在，估计又安排晚饭去了。吴为一坐了一会儿，心中总不安宁，又出去给江小燕打电话，如此来往了三次，才打通了。江小燕刚刚到家，听得出还有些喘气，道："怎么？"

吴为一低声下气地说："实在是，对不起了，被乡下硬拖住了不让走。"

江小燕那边停顿了一会儿，后来道："我早料到。"

吴为一道："真的，本来说好吃过饭就出来，实在是不让走，要留我们一夜，太热情了。"

江小燕哼一声，道："你快活呀。"

吴为一道："还款的事情已经落实了。"

江小燕道："最好不要落实。"

吴为一一时没有明白江小燕的话是什么意思，愣了。听江小燕又说："不落实你才可以和你的女同学一趟趟地往那地方去呀，要落实了，你还有什么借口去呢？"

吴为一道："你别误会，你听我说，我明天一早……"话还没说完，那边江小燕已经挂断了电话，吴为一听着话筒里"嘟嘟"的声音，愣了半天。

下午剩下的时间，只徐娟娟一个人在那里唱着，业务员只在关键时候醒过来说几句关键的话，继续闭上眼睛打呼，司机仍是一言不发，请他唱歌也不唱。吴为一因为江小燕的态度，心里总是有些不乐，但想想也已无法，身不由己。

晚上果然书记乡长都来了，在乡里的宾馆宴请，不过他们陪的是另一拨客人，是台商。餐厅里有好几桌，钟经理也不在吴为一他们桌上，他也另外有客人。吴为一这一桌，由丝绸厂长作陪，另外有工业公司的小洪和厂里的小沈他们几个。开席后不久，厂长就被人喊走了，过一会儿回来，道歉说，有些业务上的事情，不能陪他们到结束了，吩咐小洪小沈好好作陪，饭后自然还请他们唱歌跳舞，自己便走了。

晚饭开始的时候，业务员已经完全清醒。书记乡长过来敬酒时，吴为一一一介绍了他带来的人，业务员不一会儿就主动出击，到晚饭结束时，告诉徐娟娟吴为一，已经谈妥了两个装潢业务，大家为他祝贺。

晚上又是唱歌跳舞什么的，因为徐娟娟情绪一直很高涨，玩到很晚才休息。

第二天上午，钟经理和厂长送吴为一他们上车走，每人有一个袋子，司机也有，也不知里边放的什么。给徐娟娟的一袋，厂长并没交给吴为一，特意放到徐娟娟手里，道："徐女士，这一袋是你的，你拿好。"徐娟娟便拿了，也有数，搁身边。道别的时候，吴为一把厂长拉到一边，没等他开口，厂长就说："你放心，款子我会还的，有借有还，再借不难。"吴为一这才放了心，车子开起来，钟经理和厂长向他们挥着手，车子扬起一阵尘土，很快远去了。

三

一个月里，徐娟娟不断地打电话找吴为一，吴为一也不断地往厂里打电话。厂长有时在有时不在，在的时候总是说吴经理你放心，到期一定会还的，不说别的，就凭你吴经理的面子，我能做出赖账的事情吗？我赖账，我还想不想见你了，我下次还有没有脸求你办事了？吴为一觉得厂长这话也算是说到份上了，再多说也就这些话，便转告徐娟娟放心。眼看着还款日期越来越近，徐娟娟倒没了电话，吴为一心想也可能已经提前几天到账了，但心里又放不大下，在单位里又没有个谁好说这事情的，回家也不敢和江小燕多说什么，一说了，江小燕就道，几天没电话，怎么，心里放不下了，到底放不下钱还是放不下人呢？吴为一觉得没话好说，便不说，闷闷地等着。

这一日吃晚饭时，BP机突然响了，吴为一看了一下回电号码，放下饭碗，道："我到小店去打个回电。"

一家人都盯着他看，江小燕问："是谁？"

吴为一犹豫了一下，说："是徐娟娟，我估计是还款子的事情，已经到了期，这几天我正有些担心呢。"

江小燕道："你不辛苦？饭也吃不安稳，还得出去打电话，该让他们给你再安一部电话。"

吴为一笑，不和她多说什么，自顾往小店去打公用电话。徐娟娟正等着他回话，通了电话就问道："怎么回事？"

吴为一知道是款子的事，连忙道："是不是钱还没汇到？"

徐娟娟生气地道："钱要是到了，我还找你什么麻烦，我跟你说，还款日期已过，你赶紧和下面联系吧，我那亲戚，口气已经很不好听了，做事情要讲信用。"

吴为一连忙道："好的，好的，我明天往厂里打电话去问。"

徐娟娟道："你不能现在就打过去？厂长家里总有电话的吧。"

吴为一道："我这电话是小店的公用电话，不能打直拨，明天到单位才能打。你放心，厂长不是个说话不算数的人。"

那边徐娟娟叹息一声，没再说什么，挂了电话。吴为一回来继续吃晚饭，江小燕道："怎么？"

吴为一说："那边说没有到账，也不知怎么的我还得往下面去追问。"

江小燕横了他一眼，说："为什么徐娟娟自己不能去问，非要再绕你这一圈？"

吴为一道："我算是介绍人，我不能不管呀。"

江小燕道："那是，你介绍费拿了多少，别以为我不知道，人家借贷款都拿点子的，不拿点子也有奖励的，你的呢，是不是点子存了自己的小金库？"

吴为一道："天地良心，我替他们贷的这一笔，本来就是高利贷，还能拿什么点子。"

江小燕道："那你起的什么劲？这么卖力，这么上心思，原来是白干的呀。"

吴为一道："什么叫白干呀，他们对我，真是很不错的，好处也不是一点没有的……"

江小燕道："好处，什么好处？"

吴为一道："你倒忘得快，那些吃的，还在冰柜搁着呢，乡里的产品，哪样我们家没有。那些烟啦，酒啦什么的，要自己花钱买，也够呛的。"

江小燕道："所以你的烟酒水平提高得快么，自己花钱买，你买得起吗？也不掂量掂量，自己能挣多少。告诉你，你那几个钱，连你儿子也养不起了。"

吴为一道："说别人还钱的事，怎么说到我了呢？真是的，只要厂里把这笔钱还了，再与我无关。"

江小燕冷笑一声："与你无关，怕你不甘心呢。"

丈母娘插上一嘴道："与你无关？你以为厂里真的能还钱，嫩得很呢你。上回下乡去，回来我就知道，这钱恐怕是要不到的了。"

吴为一道："这怎么可能，厂长也一再说，有借有还，再借不难。再说，是通过我的面子借的，他们不能不给我面子。"

江小燕道："你的面子，好大着呢。这年头，人只认得钱，谁认得你的脸，你的脸又不是小姐的脸。面子呢，等着人家来买你的面子吧。"

丈母娘也跟着说："老话说得好，千年不赖，万年不还，你们那厂，我看就应了这句老话了。"

吴为一口气坚决地道："绝不可能，说好到期就还的。他们要真的想要赖，我追，我就不信追他们不到。"

丈母娘透了风的嘴，"嗤嗤"笑，道："站着放债，跪着讨债，你跪去吧。"

吴为一有些不高兴，道："就算还款的事情有些麻烦，你老人家也用不着幸灾乐祸呀。"

江小燕道："你既然称她老人家，你和老人计较什么。妈的话也都是经验之谈么，让你小心点有什么不好？"

吴为一道："好，好。"便闭了嘴，不再吭声，再吭声，母女俩的斗志会越来越旺。

第二天吴为一一到单位就往乡下打电话。还好，厂长在，听到吴为一的声音很高兴，问吴为一什么时候再到乡下去看看，说这一阵形势一天一个样，又说乡下大家都很想他，碰到一起开会都念叨他。吴为一听厂长说了一大堆热情洋溢的话，却迟迟不提还款的事，心知事情不太妙，吴为一希望还钱的事由厂长自己说，可是看起来吴为一不提的话，厂长是不会主动提起的了。吴为一无法，只得把话题提出来，厂长听了，沉默了一会儿，吴为一"喂"了好几声，厂长才开口，口气和开始已经大不一样，沉重得很，道："吴经理，我们厂你是知道的，摊子很大，负债经营的。其实，你也清楚，我并不想把摊子摆那么大，大了不好弄呀。可是乡里一定吃住我不放，这些事情，你在的时候都很清楚。你说说，乡里当初决定我们扩大生产线，我是不是很矛盾的，我一直顶着的，可是顶不住呀。乡里的想法你我都清楚，没办法的事情，现在摊子铺开了，一天天得活下去，不能停呀……"一说又说得远去了。

吴为一打断他的话，道："这些事情我都知道，现在的关键你得把到期的钱还了呀，不还钱总不是个事情，我怎么向那边交代？"

厂长苦巴巴地说："我知道，我知道，可是我们现在被连环套套住，借的钱还不出，放出去的钱也收不回来。"

吴为一道："前次我和徐娟娟下去，看到你们厂生产销售情况都很好，那么多提货的人，你就拿货款来还债也多少能解决些问题呀。"

厂长道："吴经理，你不知道，我们放货出去，钱都不是现收的，有的货提走半年也收不回一分钱的。"

吴为一道："那为什么不一手交钱一手交货？再说，产品不是很紧俏么，为什么不现收？"

厂长道："现收人家就不要，不要我可就完了。现在这样，不管怎么说我还活着，机器还天天在转，乡里要我拿出来的产值数天天还在升。你是明白的，乡里年初给我派的产值数，简直是个天文数字呀，我吓都吓昏了，鞭打快牛，我这头牛已经……唉……有什么办法呢，只能咬着牙干，我还能怎么样？我放出去的讨债人，我们追款子的力量，已经占我们厂全部经销人员的一大半了。现在讨债难呐，老话说得好，站着放债，跪着讨债，苦呀，我们放出去的讨债人哪一个不给人家跪呀。我们一个经销员，你认得的，陈阿发，老实人一个，都跳了楼了。我是派硬任务的，一人讨不回多少钱，年终奖金工资一起扣。我跟你说，吴经理，你认识的那个阿发，家里困难，老娘住院花了几万，等着讨了债回来拿奖金，讨不到，他就从债主的楼上跳下去，结果自己又摔伤。吴经理，老话说得好，这些债主，就是那样的心理，千年不赖，万年不还，你说我拿他们怎么办。吴经理，这些话平时我也不说，也没处说，这是你，我才说说，别的人那儿，我也不说，说了也没用，等于放屁，只自己辛苦着便是，谁还能来同情你。我想来想去，能理解些我们、能同情我们这些人的，也只有你吴经理，别的人，唉，哪里去找……喂，吴经理……"

吴为一捏着话筒的手发了麻，头脑也有些糊涂，听到厂长喊，连忙道："哎，我听着，可是，可是，我……我怎么向那边交代？"

厂长道："你再替我们说说，再说说好话，能不能再延一延，哪怕一两个月也好，一两个月我就能缓过气来了。吴经理，我知道，这事情给你丢了脸，但是我们都知道你人好，你再帮我们一次，我们一定不会忘记你的。"

吴为一不知如何是好，科室的同事都盯着他，吴为一看得出小李和老张他们都要用电话，心里很不安，但厂长那边缠着没完。

厂长又说："你要是实在不好开口，你把徐女士再请到我们乡下来一次，或者哪天和她约好，我进城看她去，我自己和她说说，行吗？再延一延，哪怕一两个月。"

吴为一道："和徐娟娟说恐怕也没什么用，关键是她的亲戚那边能不能通过。那边说了，如果能按时还了，再转借也不是没有可能的，但是如果到期不还，延期也是很难的。"

厂长道："那能不能我们赶到那边去看他？"

吴为一犹豫了一会儿，道："我再和徐娟娟商量看她怎么说，我再给你回音。但不管怎么说，即使能再延两个月，两个月也是很快的，你还是得作还款的准备。"

厂长道："你放心，两个月我就能活过来了。"

吴为一这才搁了电话，小李连忙过来用电话，老张道："还是还钱的事？"

吴为一点点头。

老张停顿一下，又说："电话打得够长的。"正在拨电话的小李半真半假地道："这电话费该叫厂里出吧。"

吴力一心里不乐，便道："我这也是没办法，下派的时候，拼命动员我们为基层办实事，办了实事，反倒惹了麻烦了。"

别的人就说，别认真么，再说，你虽然惹了些麻烦，但是帮基层办事我们也都知道，不会白办的吧，好处也不是没有的么……

吴为一道："什么叫好处也不是没有，有什么好处啦，吃辛吃苦，自己又怎么呢。"

小李笑道："那到底不一样的，你的红塔带了山，我们的红塔可没有山呀。"

大家笑道，你倒忘得快，你家那冰柜，不就是为了下派买的么。

吴为一道："那是我下派结束后才买的。"

大家又道："就是说结束了下派好处仍不结束，还道有什么好处。"

吴为一道："下派又不是我要去的，当初你们都不肯去，怎么求我的，现在倒反过来说我了。"

老张看吴为一心里气，便道："其实我们也不是说你，看你还不出钱，也替你急呢。知道你这人也不是什么很贪的人，弄点吃的喝的了不起了，也就这样了。从乡下出来的，像你这样，也算是清廉的了，人家说是不是？"

大家笑道，是。

小李朝吴为一腰间看看，道："只是你那 BP 机，局长眼红着呢，你看不出呀，我看你也派不了什么用场，干脆送局长算了。"

老张道："那恐怕不行，没了 BP 机，江小燕呼不到他，掌握不住他的行踪，日子也不好过的，从乡下回来，我看他在家的地位有所提高，和 BP 机不无关系吧？"

吴为一哭笑不得，只不开口了。看小李和老张都用过电话，再看别的人好像没有用电话的意思，便给徐娟娟打电话，不料徐娟娟不在，说出差了，问几时回来，回答不知道。这下吴为一有些急了，不知道该怎么办，也不知道借贷的钱到期不还会有个什么后果，便问同事。大家笑道，你问我们，我们问谁？

吴为一忐忑不安地过了几天，晚上正在家心烦，突然有人敲门。江小燕去开了门，吴为一听到她的声音冷冰冰的，问道："你找谁？"

徐娟娟道："我是徐娟娟。"

吴为一连忙跑过来，听得妻子正说："徐娟娟，徐娟娟是谁呀。"

吴为一上前道："你来了，正好，我等你等得急死了，坐，坐，坐下来说。小燕，你泡杯茶吧。"

江小燕没有动弹，站一边看他们说话。

徐娟娟道："单位有事，出去了几天，回来说有人天天打电话，估计就是你，呼你又不见你回电，只好赶来了。"

吴为一奇怪道:"怎么的,呼机没有响呀,会不会你弄错号码了?"

徐娟娟道:"我不会呼错的,好多次了么,怎么会错,不是19885么。"

吴为一拿下 BP 机看看,道:"不错呀。"

徐娟娟道:"也许到时间没有交钱吧,寻呼台就不给转了。"

江小燕站在一边看他们说得热乎,道:"什么客人,也不知道介绍介绍。"吴为一这才想起介绍。江小燕道:"原来是女强人呀。"

徐娟娟道:"不敢不敢。"

吴为一怕江小燕不给脸,连连使眼色,江小燕道:"你朝我使什么眼色,我是看不懂的,我们老实人,不懂暗号。"

徐娟娟并不计较,道:"是不是厂里还不出钱?"

吴为一道:"是呀,急死人,说希望能延些时间,哪怕一两个月,两个月就能活过来了。"

徐娟娟似笑非笑地"嘿"了一声,道:"两个月,恐怕也难。"

吴为一道:"厂长提出来,要到你那亲戚处拜访,你看,是不是你先联系一下?"

徐娟娟无可奈何地摇摇头:"真没办法,苦了我了,苦了我了……"

吴为一道:"是没办法,我听厂长叹了一大堆苦经,也够他受的,也难。"

徐娟娟起身道:"只有这样了,我今天晚上就和他通个气,如果他同意让这边去人,就是有希望,如果不同意,那是没戏了。"

吴为一道:"没戏会怎么样?"

徐娟娟道："找担保银行呀，担保银行若不问，就封银行的账号呀。"

吴为一吓一跳，道："那怎么办，封了账号，死蟹一只，厂里不完了么？"

徐娟娟道："我们再努力一下吧，能怎么办呢。"说着就要走。吴为一也不好留她，送她出门时，一迭连声地道："实在对不起，实在对不起，全怪我，全怪我……"

徐娟娟笑了一下，道："也不能怪你呀，这种事情，现在也不是只你碰到，很多的，讨债本来就是件麻烦事，行了，别送了。"

徐娟娟刚一走，江小燕便道："还挺知道心疼你的，不怪你呢。"

吴为一道："她怪不怪我那是一回事，我心里总是过不去，这事情，唉……我急呀……"

丈母娘道："中人不赔田，挨不着你急。"

江小燕道："怎么追上门来了？"

吴为一道："她刚才不是说了么，呼我没有回，这事情总得有个说法。"说着又叹气。

江小燕看他一眼，道："像是你欠了别人似的，弄得灰溜溜，犯得着吗。再急也不见得追上门来呀，和我们家有什么关系？莫名其妙，你到底得了人家什么好处，这么缠着你不放，她找厂里就是。"

吴为一抱着头，不说什么。倒是儿子看不过，向母亲道："烦不烦，既然与我们家没有关系，你说什么话？"

江小燕这才闭了嘴。

隔日徐娟娟就告诉吴为一，亲戚那边已经说妥，好像有商量的余地，吩咐让厂里去人，带上利息和罚息，去了再谈延期的事情。

徐娟娟叮嘱吴为一，厂长一定要自己去。吴为一问要带些什么东西
上门，徐娟娟道，让他们自己看着办，总不能空手去，徐娟娟说相
信厂长是个明白人。吴为一赶紧将好消息告诉厂长，厂长感激涕零，
再三恳求吴为一陪他一起去。吴为一问大概什么时候走，厂长道，
将利息什么算好凑齐就走，估计一两天就出发，让吴为一等他的电
话。吴为一回家不敢向江小燕说起，想等走的时候再说不迟，总还
是逃不过江小燕的话，早说不如迟说，可少些烦。

　　等了一天，又等了一天，厂长一直没来电话，吴为一追电话过
去，没有人，问在哪里，说不知道，这么连打了几次，都是统一的
说法。吴为一有些生气了，回家也憋不住向江小燕说说，江小燕道：
"欠了他什么，要你这样。"

　　吴为一只知道叹气。

　　江小燕道："把 BP 机还他就是，破东西，有什么用，添烦，我
们不欠他。"

　　吴为一道："我也不稀罕这东西，可是还了 BP 机他钱还是还不
出，有什么办法，就是还他一个大哥大，也还是赖。"

　　江小燕道："你现在知道说赖了，你现在知道人了。"

　　吴为一点头道："知道了也没有办法。"想想心不甘，又说，"想不
到他真的不给我一点儿面子，真做得出来，我怎么跟徐娟娟回话？"

　　江小燕斜眼看着他，道："就你起劲，别的人下派，混混罢了，
不也和你一样，该有的都有。我同事的男人，和你一批的，已经提
了。你呢，提？做你个大头梦吧，为别人的事伤脑筋，现在只有
你了。"

　　吴为一无话说，第二天到办公室，想着还是不甘心，找出厂长

家的电话，给厂长家挂电话。厂长老婆接的电话，说是厂长不在家。吴为一报了自己的名字，厂长老婆说，你就是国务院总理来了，也还是找他不着的，这个人，没办法了，不知多少天不归家了。吴经理，你是了解他的，为了工作就不要命了，你想想，胃出血，三次了，医生都不让他再工作，逼着他住院，可是他呢，照旧天天在外面陪人喝酒，这样下去，要把自己作死了……说着就有了哭声。吴为一不知怎么办。想劝又不知说什么好，本来是要兴师问罪的，这样一来，倒又开不了口，只得应付一句，你让他少喝些，身体要紧。那边厂长老婆马上接过话题，道，少喝些，不成呀，现在厂里这样，讨债的满屁股追，放出去的债讨不回来，不管是讨债还是躲债，人来了，都得陪着喝呀，不喝日子更难过。吴经理你在乡下待过，你是知道，苦呀，想穿了，做个厂长真是没有什么。我跟你说，现在他回家，小孩子都不认得他了，你说说，这日子……又是一阵抽泣。吴为一听着也心酸，竟是再说不出一句话来，就这么挂断了电话。电话刚刚放下，一转眼却看到厂长正站在他的办公室门口，吴为一惊喜地"啊"了一声，连忙站起来迎出去，道："你来了，想不到，想不到，我正到处找你，进来坐。"

厂长看看办公室其他人，显得有些犹豫。

吴为一道："不碍事，都是同事，都知道的，大家正帮我想办法呢。"

厂长听了这才跨进门来，在吴为一指的位子上坐了，看大家盯着他看，一脸的尴尬，闷了半天不说话，吴为一道："怎么，连利息和罚息都拿不出来？"

厂长点点头。

　　吴为一额头上渗出了汗水，急道："那怎么办，那怎么办，已经和那边说好，一两天之内赶去，那边也只肯等一两天，已经过了两天了，怎么办？"

　　厂长又朝吴为一的同事看了一遍，朝吴为一道："吴经理，你是好人，我们都知道你，再帮我一次，再帮我一次……"

　　几个同事忍住笑，吴为一道："我能帮你早帮你了，我没有办法呀，钱又不是我的，若是我的……"

　　厂长道："你外面路子多，我们不在一根绳上吊死，你再帮我看看有没有别的财源，哪怕先借一点来还了利息，延上两个月再说。"

　　吴为一摇头道："我哪有什么路子，我是最没有路子的人了。"

　　小李笑道："吴科也不要太谦虚了，你还是有两下子的，三百万的贷款不是你弄来的么，换了我们，恐怕三百块也弄不到。"

　　大家都说是。

　　厂长便认了真，道："你看看，大家都这么说，吴经理，算我求你了，看哪里有些活钱的，帮我先借点利息钱来，先还了徐娟娟那边……"

　　吴为一道："就算我能想办法，那你拿什么来还，一样还是个赖账。"

　　厂长苦着脸，责怪自己："我这个人，我这个人，怎么办呢，我做事情做到这一步，我怎么会到今天这一步，从前都说，杀人偿命，欠债还钱，我连这一点起码的规矩都不能做到……"说着，眼睛红了，说不下去。

　　办公室里沉静了一会儿，小李道："也不能这么说，这也不是你一个人的事情，现在到处都一样，谁有回天之力？"

大家都说是，厂长你也不必太着急。

厂长道："我怎么向吴经理交代，我知道吴经理的，是最要面子的，我让他丢了脸，我真是！"

大家笑起来，道，吴经理现在也不比从前了，现在吴经理的脸皮也厚起来了，厂长你放心，他不会跳河也不会上吊的。

说得厂长笑起来，吴为一也不能再绷着个脸。厂长看看表，乘机道："吃饭时间到了，今天我请各位，各位对我这么关心，我表表心意。"

大家朝吴为一看，吴为一道："你本来经济就困难，算了吧，省着点吧。"

厂长道："我经济并不困难，我有钱的，我的厂效益很好的，我只是套在连环套里了，我放出去的钱追不回来，其实我的经济并不困难，不信你去看我的账。"

大家又笑，道，那当然，饿死的骆驼比马大。

吴为一无可奈何。

这一顿中饭就由厂长请了，反正同事的大多中午不回去吃，现在有白食吃，谁也不反对，便跟着厂长到馆子，吃得挺好，喝了酒，每人还发一包红塔山。一群人酒足饭饱出来，剔着牙缝，打着饱嗝，——谢过厂长，吴为一送厂长走出一段，厂长道："吴经理，拜托了拜托了。"

吴为一苦笑笑，道："再说吧。"

厂长又道："我来你单位之前，已经到你家去过，东西交给你丈母娘了。"

吴为一也不好意思问是什么东西，只说："你别客气，关键是想办法还钱。"

厂长道："那是，我天天在外面奔，就是为钱。"

吴为一想起厂长老婆说的厂长胃出血的事情，连忙说："你要小心身体，你胃不好，少喝点酒。"

厂长突然流下眼泪来，也不再说什么，转身走了。吴为一看着厂长远去的背影，心里沉沉的。

回到办公室，大家正议论着，见了吴为一，老张道："吴科，这钱你恐怕是不能再替他借了，这是个无底洞，你看不出？"

小李也道："现在整个就是有借无还，借得到就是爷，还不出也是爷，就这样了。也不是他一个人的事情，社会就是这样了，形势就是这样了。"

吴为一很感激大家，道："我也不是不知道，可是，看看他们的样子，真叫人……怎么说呢，你们也见到了厂长这样子，徐娟娟那边也是有苦说不出，被追得无处藏身，看看真是，于心不忍……"

小李道："让你于心不忍的事情多的是呢。"

吴为一道："你说的也是，但我毕竟在乡下待了一年，我对那里多少也是有些感情、有些责任的呀。"

小李道："所以，弄得好像是你该了他们的债似的。"

吴为一感叹道："你说的真是，我现在真像是欠了他们的债了，都不敢见他们，双方的人我都不敢见了，怎么弄得这样。"

老张道："不做中人不做保，一生一世不烦恼，你呀，有得你烦恼。"

大家只是朝着吴为一笑。正说着，电话铃突地响起来，大家道，又是你的，吴经理。吴为一直摇手，道："我不接了，我不接了！你们帮帮忙，如果是徐，就说我不在。"

小李去接电话，吴为一紧张地盯着他。小李说了一句："找吴为一呀，"吴为一心里一抽，连忙向小李摆手，小李笑，道，"找吴为一什么事？"

吴为一轻轻地说："别问了，别问了，说不在就是。"

小李偏偏有兴致，道："啊，是下基层锻炼的……什么？"

大家笑。

小李继续道："什么？噢，碰头会，不是结束了么？还碰头呀……好吧，你等一等，我叫他。"把话筒交给吴为一。

那边道："好哇，吴为一，提副局了是不是？架子大了，接个电话也有三关四卡呀。"

吴为一听出是和他同一批下派到一个县的老罗，是电子局的，连忙道："老罗你别误会，这几天头昏脑涨，怕透了。"

老罗也不问什么事怕透了，只说："我不管你，只知道你是有了架子了，接电话还派个秘书呀。我通知你，我们这一批的人，这个星期六晚上碰个头，说定了，在大富贵，向夫人请假说迟一点，饭后还有活动。"

吴为一道："都去吗？"

老罗道："那当然。"

吴为一道："为什么放在星期六？"

老罗道："是不是周末夫人不准假？"

吴为一道："那倒不是，有什么准假不准假，要去便去。"

那边老罗一笑，道："那就好，说定了，晚上五点半。"便挂了电话。

　　一直到星期六中午吴为一才向江小燕说了晚上的事情。江小燕听了也没有什么特别的反应，只淡淡地道："有什么办法，谁能挡得住你去。"

　　吴为一见江小燕没多说什么，自己原先准备好的话也就不说了。原来他都已想妥，若是江小燕啰唆，他就告诉她，这也是一条路子，问问那批人，也有已经提了的，也有外面关系多的，说不定能帮他解决些困难呢，借个二三十万利息想来也不成问题的。吴为一总觉得以这个解释是能过江小燕那一关的，他心里很明白，那边赖账，江小燕虽然嘴上怪他，但心里也是和他一样急的，所以吴为一已经把话都想妥了。不料江小燕却再不提还钱的事情，对吴为一星期六的聚会也没有表现出明显的态度。既然江小燕已不愿多说，吴为一便也少说为妙，只想着见那批下派战友，找谁谁谁求助。

　　下午吴为一因为局里有个会，误了十来分钟，赶到大富贵酒店，下派的战友大多已经来了。见了吴为一，大家道，模范来了。也有道，怎么，见瘦了，刮不到民脂民膏了？

　　吴为一苦笑道："什么呀，这些日子焦头烂额了。"

　　大家道，你还焦什么头烂什么额呀，你路子那么野，什么事能难倒你。

　　吴为一有嘴难辩。

　　小陈凑到吴为一身边，道："喂，怕你不来呢，有件事想托托你呢。"

　　吴为一道："什么事？"

　　小陈道："我在乡下时，替他们借了一百万，到期了，利钱也还不出，我被逼得无法子了，夹在两头受罪。想你路子多，能不能帮帮忙，拉兄弟一把，不多，就十来万，对你来说，小意思了，先借些来抵挡一阵再说。"

吴为一忍不住"啊哈"一声，这一声竟响得出奇，把所有正在互相叙旧的下派战友都吓一跳，问道什么事。小陈把事情说了，又道，原以为结束就结束了，不想惹个事情在身上竟是摆脱不掉了。大家看着吴为一的脸，后来有人道，原来是还款的事情，我们也都一样，恐怕吴也差不多吧，不是已经离了乡下么，就罢，别提，别提，喝酒！

于是便喝开了。

吴为一喝醉了，几个人护送他回家，都是有自行车的人，便将自行车先寄在饭店，两个人搀扶着吴为一一路走去。到一条很窄的小巷，前边有两个女孩子并排慢慢地走着，这几人不能往前超，就在后面催她们，她们仍不急不忙。这时候吴为一挣脱了搀扶，踉踉跄跄走到姑娘面前，指着道，花姑娘的，开路的，把两个女孩一吓，连忙让开。吴为一回头对下派战友跷跷拇指，我怎么样？说着便大笑起来。

夜色里，吴为一的笑声真是很洪亮。

前　景

一

火车准点到站，是下午五点零几分，赶回家吃晚饭，正好；可是在车上大家说，我们今天不回家吃，我们今天要吃向老师。

向小红被围着，别的乘客都看她，向小红有些不好意思，低着个笑脸，道："要请的，要请的，我不赖的。"看大家乐滋滋，向小红又说，"不过，今日大家都累了。"

大家嚷嚷，我们不累，我们不累，我们要吃向老师。

向小红仍然笑着，道："改日吧，改日吧。"

大家说，不改日，不改日，就今天。

向小红把脸转向领队的文化馆副馆长王振明，王馆长温温地看着向小红道："不是小谭在家等着你吧？"

大家说，不理他，不理小谭，我们不理睬小谭。

小豆子站上前说："到我姐夫那店，喜来登酒家，八折优惠，小姐是跪着的。"

大家便笑小豆子摆帅，哄哄地说，我们这等人，吃不起喜来登，小豆子你自己去吃喜来登，出站打个的，呼一下就到了，小姐跪着给你开门，我们要跟着向老师，吃向老师，就街头大排档也是好的。

王馆长说："就五百元奖金，也只够你们吃大排档的。"

大家说，五百元事小，荣誉事大，向老师付出的劳动何止五百元，我们心里有数。被向小红抓住了话题，连忙说："那就该吃你们。"

大家说，吃我们也是应该，今天就吃我们，改日再吃向老师。

向小红道："我怎么也拿你们没办法。"

大家哄笑，齐声道，没办法就听我们的。

王馆长说："还反了你们，嘴上管着叫向老师，要不是向老师舞编得好，跳断你们脚筋，奖也没你们的份。"

大家说，本来就这意思么，就是要感谢向老师，才叫撮一顿的么，知道向老师不肯，就说让向老师请客，其实真的去，能让向老师掏么，把我们当什么人呢。

向小红倒不作声了。

陈军强闷了好半天终于插上一句话，道："想想也是，两个月的排练，一星期的比赛，就这么混混过去了，一眨眼就到分手的时候，明天也就散了，再到哪儿去谢。"

说得大家都不作声了。

向小红指着大家，道："说得惨惨的做什么。"

王馆长也说："舞蹈队散了，文化馆又不散，你们想向老师，到文化馆来看看就是。"

大家说，我们也想馆长呢，可是谁知道呢，谁知道到时候还认不认得我们。

王馆长说："我是这样的人吗，向老师是这样的人吗？你们说得出。"

向小红在一边只是笑着，不再开口，但是大家仍是不依不饶，叽喳个没完。向小红看着他们，心里甜甜的、酸酸的。一年一次，有时候两三年才有一次业余的舞蹈比赛或是调演，把这些姑娘小伙子从各自的单位借出来，一起热热闹闹过两三个月，结束也就结束了。到下次再有活动，也有不定能轮到他们这一拨了。舞蹈是个年龄饭，差不得一年两年的。所以陈军强说得也不是没道理，散了也就散了，再聚也是不易。这些人，在各自的单位，有强些的，有弱些的，情况各不同，也有有些实权的人，或是在亲戚家属中，很有些有力量的人物，只是喜欢上了舞蹈，没法子的事，便才凑到一个穷穷的文化馆来，归到向小红这里，齐齐地听向小红的指挥，对她很敬重，老师长老师短地叫着。向小红刚从舞台上退下来做编舞兼教练那时，听大家叫她向老师，很不好意思的，后来时间长了些，也习惯了。向小红在当专业舞蹈演员时，舞跳得很认真，但是成就并不算很大，虽然也上过独舞，也做过主角，但毕竟只是在一个小城市的歌舞团里，世面也见得不多，技巧也不能很高，也没有赶上什么大赛让她可能把才华施展一下。到了二十六七岁，也就自然地淘汰下来，调往文化馆做了编舞，有任务时就做教练，也算是对她很看得起了。别的像她这样的演员，退下来，到一般的事业单位弄个文书什么做做已经很满意，到企业做个工人也不是没有。一直到好多年以后，大家说起来，还都羡慕向小红运气好。其实现在真正好的倒是一些下了企业的人，凭着先天的条件，或者做了什么公关人才，或者搞些对外联系，那个活得才叫自在、滋润。丢了业务当然也是挺可惜，但有失便会有得，得到的东西必定也是令人眼红，那没话说，所以说到底这世上谁也不知道谁的未来。

火车离他们的城市越来越近，大家仍然没能说动向小红，终于减了些劲头，有站着的，也有的回到自己座位上，只有陈军强依然默默地盯着向小红，眼睛愣愣的。

王馆长笑道："陈军强，站着不累呀。"

陈军强无声一笑，表示不累。

向小红说："坐吧，坐着说也一样。"

陈军强没再说话，就到自己位子上坐了，身子侧前依然朝向向小红，等她的决定。向小红心里乱乱的，一时不知向他们说什么好，实在也想不出什么好听的话来，待了半天，才又说一句老话："改日吧，改日等大家有时间一定凑起来请你们。"

大家再不作声。

向小红知道灭了大家的兴致，心中惭愧，想再改口又觉得没了趣，便不作声。细想想自己也是不该，家里又没有什么要紧的事情，非赶回去吃晚饭又为哪般，也不过和小谭通上电话，小谭告诉说今天晚上没有应酬，定准在家等着她吃晚饭罢了。吃饭是天天要吃的，往后吃饭的日子长得很去了，也不是什么新婚，也算不上什么久别，倒为小谭泼了大家的兴。想着愈发地觉得自己不该，把脸低了，不看大家。

王馆长觉察出向小红的情绪，便道："向小红说话算数，凑个星期天怎么样，或者周末？"

小豆子叹息一声，说："我们厂礼拜三厂休呀，周什么末呢。"

也有人应了声，道，要凑到一起总是难了，说得大家又沉闷。陈军强在座位上坐不住，看向小红一眼，像是想站起来，又觉不妥的模样，犹豫了一下，最后还是站了起来，道："真心要凑，怎么就凑不起来？"

小豆子应和道："也是的，真心要凑，总能凑起来，哪怕请假。"

陈军强笑了一下，说："是了，只要向老师通知，我一定到。"

小豆子也说："我也一定到。"

大家又有些情绪了，纷纷说我们也能到，我们都到。

王馆长笑着对向小红说："你看看，向老师，你的威信。"

向小红心里仍不好受，只是勉强一笑，说："若说好了，我们就拣近些的日子，离远了，恐怕是要泡汤的。时间一长，谁是谁恐怕都记不得。"

陈军强说："那也不见得，谁是谁还能忘了呀。"

小豆子说："谁是谁能忘了，向老师我们总忘不了的。"

大家便又笑开了，说小豆子一张嘴涂了蜜似的。小豆子也跟着大家笑话自己，指着自己的嘴说："我就是嘴甜。"

大家说，心狠。

小豆子叫冤枉："我是心狠的人吗？"

气氛复又好了起来。陈军强忽然就掏出个本子来，说："大家别当儿戏，把电话都给我，向老师你可以先通知我，我负责联系，谁不来找我是问。"

大家都说好。

小豆子扳过陈军强的脸看看，道："看你不出，平时不声不响，还挺爱管事儿的。"

陈军强说："我知道你们这些人，到时一散，谁也管不着谁了，你们别想溜了。"

大家便乖乖地报自己的电话，也有的没有电话，就报了地址，陈军强一一认真记下，最后说："向老师，交给我了。"

大家又笑，有几个姑娘笑弯了腰，说，陈军强你这什么话，什么叫向老师交给你了，向老师是交给小谭的。说得向小红脸上红红的。

王馆长瞅个空档，问向小红："哎，真是小谭在家等着呀？"

向小红说："谁知道，没定准的。"

王馆长说："平时没定准，今天肯定是说妥了的。"

向小红不吱声了。

火车准点到站，大家收拾了行李，拥着王馆长和向小红下车，到了车站广场，大家挥手分头而去，虽然都有些留恋，但是很快也散尽了。陈军强瞅着向小红的行李，说："向老师，我送你一段。"

向小红摇摇头："不用不用，也不重。"陈军强这才离去，远远地又回头向向小红挥手。

王馆长看向小红张望着什么，问道："是不是说好小谭来接的？"

向小红说："没有，他怎么会来接。"

王馆长笑一笑，道："虽然没有说妥，但也希望来接，突然惊喜一下。"

向小红说："不可能。"

王馆长说："那就走吧。"

他们一路到公共汽车站的起点，等了一会儿，车来了，一起挤上车。王馆长近，坐了三站就下了，向小红差不多要坐到终点。王馆长下车后，站在路边向向小红挥手道别，一直到车子再启动，王馆长才转身走，向小红朝后看着王馆长的背影。车又过了一站，就有了空座位。向小红靠窗坐了，脸朝着窗外，看着慢车道上的自行车都急急地往前赶着。

向小红上楼的时候，碰到楼上的邻居，邻居点个头，道："出去几天了。"

向小红说："是，刚回。"

邻居道："所以也不见小孩子在这边。"

向小红说："是，我不在时，我姨妈带了小孩子住我妈妈家，方便些。"和邻居道别后，到得自家门前，听不到屋里有什么动静，掏出钥匙开门，果然小谭还没到家，屋里冷冷清清，锅碗都洗得干干净净，碗橱里空空的，水瓶里也没得热水。向小红先把水吊子坐上，把行李什么整理一下，水开了，冲了热水瓶，小谭还不到。向小红听楼梯上脚步声倒是接连不断，是到了下班时候，只是听不见小谭的脚步。小谭性子慢，虽然人高马大，上楼却不紧不慢，稳稳地，这脚步，向小红听惯了的。向小红等得心有些焦，到屋里到处看看，有灰尘的地方抹一把，又到女儿和表姨妈那小屋，倒是整洁得很，想到自己有这么个好姨妈真是前世里修来的。表姨妈孤身一人，从前住在乡下，向小红生孩子时，母亲正照顾小红哥哥的孩子，那时也才一岁，离不得老人管，小谭家也没有人能带孩子。母亲便想起了乡下的表姨妈，写了信去，很快就来了，以后一直在向小红这儿待着。五岁的女儿是表姨妈一手带大的，几年下来，向小红和表姨妈已经建立起一种似于母女的感情。想到这儿，向小红心下多少有些安慰，走出来，坐在厅上，愣愣地听着楼梯上的脚步。突地电话铃响起来，向小红吓了一跳，过去接了，是小谭的电话。听到向小红"喂"一声，小谭先说："对不起。"

向小红心往下一沉，道："怎么，又不回了？"

电话那头，小谭低三下四道："真是对不起，一千个对不起一万个对不起。"

向小红捏着话筒不作声。

那边小谭说："已经要出门来，只差一步，被朋友拉住了。"

向小红仍然不作声。小谭继续解释："本来我都想到钱记卤菜店买你喜欢吃的电烤鸡，刚出门，就被朋友拦住了，要托我帮他们办事，才请吃的。没有办法，若不去，他们以为我不愿意替他们帮忙。"

向小红道："不愿意帮忙又怎么样？"

小谭说："唉，朋友的忙能帮还是要帮的。"

向小红道："老婆的忙是可以不要帮的。"

小谭道："凭良心说，你有什么事情我不帮你的。"

向小红又不说话。

小谭道："你别生气，我今天一定早回来，吃过饭就回来，不会很迟的，一定不迟，这几个朋友，一般性应酬一下。"

向小红道："谁呀？"

小谭说："大马他们几个。"

向小红道："混子！"

小谭说："我们就在星星酒店，一个小店，就这边大桥下面，很小的店，没有卡拉OK，不信你可以过来看。"

向小红道："我会过来看你，KTV包厢，小姐陪着……"

小谭认真地说："小姐是没有的，其实你也有数，女人我是不沾的。有这么好的老婆，还沾别的女人做什么，怕自己不得病呀。喂，你说呢？"

向小红没再说话，也是无奈，便把电话挂了。看着冷冷清清的家，心里空空的，闷坐了半天，才起身去下了一碗面条吃了。歇了一会儿，想去母亲那边把女儿接来，却觉得无力，也没有情绪，便作罢。看快七点了，过去把电视开了，等着《新闻联播》。过了半小时，天气报告了。回头想想这半小时好像什么也没有看进去，模糊记得哪里又在打仗，哪里又是劫机。心绪烦烦的，把电视报找来仔细看过，知道这夜里也没有什么精彩节目，又不愿意关电视，只让它作响去。再找本书来看，是畅销的，看过的人都说很好看，却也看不进去。便翻出提包来，里边夹着一张舞蹈比赛时的合影，拿出来看看，心里便有些暖暖的。看小豆子咧着个大嘴笑，看梅玲抿着嘴笑，又看王馆长正闭了眼，瞎子似的，向小红不由得一笑，瞎子，王瞎子。——看过来，看到陈军强，发现陈的眼睛没有朝着正前方的摄影机，却斜着眼睛朝一个方向看着，向小红注意到这个方向的目标，细看他的眼神，向小红又觉好笑，心里也有些别的想法一闪而过。看了会儿照片，想到陈军强说的散了也就散了，心里有些感慨。向小红做编舞工作这些年来，也常常有这样的活动，散了也就散了，有些依恋也是正常，过去也就过去了，这一次倒是特别珍贵似的，也不知道是什么原因。又想，若是小谭在家，两个人说说聊聊，或者女儿和姨妈在，和女儿说说，和姨妈说说，便不会有那么些感伤，那是肯定。于是又想到比赛时的情形，后来揭晓时的紧张，再后来得到结果的喜悦，那些小年轻，平时也是吊儿郎当，没有见几个一本正经的，真正到了那时候，较劲较上，真是叫人感动。向小红经历的种种情绪，还都一一印在心上，小谭若是在家，她向他说说，小谭也是愿意听的。向小红编舞，小谭也给她出出主意，虽然多半是些不怎么样的主意，但对向小红来说，这已经很够了。小谭大学毕业在学校教了一年书，就转进了机关，坐班，多年机关坐下来，也结交了不少朋友，小谭人是很随和，也要面子，朋友烂多，三教九流均有，以小谭自己的话说，哪一拨朋友少了我他们便没得趣味。也是奇怪，向小红这么胡乱地想了一阵，觉得小谭的晚饭也该结束了，再骑车回来，这一点点路程，也该到家了，于是静着心等着上楼的脚步声。一等再等，终是等不着，心里想着会不会又喝多了，骑车不出什么事才好；又想是不是吃了饭又去卡拉OK，但是电话里明明说吃过饭就回的，总不能说话不算数。这么一想再想，心绪越来越烦躁，到差不多时候，便洗洗上了床。又等了些时，仍不见回，便熄了灯睡下。翻来覆去多时，已是夜深人静，听得屋后楼下小巷里偶有自行车来去的晄当声响，也有人突地冒出一句歌词，很快就远去，留下仍是一片寂静。再下去，进厕所掏大粪的粪车来了，轰隆隆一阵响，又过去了。再过一会儿，就会有一个人骑自行车，吹着婉转动听的口哨过去。向小红在每夜每夜漫长的等待中，已经掌握了夜的声响，她对那口哨声感受特别的深，在电视擂台上，也有表演口技的，也有用口哨吹出各种曲子的，但是向小红从来没有听到过这么悦耳的口哨，每夜都吹一首不同的曲子，有老歌，也有流行的港台歌曲。向小红总是想见见这个人，她恨不得告诉他，你可以去参加什么比赛。当然向小红不会这么做，她只不过在夜里听着他的口哨，也许因为在夜里才显得特别地动听。向小红正想着，那口哨声已经传来，今夜吹的是《妈妈的吻》。向小红听那悠悠的曲调远去，心里安逸了许多，终于迷迷糊糊地要入睡，似是而非的好像在开始做梦。突地眼前一亮，小谭回来了，站在床前，喷着酒气，向向小红赔着笑，道："床头跪，床头跪。"

向小红看了一眼桌上的钟，生气道："你说话算不算数？"

小谭朝她敬个礼，道："对不起，对不起，该死，该死！"

向小红说："你说吃过晚饭就回，哪家饭店开到现在！"

小谭说："我也没办法，吃过饭想回的，真是想回的，死硬拖住了不给走。"

向小红说："没有办法，没有办法，你就别说早回来，让人一晚上提心吊胆，也不知出了什么事，喝醉了倒在路上，还是怎么了？"

小谭笑道："还是给车撞了？"

向小红道："也不是一回两回了，怎么说你也改不了，怎么回事？"

小谭又作揖，道："我真的，我真的，我给你打电话时，真是说好吃了饭就回的，吃了饭他们又不许走，我怎么办？"

向小红说："你好说话，你好人，谁不说你好。"

小谭道："我其实也不想到这么晚呀，我也知道晚回来日子不好过的，我也不想喝那么多酒的，烟熏酒泡，伤身体得很，也不好受。我也没办法，明天一早还得起来上班。"

向小红道："原来你还知道要上班，我以为你做老板不上班了呢。好女嫁老板，你若做个老板，晚归就晚归了，我也无话，也跟着享享福。"

小谭一味赔笑脸："我跟他们说的，我说今天算我没在，我跟他们说了我老婆今天回来，说好回家吃晚饭的，他们不允，我没有办法。"

向小红说："朋友当然比老婆重要。"

小谭上前要和向小红亲热，道，"老婆是已经到手的。"

向小红推开他，把背朝着他。小谭站在床前愣了一会儿，又说："我总算，我总算还是回来了么，干吗这样呀？"

向小红一下子坐起来："你大概以为能回来已经很不错了是吧，你不回来也行。"

小谭又愣了一会儿，转到床的另一边，看着向小红，说："不回来你能饶了我呀。"说着又笑，道，"好了，好了，天天晚上斗嘴，没劲吧。"说着要把向小红按进被窝。

向小红道："你别动。"自己躺下了。忽地想起火车上大家围着她的情形，心里一酸，便流下眼泪来，说道，"巴巴地赶回来，人家请我吃饭我也没有肯去，那么多人劝我，我都没动心，巴巴地回来，就这样？"

小谭苦着脸道："谁叫你不去呢，你本来该去的么。"

向小红说："你说谁让我不去呢？"

小谭说："总不是我吧，我是一直叫你出去玩玩的，你自己不愿意。"

向小红道："是，是我自己活该。"

小谭又沉默一会儿，拿出一条烟来给向小红看。

向小红道："是，一条烟就卖了自己。"

小谭说："话不能这样说。有时候交朋友也就是帮助自己。"

向小红道："我说不过你，你人又好，朋友又多，不像我。"

小谭笑道："哪能呢，你算是名人吧，我可不是。哎，对了，奖状呢，我看看。"

向小红没有理睬他，只不再作声。

小谭道："饿了不，我下面条给你吃。"

向小红道："晚饭吃的面条，不能顿顿吃面条吧。"

小谭道："那你想吃什么？"

向小红道："没胃口，看看几点了？"

小谭便也不再多说，洗漱了就睡下，只说声"保证以后不这么晚回"，就没了声音，一会儿呼声便起。向小红闻着弥漫了一屋子的酒气，久久地难以入睡。

二

按常规，向小红在家休息了一天，隔日上班去。大家见了都有些想念的感觉。别的科室人见了也说，有时间了，想你了呢，问去了有十多天没有。向小红说："哪有呢，才一个星期。"

大家说，倒像有半个多月一个月的样子了。

又说，小向是有道理的，每次汇演总有成绩。

也有的说，是，得了奖，人也见胖了些。

又有说，看不出胖，我倒是看着瘦了些。

向小红摸摸自己的脸，也不知到底是胖了还是瘦了。一会儿正馆长也过来了，向向小红祝贺，道："省里的通报已经到了市里，市里很开心，你的功劳。"

向小红说："大家的功劳。"

馆长说："有时间写份总结，我看看，不定上面会来要的。"

向小红说："好。"

馆长又问了些别的情况，比如其他兄弟市的情况等。向小红一一回答了，馆长这才走开。大家又围绕舞蹈大赛的事情说了一会儿，问了奖金数，都有些不平，说太低了。向小红道："这次算是最高的一次了。"

大家说，也是的，业余的么，就这样了。

又说，也行了，不给奖金还不一样做。

再说一会儿，后来也便散去，各干各的工作，一切又都恢复正常。

向小红愣坐一会儿，拿出纸笔，摊在桌上，一切又都从头开始。向小红写完这一次活动的总结，又要开始编下一个舞蹈，漫长的生活就是这样一天一天地过着。关于舞蹈，向小红有时候有非常好的想法，作为编舞，行家都认为向小红是块天生的料子；看着向小红长大起来的人都说，小向跳舞倒不见得怎么出色，但是编舞确实有天赋，独具一格，意境非凡。向小红有时灵感来了，觉得自己真是有编不完的东西，觉得这世上什么东西都可编成舞来让人跳；但是向小红也明白，编舞的人是没有能力让一个舞蹈活起来的，一个舞蹈要活起来，要走上舞台，要红起来，还有许多的因素，自己是其中的一个重要因素，但并不是决定的因素。为一个出色的舞，向小红常常要等上半年一年，这也是没办法的事情，对此向小红并没有什么抱怨，向小红觉得她已经够幸运的，真的很可以了。向小红一手执着笔，一边想着这总结该怎么写，从哪里写起。王馆长捧着个茶杯走了进来，注意地看着向小红的脸，道："小向，你脸色不怎么好，怎么，身体行吗？"

向小红说："没什么，挺好。"

王馆长道："前天晚上，想给你打电话，我一张合影找不见了，想来想去，不知丢哪了，以为是落在你那里了，不过后来也没打。"

向小红说："没有呀，我只有我的一张，夹在笔记本里的，就一张么。"

王馆长道："那，幸好没打。"

向小红奇怪，道："打也不碍事呀。"

王馆长道："打也是白打。"

向小红笑了一下："就省那么几个电话费呀。"

王馆长笑而不语，看着桌上的纸，道："写总结啦？"

向小红说："也没有什么好写的，能写多少就写多少了。"

王馆长道："接下来搞什么了？"

向小红说："也不知道呢，反正走不出这大圈子。"

王馆长道："什么时候和我们聚？"

向小红一愣，随即想到王馆长说的什么，笑了起来，说："你真想敲我一顿呀。"

王馆长说："哪呢，不过一起热闹热闹罢了。"

他们说着，别的科室空闲着的人又慢慢地聚过来。小画王道："小向，你怎么回事儿？说让我给你画油画肖像，恭候大驾还挺不易，一等二等的，还画不画，再下去，又要涨价。"

大家说，小画王你也忒没脸，送上门求着给人画，还能涨什么价。

小画王道："这叫墙内开花墙外香，你们懂什么。"

大家便笑，这时候就有人朝门口看，于是大家跟着他的目光一起看，门口站着一个人，很潇洒英俊的小伙子。向小红和王馆长同时"呀"一声，向小红道："是陈军强。"

陈军强见大家盯着他，脸便红了，站在门口手足无措。

向小红说："进来，进来，这里都是文化馆的人，又没有别人。"

陈军强勉强进得屋来，站着仍然尴尬。王馆长道："怎么的，小伙子，这么性急，就来追那顿饭啦？"

陈军强连忙摇头："不是的，不是的，我是来，我是来……"往下不知说什么好。

向小红说："你坐，坐下，我们这里随便的，排练的时候你也来看过。"

陈军强便坐了。大家看他往下说什么，陈军强憋出些汗来，说："我，回去，发现多了一张合影，来问问，是不是向老师丢了合影。"说着拿出那张合影照片。

王馆长说："为什么一定是向老师丢了呢？偏偏是我丢了。"拿过合影去看起来。

陈军强看着向小红。

向小红说："正是，刚才王馆长还问起我，有没有多拿一张呢，不料是在你那里。"

那边大家把合影从王馆长处拿去，轮流地看了起来，说道，还是小向最漂亮。向小红说："得了吧，都老太婆了。"

大家说，小向你在我们面前摆什么老，轮得到你么。大家说说笑笑，向小红看陈军强坐着挺难受，却也不好硬叫他说什么，硬叫他说了，他会更难受，只好随他去。坐了一会儿，陈军强说："向老师，我走了。"

向小红说："没别的事吧？"

陈军强摇摇头。

向小红说："吃饭的事，过几日好吧。"

陈军强道："好，听向老师吩咐。"

向小红送陈军强到门口。陈军强说："别送了，我走了。"

向小红回来，大家都在笑，说，小伙子有心思呀。

小画王道："小向啊，小伙子眼神不对呢。"

向小红说："无中生有。"

大家指着照片，道，照片也露出来了，刚才进来，你是真不见还是假不见，盯着你那眼神，什么味道呢。

向小红道："瞎编排。"

越是这样说，大家越是认为有戏，笑着。向小红也笑，说："小孩子一个。"

大家说，小孩子人小心大呢，看王馆长不插嘴，便拉他来说，道，王馆长，你说，是不是。

王馆长看向小红一眼，说："看上小向的人还少么，我也算一个。"

大家说，王馆长你这话是真是假。

王馆长道："你道是真就是真，你道是假就是假。"

大家哄笑，说，那我们也都算一个，我们也都算一个。

小画王用手一挡，说："排队排队，先来后到。"

向小红呸他们一口，道："拿我当什么人！"

小画王正色道："就是，小谭知道了，不扒你们的皮，你们怕不怕？"

大家齐齐地道，别人我们不怕，小谭我们怕。正哄笑着，文学创作室的超人过来了，头发披在肩上，一甩一甩的，手里举篇稿子，指着向小红道："你的文章，我操，还真……还真他妈的，你的文章，是你的吧？"

向小红点点头："怎么，怀疑不是我写的？"

超人道："你能写这样的文章？"

大家骂超人，他妈的就你能写文章，狗屁不通，谁也看不懂的才叫文章。

超人道："向小红，还真看你不出。"

大家说，超人得了吧你，是不是又想撮小向一顿，告诉你，小向才拿五百奖金，已经有主了，轮你不着。

超人认真起来："有主了，都请谁，就没我？"

向小红说："你听他们，五百块钱我得买件时装穿穿，给你们吃呀，大头梦吧。"

大家说，这话可不像名门淑女说的，多粗鲁，像超人的口气。

向小红笑道："谁淑女？没有淑女。"

一群人又哄笑，过了，正馆长便踱过来，站门口朝里望望，有人做个鬼脸，大家鱼贯而出，回自己办公室喝茶去。超人却不走，举着向小红的文章说："文章是不错，不开玩笑，这一期我们的报纸先用了，再给你推荐个去处，说不定一举成名也有可能。"

向小红道："我又不是文学青年，上你的当呀。"

超人道："你不信我也没有办法，真作假时假亦真，假作真时真亦假，无奈无奈。"这才踱了出去。

只留下王馆长。向小红道："这些人。"

王馆长说："下午开会。"

向小红看他脸色有些严肃了，问："什么事？"

王馆长说："要搞职称了。"

向小红说："说了有时间了，真的要评？"

王馆长道："这回是真的了。"

下午果然开了全馆大会，馆长动员评职称的事情，细细地宣布了标准和要求，并且念了文件，又将有关材料发到每个人手里。大家仍是嘻嘻哈哈不当回事。馆长道："你们不要掉以轻心。"

大家说，我们没有掉以轻心。

馆长又道："我们是寄在别人那里评的，希望大家认真，填写的材料既要实在，也不必太谦虚。"

大家说，我们不会谦虚的。

馆长再说："高级职称指标有限，大家细细揣酌，量情而定，胃口不要太大。"

这才有人认了些真，问道："高级职称有几个，有没有比例？"

馆长说："现在还不清楚，反正大家根据自己的成绩申报便是。"

又有人打趣道，根据成绩，我们都申报高级。

馆长说："我也恨不得这样，能吗？"

大家无话。

下午下班出门，向小红推着自行车，王馆长就跟上来，说："小向，你这一次有希望。"

向小红说："你是说职称？"

王馆长点点头："副高，我看了一下，你已经符合条件。"

向小红问："你呢？"

王馆长摇了摇头："我差远了，我不行，没有硬件。"

向小红道："还不知道怎么回事呢，也难说。"

王馆长不易觉察地叹息一声，两人推着车子就到了分手的地方。他们俩的住处，在两个方向，所以一出单位大门就得分手。王馆长好像还有什么话要说似的，犹豫了一下，道："今天周末。"

向小红道："是。"

然后他们分头骑上自行车远去。

向小红随着下班的车流往前去，过了两条大马路，就拐到她家所在的那条小街上。在拐角地方，向小红看到钱记卤菜店照旧排着长长的队。钱记卤菜店卤菜做得很有特色，远远近近的人都赶来买，现在卖卤菜的小店多得很，但是钱记卤菜店总是独占鳌头，门口每天排着长队。向小红推着自行车过去，架好车子，也排到队尾。队伍前边有认得向小红的，也是这条街上的邻居，说，买什么，给你带了。向小红有些不好意思，看其他排队的人也没有意见，便说："买烤鸡，再买点鸡脚。"

邻居笑着："小谭又有得抿两口了。"

向小红也笑了一下，很快买到了卤菜，谢过邻居，拿了就往家去。上楼时，听得女儿和姨妈在笑着，心中一阵温暖。敲敲门，女儿来开了门，见到向小红，就说："妈妈，姨奶奶放了一个屁，很响很响。"

姨妈也笑得忍不住。

女儿却一本正经地说："我们老师教我们唱歌的时候也放屁，我们笑了，老师也笑。"

向小红也忍不住笑起来。笑过一阵，看看钟，也到了小谭该回来的时候，便问女儿："你爸爸打电话回来没有？"

女儿摇摇头。

姨妈说："没有电话，今天肯定会回来，今天是周末。"

向小红没有作声，姨妈把卤菜装了盘，端出来放在桌上，又拿出一个小酒杯放好。向小红说："不急，也不知回是不回呢。"

姨妈道："没有电话，一定回的。"

向小红便朝电话看看，心里有些奇怪的想法，一时也辨不清是什么想法，好像是很怕那电话响起来。正想着，电话突地就响了。姨妈不易觉察地叹息了一声，去接电话，脸色马上缓转过来，把话筒交给向小红，道："不是囡囡爸爸的，是找你的。"

向小红接过来一听，是王馆长，他说道："小向，到家了呀。"

小向道："刚到，你也挺快的。"

王馆长说："我还没到家呢，这是在路上给你打的，我在路上碰到星空的总经理，你也认得的，张总。"

向小红一时想不起来："星空，什么星空？"

王馆长道："星空夜总会呀，你不记得，开张那天，请我们一起去的，张总。"

向小红这才想起来，道："噢，知道了，是张总，瘦瘦的，戴个眼镜。"

王馆长说："正是。他见了我，聊了几句，我告诉他我也刚刚出差回来，又说了舞蹈大赛得奖的事情，张总非要我给你打电话，请我们今晚到夜总会聚聚。"

向小红道："这怎么行，无功不受禄呀。"

王馆长道："他恐怕也是不白请我们，我猜可能有什么想法，比如想请伴舞的演员之类。"

向小红道："那我们也管不着呀。"

王馆长说："总之，我看他是想通过我们这条线物色些人才罢了。怎么样，小向，今天出来不？星空也算是全市最高档的夜总会之一吧。"

向小红道："我就免了吧。你和他谈谈，有什么需要我们帮忙的，我们尽力就是。我就不过去了。"

那边王馆长叹息了一声，说："你不去，我也不去了，回了算了，没什么意思。"

向小红道："你可以给冬雪打个电话，她反正没事，不是天天嚷着没人请吗。"

王馆长没有吱声。

向小红又道："真是对不起了。"

王馆长说："这没什么，有什么对不起对得起的。好吧，就这样。"挂了电话。

向小红也挂了电话，看女儿自顾玩着玩具，姨妈正关心地看着她。向小红看看钟，道："怎么的。"

姨妈也看看钟："路上很挤的。"两人正说着，就听到楼梯上沉重而缓慢的脚步声。姨妈先笑起来："回来了。"连忙过去开门。小谭道："听到脚步声了？"

向小红说："你们下班很迟。"

小谭笑着举起一袋卤菜，道："哪里，我还提前出来的，排队买卤菜了。"

向小红说："我也买了。"

摊开来一看，居然和向小红买的一样，数量竟也差不多少。姨妈道："像商量了似的。"

小谭道："这叫作心有灵犀一点通。"

向小红说："真有灵犀，就不会买重了。"

小谭笑一笑，看看酒杯，道："不喝，不喝，一个人喝酒没意思。"

向小红说："不喝最好。"收了酒杯。一家人就吃饭，姨妈照顾着孩子。

向小红说："今天难得，没有应酬。"

小谭道："有的，被我推了。"

向小红道："有这么好的事情？"

小谭道："真的，不骗你，房产开发公司的一帮朋友，非拉我去，被我推了。"

向小红道："你倒下得了决心。"

小谭笑道："那是，今天是周末，老婆的马屁还是要拍的。"

向小红道："好似你每个周末都在家过似的。"

小谭说："不管怎么说，今天这个周末我是在家的吧，你得表扬表扬鼓励鼓励呀。"

向小红道："你别搞错呀，这是你的家，你回家来还得要人表扬呀。"

小谭笑着摇摇头："怎么也说不过你了，跳舞的变成了说相声的，句句带针见刺呀。"

姨妈先"嘿嘿"一乐，向小红也忍不住笑起来，一顿饭倒也轻轻快快地吃过去了。向小红收拾碗筷时对小谭说："还是家里吃实惠吧，舒舒服服，也不必应酬。"

小谭道："那是，我也知道家里吃实惠，我出去吃也是没办法呀，其实我也想在家陪老婆孩子的呀。"

向小红道："那以后就别再出去吃了。"

小谭突然"呀"一声，道："恭到了。"女儿突然捂着嘴笑，小谭抓起一张当天的晚报，拿了烟，又端了茶，说声"对不起"，一头钻进卫生间去。

小女儿趴到卫生间下边的透气缝朝里张望，拍手唱道："风来了，雨来了，黄瓜掉下来了。"接着就捂着鼻子逃开了，嘴里直嚷，"臭，臭。"

向小红洗涮过，想方便一下，小谭却在里面没声没息。向小红问："好了没有？"

小谭不作声。

向小红去开了电视，正是儿童节目，便和女儿一起看了一会儿，小解急了，见卫生间还没有动静，追过去敲敲门，道："不要睡着了？"

小谭"嗯"一声，仍是不见起身。向小红说："你怎么回事，厕所有什么好泡的，不想见这家里的人是不是，不想见你就别回来了。"

小谭的声音就有些不乐，闷闷地道："拉泡屎你还管着，拉泡屎的自由也没了，烦不烦。"

向小红愣了一下，觉得自己是有些过分，不作声了，走开去，就听得一阵熟悉的乐曲声，知道是中央台的《新闻联播》来了。紧接着便是卫生间抽水马桶的放水声响起来，小谭提着裤子走出来，身上裹着一股烟气。向小红朝卫生间看看，里边也是烟雾腾腾，小谭边系裤子边道："《新闻联播》来了。"直往电视机那边奔去，坐定了，重又点燃一支烟，眼盯着电视，嘴里道："也没什么看头，现在真是没有什么看头。国际新闻是要看看的，叶利钦这家伙……"

姨妈带着女儿进了她们的房间。向小红听得姨妈在给女儿讲故事，就拿了毛巾进小屋给女儿洗脸，女儿直躲，嚷道："烟臭，烟臭。"向小红知道毛巾挂在卫生间被烟熏的，也无法，硬给女儿擦过脸，走出来，自己也洗了脸，倒了水，一时竟有些不知何处去的感觉，便到电视前坐下，一起看《新闻联播》。到《新闻联播》结束，有一长串的广告，小谭说："没劲。"

向小红说："我们单位今天下午开会。"

小谭说："是吗？"

向小红说："要评职称了。"

小谭看到一则广告，突然叫起来："就这女的，就这女的，我们一致认为这女的是这个。"说着跷起拇指。

向小红一看是一则化妆品广告，那女的确实长得很甜。向小红道："我们单位今天下午开会，要评职称了。"

小谭回头看了向小红一眼，道："什么？"

向小红说："评职称。"

小谭说："是吗，评职称？"

向小红道："有点烦人呢。"

小谭又有点走神，但还是回答了向小红的话："自己心里别烦就行。"

向小红道："能不烦吗？"

小谭道："职称各个单位都要评的，也没有什么了不起的事情。"

向小红道："人家可是很当回事情的，认真得很呢。"

小谭换了一个频道，说："这个台有一周国际要闻，好看的。"回头又说，"职称，也别看得太重，不就加几个钱么？现在这年头，加那几个钱算得了什么，能抵挡什么。"

向小红说："话不能这么说轻，要你们单位评，你也会认真起来的，到底是……他们说我，说我可能上副高，我自己也没有数。你看我是报副高还是——喂，你根本没有听我说话。"

小谭说："什么？评职称，我知道了。"

向小红说："我同你商量，我是报副高呢，还是报个中级算了？我报副高，就算是破格，也不占单位的指标，只是怕别人觉得……"

小谭道："考虑别人做什么，你想报副高就报吧。你觉得你够不够吧，你觉得够，报就是了。"边说眼睛仍盯着电视。

向小红道："你说得轻巧。"

小谭道："也没那么复杂。"突然地一拍腿，道，"精彩，精彩，看看人家，说话多有个性，这才像一国之主的样子，这水平……"

向小红叹息了一声，跟着看了一会儿一周国际要闻。等这个节目结束，正想再说说话，小谭却又换个频道，道："这下面是国际体育。"正放着广告，小谭转向向小红，笑道，"我认为我老婆不仅够报副高，报个正高也没什么，足够。"

向小红道："你别乱说，名额很紧的，我们王馆长这一次恐怕连副高也上不了呢。"

小谭道："他们怎么能跟你比。"

向小红道："我资历也浅，学历也低，怎么行？"

小谭笑道："你说的，我老婆能低吗，比谁都不低的。"看到国际体育来了，突然又叹气道，"最后一个可看的节目了，看完这节目怎么办？"

向小红不爱看体育，走到书桌前坐下，开了台灯，把超人白天举着的那篇散文的底稿找了出来，重新看了一遍，觉得有些地方还能改得再好些。想到谁说艺术永远是遗憾的艺术，觉得真是有道理，搞舞蹈也一样，写文章也一样，心里觉得有很多话要说，便摊开纸来，耳朵里却尽是体育新闻的声音，回头看看小谭，正聚精会神地看着，向小红心里乱乱的。一直到体育节目也结束了，小谭举着支烟走过来，看看她桌上的稿纸，道："别这么认真了，周末呀。"

向小红朝他看看道："那做什么呢，看电视吗，有什么好看的。"

小谭道："是没有什么好看的，他们那拨人正起劲着呢。"

向小红问："谁？"

小谭道："房产开发公司的那些人呀，叫我去的，我没去，肯定又是卡拉 OK，一个个的公鸭嗓子，自我感觉好得不得了。"

向小红道："你嗓子好？"

小谭道："这倒不是吹，我的卡拉 OK 在我的朋友中也是算得上的。其实，今天周末，我们该一起去玩玩，他们拉我的时候，非让我带上你的，我知道你不愿意。其实，玩玩也好，在家做什么，你看着我我看着你呀。"

向小红道："那家总是家，和外面到底是不一样的。人总不能老不在家，老不在家，这家还有家的意思吗？"

小谭说："我也没有说老不回家，出去玩玩有什么。"

向小红道："你玩得还少呀，你算算，就这一星期，你几个晚上在家吃饭了。"

小谭说："又来了，又来了，我今天不是没去么。"

向小红道："我知道你今天没去心里不乐意，你别以为只有你能被人请，我的机会也不比你少。"

小谭笑了："这我相信，这么漂亮的女人，舞蹈出身，能没人请么？其实，请你你去就是，待在家里也是闷着，不如出去开开心。"

向小红道："我已经说过，家是要靠人来维持的，大家不回家，家还算什么呢，干脆不要也是个说法了。"

小谭道："有那么严重吗，那人家做厂长经理的，还不天天泡在外面。"

向小红道："是，说得是，人家厂长经理泡在外面，那到底是有经济效益的。你呢？混混，你和人家能比么。"

小谭又笑起来，道："说到底，还是嫌我挣的钱少呀。"

向小红道："我是那样的人吗，我要是为了钱，我也不会——"

小谭打断她，笑道："你要是为了钱，也不会和我结婚了，是吧？这话你也不知说过多少回了，不说也罢，其实心里还是嫌我挣的钱少，我也不是不知道。可是我能做什么，机关里，能做什么？不许的，像我这样，你也不是不知道，发不了横财的，除非让我去抢银行……唉，老公总是别人的好，我有什么办法。"

　　向小红道："你的办法就是喝喝酒，唱唱歌，混混日子。"

　　小谭苦笑道："实在没有人理解我呀，我不是自己要去混的，我也是没有办法。唉，老婆也不理解，我怎么办呢，哑巴吃黄连。"

　　向小红道："你天天吃喝玩乐，不归家，还要别人理解你呀。"

　　小谭连续换过几个频道，没一个能看下去的，说道："别再说了，再说又要生气了，何苦呢。"向小红不再说话，小谭也不说话，两人一起盯着电视，不知看的什么。过了好半天，小谭说："不好看。"

　　向小红道："是不好看。"

　　说过这两句，两人继续往下看，都无话。看到电视里有人在说房改什么的，向小红道："对了，你听说没有，要房改试点。"

　　小谭说："听说的。"

　　向小红说："买房子，钱哪里来，要一大笔吧？"

　　小谭说："恐怕八字还没见一撇呢，急什么，到时再说吧。借啦，怎么啦，总能有办法的。"

　　向小红道："你怎么一想就想到借，借了还是要还的。"

　　小谭说："不借从哪里来呢。"

　　向小红不好再说，再说又回到老话题，小谭又该说她嫌他挣钱挣得少了，不说也罢，于是又闭了嘴，再继续看电视。小谭打了个呵欠，道："才几点，都想睡了。"

　　向小红道："那你就睡，我写点东西。"

　　小谭再打一个呵欠，果然就去睡了。向小红听着很快起来的轻轻的呼声，心里沉沉的，想道，你和我都推掉了应酬巴巴地赶回来，又做什么，对着张白白的稿纸，愣着。

三

　　文学创作室组织业余作者下生活，作安排的时候，超人拿了张计划，过来问向小红去不去。向小红道："我又不是作者，我怎么去？"

　　超人道："你是散文新秀，大家都认。"

　　向小红说："我什么散文新秀？"

　　超人道："假谦虚什么，做什么姿态，别做给我看，真人面前别作假。"

　　向小红哭笑不得："随你说便是。"

　　超人逼近些，追问："怎么，去，还是不去？"

　　向小红说："你这样子，我若说不去，你得把我吞了。"

　　超人道："我忙，没空和你啰唆。去是不去，我问你，忙呢还是不忙？"

　　向小红："忙倒是不忙，反正总结也办完了，下面的事情还早着呢。"

　　超人道："行了，就去。"

　　向小红问："去哪儿？"

　　超人道："去渔港，八段港。"

　　向小红笑了："就那个小渔村呀。"

　　超人道："现在管叫渔港。"

　　向小红问："还有谁去，有没有女的，去几天？"

　　超人道："你真烦，去了不就知道了。"说罢扬着那张计划纸到馆长办公室去。

不一会儿馆长过来，问向小红："文学室的活动，你也去？"

向小红说："超人叫我去的，到渔村深入生活。"

馆长犹豫了一下，道："经费也很紧呀，不过，活动还是要支持的么，你若是去，也好。本来超人他们办事，我还不怎么放心，上回组织什么作者到地脉岛去深入生活，偷人家岛上的鲜枣子，人家倒不计较，民风很淳朴的，他们自己打了起来，闹得很不像话。你还记得？"

向小红笑着点点头。

馆长道："若你去，就代我管着点他们。"

向小红道："我又不是干部，我也不好管他们的。"

馆长道："你总能算个骨干吧，在文化馆，你说话他们还是肯听听的。"

向小红又一笑，不再说什么。馆长又交代了几句，便走了。向小红心想这事情说着就成真了，也还不知道超人那边到底怎么安排的，便起身要往超人他们的办公室去。到门口，正碰到进来的王馆长，一看向小红往外走，道："怎么，出去有事？"

向小红说："没什么要紧事，看看超人他们怎么安排的，他们组织作者到渔港深入生活。"

王馆长道："我听馆长说了，你也去？"

向小红道："我也无所谓，去也行，不去也行，超人他们非拖着我去。"

王馆长一时没说什么。向小红说："乱哄哄的，恐怕也体验不出个什么生活呢。"

王馆长道："说都是这么说的，也算是一次活动吧。"

向小红道："是。"见王馆长又不说话，想王馆长一定有什么心事，又不好直问，只是盯着王馆长看一看。王馆长愣了一会儿，道："对了，我跟你说，那照片根本不是我的，我的一张在呢。"

向小红说："什么？"

王馆长说："那天陈军强不是拿来一张合影，说多了一张，我还以为是我丢的呢。晚上回去一看，我的一张明明在，也不知怎么昏了头，那天晚上怎么也找不着。"

向小红道："是这样的，有时候东西明明就在眼前，却怎么找也找不见，你不找了，它倒自己跑出来了，很怪的。"

王馆长说："是，可是陈军强多的这一张到底是谁的呢？"

向小红道："也不定真的就多印了一张，也或者，真是谁丢了，不过也不在乎，也不说，算了。"

王馆长道："也可能，有的人很在乎，也有的人不在乎。"

向小红说："昨天前天都没见你，说你在局里开会。"

王馆长道："是，就是职称的事情，很烦人的。"

向小红问："指标下来了？"

王馆长摇摇头，道："早着呢，有的磨人呢，不说也罢，说起来也是气人……你猜怎么分配名额，你想也想不到的……"正说着，有人喊王馆长，王馆长道，"音像科那边有个会，要我去，回头若有时间再聊。"

向小红道："好。"看王馆长走出去，自己便到超人那边，在门口一看，男男女女一大帮，正围着超人和小丁说着，美术室的冬雪，群艺室的飞虹几个也都在。向小红原以为他们正说着去渔港的事情，站在门口听了一下，不料并不是说的去渔港的事情，却是说的青菜涨到一块八的事情。冬雪道："只有豆腐还便宜些了，大家吃豆腐便是。"

大家便笑，说吃豆腐，全国人民吃豆腐。

小丁笑话冬雪："冬雪你在家又不买菜，菜是你家先生买的。"

冬雪道："那关你什么事？"

小丁道："优待妇女。"

飞虹道："冬雪真是身在福中不知福，还常说没劲呢。你早上起来买菜试试，心里还急着孩子，急着上班，你试试。你先生真是不错。"

冬雪道："说菜价怎么说到我家的事了。要说模范，向小红家的那位才叫模范呢。"

大家都说，倒也是，小谭据说很模范。

冬雪说："女人么，在外面可以玩得很疯，很愉快，回家却少不得男人的哄骗。"

小丁道："看起来，你们小洪是天天哄骗你的啰。"

飞虹道："说哄骗也太那个了，就算是关心吧，女人和男人不一样就在这里……"

小丁夸张地捂住胸口，道："呵，心的荒芜，怪不得诗人这么写呀。"

飞虹推了小丁一下，道："去，去，这菜价也是太辣了，儿子要吃鱼，早上买了一条，巴掌大的鱼，猜卖到多少价了？"

小丁突然说："吃鱼呀，跟我们上渔港吃鱼。"

冬雪看了超人一眼，道："渔港是要作者去的，我们有资格呀？"

小丁道："有什么呀，反正馆长已批了钱，大家省着点用，多去两三人也行。冬雪，怎么样？"

冬雪说："认真呀，我才不去什么渔港呢，为吃点儿鱼，厚着脸皮，赔上时间，颠儿颠儿的，还得看人家脸色，做什么呀。"

小丁道："那是，现在人骂是骂，物价涨也是涨，不过到底还是有的吃有的穿，要在从前，听到哪里有吃的，还不撒腿直奔。"

冬雪道："说得真的似的，好像你真的经历过。"

小丁道："我怎么没有，我怎么没有，你算算，我多大……"小丁正对着门，说到一半，看见向小红在外面笑，停了一下，道，"小向，站门口做什么？"

向小红便跨进来，道："看你们吹得来劲，进来不是打断了么。"

小丁道："什么呀，纯粹瞎吹，好了好了，不吹，谈正事。"

冬雪和飞虹他们都笑着，冬雪道："说你家先生模范呢。"

飞虹道："你们谈正事，我们走了。"一边说着，一拨人就走了。

超人道："馆长好像找你的，是为渔港的事情？"

向小红点点头："不是同意了么？"

超人道："才给多少一点点钱，我们租一辆客车就得花去一半，若是一来一回，这几个钱用在路上正好。"

小丁道："回来的事情，想办法叫渔港那边送一送。"

超人道："你想得美，现在谁把文化当回事儿，还他妈的是些不入流的东西。"

小丁道："到了那边，再公关吧，有小向，你愁什么。"

向小红道："你们原来是这么个用心呀。"

超人道："即使回来有车送，这点钱也不够。"

小丁道："那就干脆不去算了，有什么去头的，真的为吃几条鱼呀。"

超人说："那怎么行，年初就订的计划，不去一下，年终总结怎么办？"

小丁转脸看着向小红："你看看这人，就这样，你说他是认真还是不认真？"

向小红道："超人当然是认真的啦，只是做出些不认真的样子罢了。"

超人道："废话不说好吧，怎么办，这些钱筹划着用。"

小丁道："那你就筹划吧，立个用钱计划。"

向小红问："准备什么时候走？"

小丁说："通知已经发了，后天上午到我们这儿集中。通知发了二十多张，最后能去的，我想不会超过十五个。"

超人道："但是租车不能按十五个人的座位，得按通知数。"

小丁道："那是。"

超人道："中型客车最难租，所以也最贵。"

正说着，隔壁有人过来喊："小向，电话。"

小丁看看时间，笑了，道："小谭请假电话来了。"

向小红过去接电话，果然是小谭请假，又是应酬什么朋友，说了一连串的对不起，一定早回来。向小红没有作声。最后小谭问道："你还好吧，有什么事情，拷我就是。"

向小红道："我拷你做什么？"

小谭笑了一声，道："朋友送我这个拷机，就是让你拷我的呀。"

向小红突然说："喂，能不能帮个忙？"

那边小谭听到有任务，声音也响亮起来："什么事，夫人尽管吩咐。"

向小红说："我们馆里组织作者去渔港深入生活，后天走，没有车子，你能不能向你哪个朋友借辆客车，送我们一下？"

小谭不加思索："行，没问题，要小面包，还是大客车？"

向小红说："二十几个人，中型客车。"

小谭道："包在我身上，我那些朋友，没话说的。"

向小红道："现在你就能定？"

小谭道："八九不离十吧，我现在马上联系，过十分钟再给你打电话。真是，夫人难得有令还不抓紧机会拍一下呀。"

向小红搁下电话，也没再回超人他们那边，就在自己办公室，等着小谭的电话。果然过了不到十分钟，电话来了，小谭道："妥了，后天上午八点前到你们文化馆，你们等着便是，保证不误事。"

向小红道："哪里的车？"

小谭道："武警的。"

向小红道："怎么武警你也能弄到？"

小谭道："跟你说过，我的朋友也不是白交的是吧，关键时候见真功夫了吧！"

向小红道："干吗要借武警的车？"

小谭道："你们这帮作者朋友，我也不是不明白，有什么，一般的司机，说句老实话，你们还侍候不起，小当兵的好弄，好侍候，听说是作家，起敬着呢。已经和武警说妥，跟着你们走，你们尽管使唤便是。"

向小红道："我们要去三天。"

小谭道："三天算什么，我跟他们说，可能要去一星期呢，反正你们尽管走就是，车子负责把你们最后送回家……喂，怎么样，够意思吧？"

向小红说不出话来，心里有一种说不清的感受，搁了话筒，便到超人他们那里，把事情说了。超人和小丁听了，开始像是不相信，盯着她看了一会儿，后来相信了，小丁感动地道："小向，你够意思。"

超人不说话，沉闷着。

向小红道："超人你不高兴？"

超人说："你好像也不怎么高兴。"

小丁道："神经。"看着表，长吁一口气，"又到了下班时间，真好，回家做饭去啰。"说着便收拾着桌上的东西，把茶杯的茶水倒了，拿起提包，对超人和向小红行个礼，"先走一步了，老婆中班，没人做饭，小的没得吃。"一路沿着走廊往外去，哼哼着什么曲子。

向小红听着耳熟，一时却记不起是哪首歌，细细一想，想起来了，是那首老歌《渔光曲》。听着那曲调，向小红心里似有所动，愣了一会儿，说道："也走人了。"说着走出来，到自己办公室拿了背包。经过音像科时，看里边还在开会，好像吵吵什么，连忙走过去。到得大门前，推了自行车，出去，本来是要往前的，不知怎么一侧脸，突然就看到陈军强在大门一侧，也推着辆车子。向小红"呀"了一声，推着车子过去，道："陈军强，你怎么来了，怎么不进去？"

陈军强有些尴尬，支吾道："没有，我没有来找你，我下班路过这里，正好看你出来，就停下了。"

向小红问："真的没什么事情？"

陈军强连连摇头："没有，真的没有，真的没有。"

向小红问："单位里忙吗？"

陈军强道："不忙。"

向小红再问："和他们那些人有过联系没有？"

陈军强道："也没有，只有小豆子打来一个电话，问聚会的事情，我说向老师会定的，叫他别急。"

向小红道："是得抓紧些，时间一长，也会淡漠的。"

陈军强道："是。"

向小红再问不出什么话来，看陈军强的样子，也看不出他到底是有事还是没事，馆里不断有下班的同事出来，看着向小红笑，向小红道："没有事的话，我们就走吧。"

陈军强后退了一步，连忙道："向老师，我有两张舞会的票，你……"

向小红笑了一下，道："你请我跳舞？"

陈军强道："不行吗？"

向小红道："我是跳舞出身的，我对于跳舞，已经很厌很厌了。"

陈军强道："是多功能的歌舞厅，不跳舞也有其他娱乐的。"

向小红觉得不应该拂陈军强的心意，但是她实在也是没有兴趣，何况，像陈军强这样的情况，向小红也不是不明白，她知道自己是不能迈出这第一步的，便很抱歉地道："陈军强，真是对不起，我晚上还有些别的事。"

陈军强勉强地笑了一下，道："那，我，走了。"

向小红有些不忍，也没看他，点点头道："我也走了。"说着骑上车子远去，也没回头，也不知陈军强是很快走了呢，还是又站了一会儿。

四

　　早上上班时，向小红和小谭在路口分手。小谭说："是明天吧，用车，我没记错？"

　　向小红说："是明天，八点前到文化馆。"

　　小谭说："不如这样，叫他开了车子先到我们这儿，先接了你，再到文化馆，不是省你走这一段了么。"

　　向小红道："也好，只是回来时，也要送到家了，不然——"

　　小谭道："那还有二话么，他敢不送？还有吩咐没有，没有的话，走了。"

　　向小红犹豫着，后来还是说："我明天走，你今天晚上早点回来。"

　　小谭朝她看看，道："怎么？"

　　向小红叹息一声。

　　小谭马上笑了，道："那还用关照，这点自觉性还是有的，明天老婆出差，今天我还敢在外面玩呀，不敢的。"

　　向小红道："说话算数。"

　　小谭道："你把我看成什么人了，说话当然算数。"

　　两人分头而去。

　　向小红一路上脑海里一直回旋着那首《渔光曲》，心中竟有些激动，想象着渔村的情形，突然想到，也许能编出个新舞来，就叫《渔光曲》……

到得文化馆，比往日稍稍迟了一点，进去时迎面就看到王馆长，焦急地向她走来。向小红看他的脸色，吓了一跳，以为出什么事情了，问道："怎么了？"

王馆长道："你怎么迟了？"

向小红道："有事，开会？"

王馆长道："不开会。"

向小红道："那怎么啦？"说着看看表，道，"还好呀。"

王馆长道："以为路上出什么事了。"

向小红笑起来："都因为我平时太准时，像超人他们，谁也不会知道他迟了还是早了的。"

王馆长也笑了，道："倒是的。"顿一下，又说，"明天决定去？"

向小红点头："去就去一趟，超人他们几个，也都不是能办事的人，我去，也能帮着点。"

王馆长道："听说车子是小谭帮忙解决的，省了租车的钱了。"

向小红道："是，是武警的车子。"

王馆长一笑："还挺安全，小谭对你，真没话说的。"

向小红道："是吗，大家都这么说。"

王馆长道："小谭是好人，这大家知道，古道热肠的人，现在也不多见了。"

向小红道："那是，谁不说他好，谁敢说他不好呀，我是不敢，我一说他怎么，别人就道，小谭这样的人，还不好呀，你到哪里找去。"

王馆长道："这话也不是没道理。"

向小红不作声了，过了一会儿，道："一家不知一家。"

　　王馆长顿一顿，道："那是，话都这么说，但到底是有区别的，你们小谭确实是不错的，当然你也好，两好才能真好，像我们家……算了，不说也罢，对了，到渔村去，看有鱼干没有，给带点回来。"

　　向小红说："好的。"看了王馆长一下，又说道，"其实你若是有时间也一起去就是，散散心呀。我也是去散散心，真的是什么深入生活呀。"

　　王馆长摇摇头："去倒也不是不想去，只是没有这样的惯例，各科室活动馆长都不参加，偏偏文学室的我要去，会有想法的。"

　　向小红说："也挺难，就算了，鱼干保证给你带到。"

　　王馆长想了想，笑着说："昨天下班时看到陈军强站在门口发愣。"

　　向小红道："我有什么办法。"

　　王馆长道："我也没有怪你的意思，只是觉得小伙子还挺痴的。现在的年轻人都挺潇洒的，就他那样，还真不多见。"

　　向小红心里不好受，道："别说了。"

　　王馆长道："不说不说，你么，把那顿饭给办了，也算尽到心了。"

　　向小红说："我知道，从渔村回来就办。"

　　突地冬雪探进头来，道："哟，谈得挺热火。"

　　王馆长捧着茶杯喝口茶，道："来来来，进来进来。"

　　冬雪道："我那边有事呢。"冲向小红做个鬼脸，便走开了。王馆长起身道："也走了。"

　　向小红这才去给自己泡了杯茶，刚要坐下，听得走廊里有人大声问："文化馆，这里是文化馆吗？"

向小红到门口一探头，发现好些人都探出头来。再看那大嗓门的人，年纪轻轻，皮肤黝黑，穿着西装，打着领带，那西装大小也很合身，那领带颜色也挺协调，反正浑身倒也都是笔笔挺挺的，但偏偏怎么看怎么都觉得不顺眼，好像那套行头不是他自己的，一眼就让人看出些乡下气来。这人站在走廊里，本来气很足地大喊着，这时看许多人盯着他，倒有些慌乱，看看这边的人，又看看那边的人，不知说什么好。有人问道："你哪里的，找谁？"

那人愣了一下，道："找一个姓古的。"

大家都想了一下，冬雪先笑起来，道："啊，找超人的。"

所有的人这才想起超人是姓古，都笑了。冬雪又大喊："超人，超人。"

超人懒洋洋地踱了出来，抬头一看，眼睛立刻一亮，抢上前去握住那人的手，道："钱书记，你怎么来了，你怎么来了？想不到，想不到。"

钱书记已经摆脱了窘态，很自然地笑着拍拍超人的肩，道："我今天有事出来。你的信早接到了，昨天你打电话来，我不在，他们给我记下了。今天出来办点事，路过你们这儿，进来看看，看事情定了没有。"

超人连忙说："走，到我办公室去说。"回头看到向小红，对她说，"你也来吧，这是渔港的钱书记。"

向小红"呀"了一声，对钱书记点头笑笑，跟着一起进了超人的办公室。小丁已经闻声在泡茶了。送上茶去，钱书记和小丁也握过手，看出来他还想和向小红握握手，可是没有理由似的，就缩了回去。大家非常客气地请钱书记坐下，钱书记坐了，四下看看，道："你们这地方，还不错，也不难找。"

小丁道："马马虎虎，文化单位像我们这样，也的确是不错的了。"

钱书记看看向小红，道："这位小姐，没见过，是你们一起的？"

超人道："她叫向小红，是舞蹈老师，也能写文章，多才多艺的。"

钱书记一听连忙站起来，走向向小红，和她握手，道："向老师，久仰久仰。"

小丁忍住笑道："向老师的名气确实很响的。"

钱书记仔细看了向小红，道："对了，向老师一定经常上电视，我看着你的脸就觉得很熟似的，一定是电视上看见的。对了，你是跳舞的，好像跳的太空舞，真棒。"

向小红不敢看小丁和超人的脸，她也不敢开口说话，怕一开口就忍不住要笑，只能向钱书记点点头。钱书记看这情形，说："是瞎说说的，什么太空舞、西班牙舞，都不是你向老师跳的，我能看出来，向老师是搞民族舞蹈的。"

超人道："钱书记也是文人出身，他在部队上是文工团的主角。"

向小红倒有些惭愧了，对着钱书记笑笑。

钱书记道："其实，我也知道向老师编的舞，《蚕娘》《绣女》都得过奖。"

向小红道："钱书记是内行。"

钱书记道："内行实在不敢当，粗人一个。小渔村里，能有什么，文盲占了一大半，文化生活什么的，等于放屁。"

说得粗了，他自己也笑了一下。小丁道："是这样的，也不仅是渔村，现在在乡下恐怕对这个问题都是差不多，文化，什么呀。"

钱书记道："我们渔村恐怕更荒些。你们想想，原来都是船上的渔民，到哪里学文化去。"

向小红道："听说从前也没这个渔村，后来才……"

钱书记说："原来我们都是在渔船上过日子的，后来全赶上岸来，叫我们围水种田，才定居的，有了这渔村，发展到今天，想想也真不容易。所以小古说作者要到我们渔村去深入生活，我们很欢迎。"

小丁道："得给你们添麻烦的。"

钱书记道："那算什么，我们现在也有些财大气粗了。"说着，掏出个大哥大，道，"看看，这玩意儿也用上了。"

超人、小丁和向小红一时无话，看着大哥大。

钱书记道："也没什么，两三万元的东西。"说着便拨号，给村里通电话，拨通了，大声道，"喂，是狗子吗，明天作者来的事情已经定了，你先准备起来，告诉你，按贵宾接待。对了，你等等……"回头问超人，"喂，小古，怎么去法，车子？"

超人道："我们自己解决了。"

钱书记问："是租的？"

超人指着向小红："是她想的办法，借的。"

钱书记回头看着向小红，道："借车很麻烦，早说一句，我那边派车来接就是。"

向小红道："那更不好意思了，本来下去，不能给你们帮什么忙，总是添乱，还……"

钱书记打断她的话："向老师哪里话，听口气，向老师也去？"

超人道："她也去，她的文章写得挺好的，不比她编的舞差。"

钱书记再次起来，和向小红握手，道："谢谢，谢谢向老师，看得起我们小渔村。"

向小红笑道："反了，反了，这话说反了，是你们看不看得起我们的问题。文人，真是有什么，穷酸，迂腐，还有什么。"

小丁道："还有嘴臭。"

超人道："吃大蒜头的，臭人不臭己。"

大家一起笑起来。钱书记显得很兴奋，掏出名片给小丁和向小红，对超人说："你有了吧？"

超人点头。

向小红道："超人你和钱书记是怎么认识的，攀上这一门好亲，你们文学室算是有福。"

超人道："钱书记写的散文，挺有味道的，我们的报纸给发过几篇，交道就是这么打上的。"

钱书记道："我也是瞎弄弄的，现在也忙，也没时间弄，那一回进城，看到你们门前橱窗里贴的那些文章，自己就很想写了，回去弄了一篇，也不知寄给谁，就胡乱写了寄给文化馆，不料却给用了，真变成铅字了。在部队那时，多少兵想把自己的字变成铅字，多难呀。"

小丁把那几张报纸找出来，交给向小红，道："你看看。"

向小红接了，钱书记道："别，别，挺丢脸的，以后也不敢弄了。"

向小红问："为什么？"

钱书记道："县里知道了，说我笔头子还行，要调我去搞笔杆子了，办公室什么的，做秘书，把我吓着了，不敢了。"

小丁道："那是，做什么秘书，做个渔村书记才好呢。"

钱书记道："那是，我心里有数的。"

向小红说："要是你做了什么秘书，哪怕在市里，哪怕在省里，我们的深入生活也深入不起来了，是吧？"

大家又一同笑了一回。超人道："对了，等会儿我把我们的馆长叫来，给你介绍介绍。"

钱书记道："我去拜望他们就是。"

超人道："不必，我们馆长也不是什么了不起的东西。"

向小红说："我这就去叫来。"出得门来，往馆长办公室去，馆长不在，王馆长听向小红说了，马上站起来，道，走。

一起来到文学室，王馆长和钱书记握手，摇了又摇，感谢他对文化馆的支持，又说了几句文化事业单位实在是拮据之类的话，意思是说并不是存心要去渔村打扰，若不组织些活动，上面通不过，下面也有意见，只管拣自己的难处和对钱书记感谢之类的话说了一大堆。钱书记一激动，道："文化馆有什么困难，你们尽管说。"

一听这话超人和小丁就有些急，连忙使眼色。钱书记好像不很明白，继续说："真的，我们渔村现在也不是前几年那穷样了，要说钱，还是有一些的，王馆长你尽管说便是。"

小丁急忙插嘴道："再说吧，再说吧，今天我们先把去渔村的事情说定了。"

向小红忍不住要笑，看王馆长一眼。王馆长也是明白的，也笑着，道："小丁、超人你们也不用这么急吼吼。"回头对钱书记道，"钱书记，我们也没有什么好表达心意的，今天既然你来了，看时间也差不多，我们请你一顿便饭，聊表心意。"

钱书记一下站起来，道："吃饭可以，但是我来请。"

王馆长道："哪有这道理，你是客人，你是远道而来，还能让你请，我们文化馆再穷，请钱书记一顿饭的钱总还是有的，只是水平上，不能很豪华。"

钱书记有些感动，道："文人虽然穷些，却还有些良心。像我们这样的人出来，进城来，到哪个单位不是我们请人，从来也没有谁说要请我们的，吃我们那是应该。谁想到我们的钱也不是天上掉下来的，我们的钱也是自己苦出来的，还是文人……"

超人道："别多说了，再说我们倒不好意思到渔村去了。"

钱书记道："我这是真心话。"

再聊几句，也就到了吃饭时间，为了避人耳目，特意等到别的科室的人都下班走了，一行人才出来。走过几家饭店，那样子，那姿态，都给人一种感觉，就是等着你把脖子伸过去让他斩一刀的意思。又走出了一段，路上人多，车水马龙，又不好走。钱书记指着一家大宾馆道："干脆进那里去，你摆出派头来，他也不敢怎么宰人。"

大家朝王馆长看，王馆长道："那就进。"

一行人进了大宾馆，穿过大堂，来到餐厅，迎宾小姐迎上来，笑容可掬地道："请问几位？"

王馆长道："五位。"

迎宾小姐便引他们到一张桌边，道："先生看这地方怎么样？"

王馆长点点头。

迎宾小姐请他们坐下，柔柔地说声"请稍等"，便走开去。王馆长道："这是上帝的滋味。"

超人道："谁是上帝，上帝已经错位了。"

服务小姐很快接替上了迎宾小姐，拿着菜单过来，请客人点菜。王馆长看了一下菜单，交给超人。超人道："请客人点。"又转交给钱书记。钱书记接了，也不再客气，就一二三四五地点了一堆，然后问小姐："你看我们五个人够不够？"

小姐道："请问你们喝酒吗？"

钱书记道："怎么能不喝酒。"

小姐道："喝的话恐怕还少些，再加几个吧。"

钱书记道："好。"接回菜单，又利索地点了一些菜。最后问到饮料，钱书记道，"当然是酒。"

向小红连忙说："我不喝酒。"

钱书记说："喝也是要喝一点的，再来点饮料。"

很顺利地就将菜点好，茶水也已端上来，大家安坐喝茶。向小红看王馆长有些不安的样子，知道他心里惦着这顿饭钱怎么办，心里也替王馆长急，但事已到这步，也别无他法了。

上菜上酒，便开始喝起来，钱书记硬给向小红面前也加个酒杯，满上一杯，道："这一杯是一定要喝的，多也不劝，就一杯。"

向小红为难，看着馆里同事。大家说，钱书记既然这么说了，你就喝一杯。

向小红盯着酒杯发怵。超人道："死不了。"

向小红便不再作声，一仰脖子，将一杯高度的白酒灌下了肚。钱书记笑起来，道："行，我其实一眼就看出来向老师是能喝酒的。"

向小红连连摆手，嘴里麻辣辣的，说不出话，脸上发烫，心里热得厉害，心跳也觉得加快了许多，过了一会儿，才道："真厉害。"

王馆长道："行了，你的心意已在里边了，喝饮料吧。"说着要去拿向小红的酒杯。钱书记道："别急，放着也不碍事。"

王馆长缩回了手，眼睛却还盯着那杯子。那边超人小丁他们已经和钱书记左一杯右一杯地喝开了。闹过一回，钱书记便又转向向小红，道："向老师，我敬你一杯，初次见面，就知道你是个好人，敬你一杯。"说着站了起来。

向小红也连忙站起来，道："不敢的，不敢的，怎么你敬我，应该我敬你的，应该我敬你的。"

钱书记道："我先敬你。"

向小红朝自己的空酒杯看看。王馆长道："照顾女同胞，用饮料代酒吧。"

向小红觉得不好，便说："再倒一杯酒吧，我不用饮料代酒。"

王馆长犹豫着，钱书记便给向小红又加了杯酒，两人喝了。这一回向小红感觉好多了，也不觉得很辣了。王馆长道："怎么样，不要紧吧？"

钱书记道："王馆长你也管得太宽了，向老师能喝的。"

王馆长道："钱书记你不知道，小向从来不喝酒，不信你问超人、小丁。"

小丁道："倒是的，我们同事好多年，也没见她喝过白酒。"

超人道："喝也就喝了，不是没死么，再喝。"

钱书记笑着向超人说："你的性子和我一样。"

就这样喝开去，王馆长不断地暗示向小红，向小红却只作不见。后来就觉得头有些晕乎乎的，但是感觉很舒服，话也多起来，说到明日往渔村去的事情，向小红兴奋起来，道："钱书记，说真的，我对渔村真是向往很久了，从前天超人和我说了后，我一直在想象着渔村。我已经考虑了，可以编一个新舞，就叫《渔光曲》，一定会有特色的，要么就不搞，要搞的话就一定要争取搞好，拿奖。真的，动作姿态我都细细想过了，节奏也考虑了，可以这样……"她边说边哼起曲子来。大家听了似老歌《渔光曲》的调子，都不说话，听着。向小红又道："我很激动，真的，我觉得能编出好东西来……"

超人道："你又没喝多少酒，发什么酒疯，编了舞，谁排？你排，钱呢？馆里才资助了你参加大赛，你倒又来了。这么快，馆里的经费让你们舞蹈室一家用还不够呢。"

向小红愣住了，笑道："我是喝多了，乱说了，王馆长心里好笑着呢。"

王馆长道："我也没什么好笑，倒是觉得有些心酸呢，有好好的才能，无法发挥，这算什么？"

小丁道："不说不说，喝酒喝酒，现在哪儿还不都一样，谁让我们吃了文化这碗饭，活该穷。"

钱书记道："怎么叫活该穷，这话不对。向老师，不就是组织些业余演员排舞吗，这点钱，我出了！你编就是，《渔光曲》，特棒，编！"

文化馆四人面面相觑，不知钱书记是酒话还是真话。钱书记道："别看着，我不会喝醉的，这点酒算得了什么，就是真喝醉了，也不会说话不算数，现在就立字据也行。"说着真的就要拿出笔来。

向小红他们连忙道："不急，不急，再说，再说。"

钱书记再举杯敬向小红，道："向老师，谢谢你关心我们渔村。"

向小红又被动了。小丁道："小向总是被人敬啊。"

向小红说："我实在没有经验。"

钱书记道："没有经验不要紧，有诚心就行，来，再喝。"

王馆长有些坐立不安了，道："别灌她了，灌醉了小谭要骂我们的。"

钱书记道："小谭，谁呀？噢，知道了，是向老师的先生。怎么，现在城里还先生管老婆吗？"

王馆长道："哪里，小谭是个好人，这次去渔港的车子就是小谭给借的，是个热心肠。"

向小红道："喜欢喝酒，酒朋友特多。"

钱书记一拍巴掌："太好了，什么时候见见，交个朋友，喝几杯才好呢。"

向小红道："算了算了，饶了我吧。"

钱书记一时没有反应过来，小丁也道："怎么叫作饶了你呢，喝多了吧？"

向小红道："整天不归家，天天喝得醉醺醺，像什么样子，家也不要了。"

钱书记道："是搞经济工作的？"

向小红道："什么经济工作！"

王馆长说："是机关的。"

向小红站起来拿过酒瓶自己给自己倒了一杯，道："钱书记，敬你，很敬佩你这样的人，有了钱，发了财，还肯和文人交朋友，难得呀。"

王馆长上前抢向小红的酒杯，向小红不让他抢，说："你放心，我才不会出洋相，我自己有数。"

钱书记见这样，也说："行了，向老师，你的心意我明白，我干了，你就别喝了。"

向小红道："那怎么行，算什么心意。"走到钱书记身边，道，"钱书记，喝个交杯酒。"不由分说与钱书记喝了交杯酒。

王馆长有些生气，道："你就不能少喝些，谁逼你了？！"

向小红听王馆长这话，觉得很耳熟，细细一想，不就是自己常常对小谭说的话么，然后小谭就说，我也没有办法，我也不是自己想喝，到那场合，就会这样的，你是没有体验，什么叫作身不由己，你有了体验你就会理解我的。向小红想着笑了起来，真是没办法，这回也算是有点体验了。

这么喝喝说说，其间钱书记又叫加了几个菜。小丁无意间看了下手表，道："哟，不知不觉。"

大家都看看表。钱书记道："呀，我要误事了，那边还等着我呢。"

大家问有什么要紧事，钱书记道："贷款。"

大家说那是大事。

钱书记站起来，招呼小姐："结账。"

王馆长跟着站起来，拉住钱书记："你坐下，我来。"

钱书记把王馆长按下，道："什么意思，看不起我渔村人呀。"

王馆长道："说好了的，说好了的，说好我们请的，不能这样的。"

超人、小丁和向小红都不好说话，心里明知王馆长付不起这饭钱，但若是由钱书记出，那也太没脸，都不知怎么办，捏着一把汗。钱书记道："我这是用的信用卡，还八折的优惠，你们不必争了，争不过我的。今天实在没有时间，有时间再陪你们唱几首去。"

大家都不知说什么好，眼看着服务小姐接了信用卡去，结了账来把信用卡还给钱书记，道一声谢谢。钱书记朝大家看看，说："真是对不起了，没有能让大家尽兴，明天到我们那里，一定让你们尽兴。向老师，我知道你了，好酒量，豪气更足，女强人，到渔村，再敬你。"

向小红连忙摇手。

一行人走出来，看着钱书记打了的远去，才回到馆里。大家看了，都说，哪里去混的，四人都不回答，只往自己办公室去。向小红到得办公室，坐下来就不想动了。一会儿王馆长进来，也不说话，帮着泡了一杯茶端给她，才道："逞什么能呀！"

向小红不好意思地笑笑，问："我说醉话了吗？"

王馆长道："醉话不醉话，反正大家看得出，你是有些失控的。你怎么的，你怎么能跟他们比。"

向小红努力回想自己的情形，又是什么交杯酒，又是什么《渔光曲》，想着就忍不住大笑起来。王馆长急忙道："喝口茶，喝口茶。"

向小红没有喝茶，趴到桌上就睡了。

一觉醒来，发现身上有件衣服，是冬雪的，一时有些不明白，仔细想了一下，想起来了，知道是王馆长让冬雪来给她盖上的，想到这一层，不由有些波澜。站起来，倒杯热茶喝下去，也没什么不舒服的感觉，知道是酒醒了，想到外面别的科室看看，一时竟有些不好意思。突然冬雪把头探进来，笑道："醉鬼，醒啦？再不醒我也不等了。"

向小红这才知道已经到了下班时间，一问冬雪，说是人全走了，是王馆长让她陪着向小红的。冬雪收回自己的衣服，道："其实王馆长自己愿意陪你的，只是觉得不大好，才叫我的，我倒霉，以后你可别再拿这样的事情来烦我。"

向小红道："真是，真是，怎么一睡就睡到这时候了。"

冬雪道："还废话，走吧，你们小谭不定早到家等着你呢。明天出差，今天还不得亲热亲热。"

向小红笑着和冬雪一起出来，骑上车各自回家。一路想着把自己醉酒的事情告诉小谭，小谭一定很得意，一定会说，是的吧，我说的吧，到了那场合，身不由己的呀。

到得家里，小谭并没有回来，问过姨妈，说没有来过电话，看看时间已经过了晚饭请假的时间，那必定是要回来吃的，对姨妈说："等一等吧。"

一会儿电话铃响了，向小红心里一沉，见姨妈要接电话，道："我来。"

电话是王馆长打来的，说："到家了？"

向小红道："刚到，谢谢你。"

王馆长说："小谭回来了吧？"

向小红说："还没有。"

王馆长顿一顿，说："本来，我想等你的，不过，不过……"

向小红道："我知道的，谢谢你。"

王馆长说："老是谢什么，冬雪没说什么吧？"

向小红想了想，道："也没说什么，只说下次再这样，她也不侍候了。真是，下次还会这样吗？"

王馆长说："我是担心你的，你这人耳朵根子太软，听不得一点点好话，经不得人哄。你们明天到渔村，千万不能了。"

向小红心里涌起一股热热的东西，点头，一想王馆长并不能看见她点头，便说："你放心，我不会了。"

王馆长说："也没别的事，你放心去就是。"

向小红道："鱼干的事我记在心上。"

王馆长说："自己小心，一路上，到了渔村，都要保重，还有……"说到一半，突然改了口，道，"没什么事了，那就这样。"挂断了电话。

向小红放下电话就和女儿一起玩了一会儿，对女儿说："妈妈明天要出差。"

女儿没往心里去，只"噢"了一声。

向小红又道："去三天，想不想妈妈？"

女儿干巴巴地说："想的。"

一家人饿着肚子等小谭，一等再等，却不见回来，也没有电话来。向小红终于等得急了，说："不等了，我们吃。"

便吃了顿没声没息的晚饭，等女儿看完动画片，到自己屋里以后，一切又恢复了平静。向小红翻台历，记得小谭曾经把他的拷机号码写在台历上的，翻了半天，总算翻到了，往寻呼台打电话，请呼多少号，然后是寻呼台小姐流利得听不太清的问题，向小红第一遍根本没听懂问的什么，反问道："什么？"

寻呼台小姐就不耐烦，声音凶巴巴地，道："什么什么，打过拷机没有，不会打就不要乱打。"

向小红低声下气道："你刚才的话我没有听清，请你再说一遍。"

寻呼台小姐道："回电，姓名。"

向小红愣一下，才反应过来是要报自己的电话号码和姓名，连忙报了，怕那边听不清楚，还想再报一遍，那边已经"咯答"一声挂断了，放了电话。向小红心里有些窝气，但又觉得怪不得人家寻呼台，寻呼台一天要寻呼多少电话，个个像她这样迟钝还怎么应付？便耐下心来等小谭的回电。小谭说过，只要夫人拷他，一分钟怎么也得回电。一分钟过去，没有，再过一分钟，还是没有，一直等了一个小时，电话还是没来。向小红进小屋里问姨妈，到底来过电话没有。姨妈叹息一声，道："没有呀，真的没有电话。"

向小红自言自语道："怎么会呢，不会出了什么事吧？"

姨妈道："不会的，年轻的人，玩起来就昏头的。"

向小红道："怎么也会给家里来个电话的呀，越来越狠了，连电话也不来一个。"

姨妈道："你是太迁就他了，人家老婆管丈夫，那个凶。你是太好说话，他几句好话一说，你心就软了，有什么办法，怪谁呢。"

向小红道："我是没有办法。"想一想，又道，"会不会喝醉了酒，路上……"

姨妈打断她："别乱想了，不可能的，你也睡吧，不等就来了。"

向小红无法，只好上床睡去。一切又开始重复每一个漫长夜里的过程，间或有自行车路过，然后是大粪车，再后是那个吹口哨的人来了，今夜里吹的是《谢谢你的爱》，悠扬动情，渐渐远去，再也听不见了，再接下来就是狗吠，也是间或地叫几声，并不很凶的感觉……

小谭最后还是回来了，但那已是第二天凌晨近三点钟。向小红看着他浓浓的醉意，知道根本就没有什么可以跟他理论的意义了，只问了一句："我拷你你怎么不回电？"

小谭指天赌咒："肯定没有响，寻呼台肯定没有转，我的机子一个晚上都没有响过。不信你看，你看这上面有没有号码，若有人呼叫，会储存号码的，你看……"说着把 BP 机拿来给向小红看。

向小红厌恶地扭转头："本来根本不和你说什么的，但是你总要守信用，你说过有事拷你，一定回电的。我没有事，只是问一问你在什么地方，家里也好放心，并不会给你添什么麻烦。"

小谭苦着脸道："真的没有叫，不相信我也没有办法。"

向小红道："你是没有办法，我也没有办法，谁让我这么贱，男人不回来就睡不着觉，活该。"

小谭道："是我不好，是我不好。可是，我也没办法呀，几个朋友拉了就上车，到乡下去的，我要打电话，不许，说，到那里再打也来得及。到那里一看，宾馆倒是挺不错，偏偏电话线出了问题，急死我了。"

向小红冷笑一声："急死了还到现在才回来，不急的话就不回来了。"

小谭道："怎么不急，怎么不回来。但是那边拉住了不给回，说我帮他们办了大事，一定要让我玩得痛快，其实也就是替那边书记的儿子找了个城里的单位安进去开车。就为这，请我去的，我有什么办法！"

向小红说："是呀，为张三朋友找李四朋友，为李四朋友求王五朋友，忙来忙去都是忙的别人，为别人奔波，为别人喝酒应酬。你人多好，大好人一个，谁不说你好。只自己家是可以不要的，只自己的老婆是可以不要应酬的，你其实是可以不回来了，住朋友那里便是……我问你，是不是对我没兴趣了？如果是，可以直说。"

小谭跳起来："你说什么话，怎么说这种话，我怎么会对你没兴趣？你怎么想得出说这样的话，我跟你说了，实在是朋友拖住了，没有办法。"

向小红道："连姨妈都说，男人要是没有外心，不会这么天天不归家的。"

小谭朝那小房间看一眼，也不生气，道："你听她的，老太太没事，瞎想。"

向小红道："我也没事，瞎想。"

小谭道："你明天要出去，我不应该这么晚回来，我认错，我以后改，还不行吗？"

向小红道："已经不是明天了，是今天了。"

小谭"呀"了一声，道："快睡吧。"

向小红说："你睡吧，你反正倒头就能睡着，也实在太辛苦，我不睡了。"

小谭抱着自己的头，直叹气："唉，我这人怎么这么混，我这人怎么这么混，我一定改，我一定改。"

向小红道："我告诉你，你别以为外面就没有人追我，我告诉你，外面追我的人多的是。"

小谭先是一愣，随即笑了起来，道："那是，我知道，我老婆要是没有人追，我脸上也没光彩呀。"

向小红不再作声。小谭摸摸索索地上了床，想和向小红亲热亲热，道："这一去三天，我要想你的。"

向小红推开他的手，道："既然你天天不愿意回来，说明这个家对你也没有什么吸引力了，是吧？我们干脆，离吧。"

小谭吓了一跳，吃惊地看着向小红，过了半天才说："离，离什么？离婚呀，为什么？"

向小红道："为什么该问你自己。"

小谭道："我真的不明白，怎么至于？我只不过，只不过和朋友们一起玩玩，喝点儿酒，唱歌。怎么啦，有多么严重吗？你想想，外面哪个不说我这人正派，我又不赌又不嫖，又不干坏事，就和朋友玩玩，至于离婚吗？"

向小红愣住了，过了好一会儿，才慢慢地道："我说过多少遍，家是靠家里所有的人一起撑起来的，大家不回家，这家还有什么意思……"说着说着，睡意竟上来了，她听到小谭痛心疾首地说："我一定改，我不改不是人……"向小红模模糊糊地想，又来了，改得了吗……真是，无奈，谁也无奈。

向小红是被小谭叫醒的，小谭站在床前看着她，道："七点半了，车子再过十分钟就到，武警的车不误点的。我几次想叫你，看你睡得香，没忍心，再不起来，就来不及了。"

向小红坐起来。小谭道："面条已经下好了，还有两个鸡蛋，起来吃吧。"

向小红闷坐着不作声，心里有些奇怪的感觉，她没有分辨出这感觉是什么滋味，就听到楼下有喇叭声。小谭探头到窗外一看，道：

"提前来了，真积极，不过你别急，让小当兵等一会儿也不碍事，又不赶火车。"

向小红想，这算什么？

太阳已从窗户照进来，屋里亮堂堂的。

没有往事

一

没有往事，一开始就是现在。现在正是热闹的时候，允红的理发店正在开张，有一些人在放炮仗，过路的人停下来看看，也有怕炮仗炸到身上下了自行车躲一躲的；门前也有两只大花篮，门面装饰什么的都弄得不错，玻璃亮亮的，很有一些新鲜的喜气。其实允红的理发店也不是她自己的，是向人家租的门面。在允红之前，这店面租给过一个温州来的青年，那个小师傅做满了租约期就不想做了，大概觉得做理发也没有什么大的钱可挣，走出去不知到哪里做大些的事情去了。后来就有人介绍了允红来谈，其实来谈的也不是允红一个人，那一天允红的姐姐允芳还有允红的男朋友小江和允红一起来。允红的姐姐也是做理发这一行的，虽然是在公家的店里做，但是她自己觉得对行情是了解的，而小江大家都觉得他是一个有见识也能够周旋的人，于是就让他一起跟了来，好像是准备好好地谈判。其实后来也没有怎么谈，大家的想法都差不多，也都是比较讲道理的人，所以基本上算是一拍即合，就这样定下来。允红这边的人帮着把店面重新弄了一下，也没有花什么大的力气，就弄好了。这时候炮仗已经放好，该走的人也都走开，大家说话的声音也大起来。其实这小街上的邻居以前多半也不认得允红，只是在允红租下了刘家的店面，后来带了些人来弄房子，这些天里，就慢慢地认得了，随便说说话，或者允红也去跟他们借些什么用具，就算是认得了。以后的头多半还是要请允红弄，所以大家也愿意来和允红他们说说话，也晓得了允红的那个徒弟叫作小秀，是乡下出来的，乡音很重；也晓得允红的家算是一个理发世家，允红的父亲、哥哥、姐姐都是做理发的，大家越发觉得这样的人做理发是可以信赖的。以前的那个温州小青年，聪明也是很聪明，翻花样也能翻得很快，就是不能给人踏实的感觉。有些讲究头发的女人看看他的样子，就不敢叫他弄头。现在大家看看允红的样子，笑眯眯的，自己的头发也是给弄得恰到好处，大家先就有了些信任的意思，说，允红，以后我们找你烫头，你好好弄。允红笑，说："那是。"正说着就有一个人刚洗了澡过来吹风。允红插上电吹风的插头，正要做，突然就断了电，允红有点尴尬，说："是不是停电？"到别人家看看，没有停电，都说是保险丝断了。允红脸有点红，说："怎么办？"大家说，不要紧，叫排骨，于是有人站在门口大声喊："排骨。"一个人应声而来，大家说，排骨起劲，允红朝他一笑，说："你会弄电？"大家说，排骨你不要问他，他什么都弄。允红又笑，说："对不起，麻烦你帮我看看是不是保险丝断了。"排骨说："好。"就爬到凳子上看保险丝，说："是断了。"允红说："怎么会。"排骨说："你这电表不行，要换大的，我先帮你接好这一根，你要换只大安培的。"允红说："我不懂电的东西。"排骨说："那有什么，我来帮你弄就是。"排骨说话间就把保险丝接好。允红谢他，排骨倒有些不好意思，说："有什么。"允红朝他看看，说："你也不算太瘦，怎么叫你排骨？"排骨笑，说："可能我小时候很瘦，我叫金建中。"允红笑着点头。排骨说："我炉子上的饭要烧焦了。"排骨走出去，慢慢地许多别的人也走开去，允红吹了一个头，也没有人再来吹风理发，坐下来看着电表，对小秀说："电表的事情你帮我记着，等小江来跟他说，叫他去买。"小秀说："是。"过了一会儿，看到金建中从对面走过来，先是站在门口，倚在门框上，好像有些难为情的样子，允红不知他要做什么，等着他说话，可是金建中并不说话，只是看着店里的东西，又看看允红，又看看小秀。允红说："你进来坐坐。"金建中一笑，就进来，坐下，说："弄得比以前漂亮。"允红说："也不算什么，马马虎虎的。"金建中说："可以了。"允红说："你饭烧焦了没有？"金建中笑，说："焦了，天天烧焦饭。"允红也笑，说："你们家怎么你烧饭？"金建中说："我们家我最空呀。"允红说："你不上班？"金建中说："怎么不上班。"允红说："你在哪里做？"金建中说："饭店。"允红说："好的。"金建中笑，说："好什么呀，要关门了。"允红说："怎么会，现在做饭店是好的。"金建中说："我也不知道，反正也不是我的事情，也不关我的事情，我只知道叫我上班我就上，不叫我上班我就不上。"允红说："那是。"金建中说："我下午上班，上午没有事情。"允红说:"倒也舒服。"金建中说:"那倒是。"有个女人站在门口朝店里看,允红说:"烫头?"女人没有说烫不烫,只是问多少钱。金建中说:"多少钱很难说的,要看你烫哪一种。"女人朝墙上的发型照片看了看,说:"你看我烫哪一种好?"允红指了其中一种,说:"这种好不好?"女人说:"不好。"允红又指另一种,女人又说:"不好。"允红指了第三种,女人说:"不好。"金建中说:"你怎么都不好。"女人朝他看看,说:"你是什么人?"金建中说:"我不是什么人。"女人说:"我看你也不是什么人。"他们一起笑了一回。女人说:"我就烫个一般的。"允红报了钱,女人说:"贵。"金建中说:"贵什么呀,你到那边店里问问,那才是贵。"女人说:"我刚刚从那边问了来的。"允红说:"其实都一样的,有规定,也不能随便加价的。"金建中说:"就是。"女人看看金建中,说:"关你什么事?"金建中说:"不关我什么事。"女人说:"不关你什么事,你话多。"大家一起又笑了一回。女人坐下来洗头,一会儿叫水烫,一会儿又叫水冷,金建中走过去看看通水的管子,对允红说:"你这样不行,等我有空过来帮你重新弄,以前小温州也是我帮他弄的。"允红笑,女人抬起稀湿的头,说:"等你空,你现在不是空着。"金建中说:"倒是。"站了起来。允红连忙说:"不要你忙,不要你忙,你坐就是。"女人朝他们看看,说:"怪不得,我看着也是不般配。"小秀捂着嘴笑。允红说:"什么呀。"金建中好像没有听到女人说的什么,他站在水管前认真地看了一会儿,说:"有了。"就往外走。过一会儿拿了些工具什么来,说:"我帮你改一下,水就能上来了。"一边就动手弄起来。允红说:"这怎么好意思,这怎么好意思。"金建中说:"这有什么,我也没有别的事情,空也是空着。"正说着话,弄着水管,金建中的老母亲抱着小孩子过来，说："排骨，帮帮忙，抱一抱。"排骨举起两只脏手，伸给老太太看看，说："你看我有空？"老太太说："你起劲，是你的店？"金建中说："这跟谁的店无关，我忙着就是。"老太太说："炉子上水开了，不冲起来怎么办，我抱这小冤家怎么做事情。"排骨说："你放下就是。"老太太说："好，我放下。"她把小孩子放在允红店里的椅子上，刚一放，小孩子就哭起来。允红很不好意思，对金建中说："你不要弄了。"金建中笑，说："管他呢。"允红说："我来抱。"过去抱起来孩子，孩子果然就不哭了。老太太走开去，允红问金建中："这是你的孩子？"金建中说："我哪有？"允红说："那是谁的？"金建中说："我哥哥的。"允红看看孩子的脸，说："蛮漂亮。"金建中说："也不怎么。"老太太冲了水过来，把孩子抱走。走到门口，金建中说："哎，你做什么给他们抱小孩。"老太太说："两个人都加班。"金建中说："加什么班，做不够呀。"老太太说："加什么班，弄几个奖金。"金建中说："他们弄奖金，给了你多少，帮他们抱小孩。"老太太说："你说得出，我不帮他们抱，叫谁帮他们抱。"金建中说："管我。"老太太说："像你这样有几个？自己的事情不管，帮别人起劲。"他们说着，允红有些不好意思，说："真是的，都是为我。"金建中看她一眼，说："跟你有什么关系。"老太太也朝允红看看，说："就是，跟你没有关系，排骨天生就是这种胚子，从前小温州在的时候，也是这样，差他做东做西，前世欠的别人。"金建中笑，说："那是。"允红和小秀她们一起笑起来。允红说："你这样的，真是少见。"说话间金建中已经把水管子弄好，叫小秀试试。小秀一试，水果然上得快了。允红说："谢谢。"金建中说："这有什么。"老太太抱着孩子回去后，金建中又坐了一会儿，跟允红小秀还有烫发的顾客随便说说话。允红拿些钱给小秀，叫她去买一包烟来给金建中抽。金建中说："谁要抽你的烟，我有。"说着拿出自己的烟抽，允红看他抽的倒是好烟。后来有一个女孩子走过来，并不进店，只是站在小街对面喊："排骨。"金建中应声出去，允红看他跟那女孩子说了些话，后来女孩子走了，金建中又回进来。允红说："你女朋友？"金建中说："哪里，是苇芬。"允红说："苇芬是谁？"金建中说："苇芬就是苇芬，隔壁的小丫头，叫我帮她买换肤霜。"允红说："你能买到换肤霜？"金建中说："商场里有我的朋友。"允红说："你路子多。"金建中说："也不算多。"下午金建中走过理发店，对允红说："上班去。"允红说："你怎么到这时候才上班？"金建中说："我们混混。"允红笑着，金建中骑上车子远去。后来小江来了，允红说："今天这么早？"小江说："吃过饭就回的，所以早。"拿出一件羊毛衫给允红。允红展开来看看，说："是乡下厂里的。"小江说："是。"允红说："质量很不错。"小江说："那是，现在乡下厂什么做不出来。"允红点头。小江坐下来抽着烟，看允红和小秀给顾客弄头发，他就随便说说什么话。小江给厂长开小车，每天出去都是有些事情可以说说的。允红看看他，说："水管子弄好了。"小江走过去看看，说："弄得不错，谁？"允红说："金建中。"小江想了想，不记得谁是金建中，问："谁？"允红说："隔壁的，都叫他排骨的。"小江又想了想，说："倒省了我的心，你给他多少钱？"允红说："他不要，烟也不抽我们的。"小江一笑，说："学雷锋啊。"允红和小秀一起笑起来，说："真是学雷锋似的。"小江说："你们说得出，有这样的人？"允红说："看上去人真是好的，你看到他就知道了。"小江说："那是，我看到他我就知道。"允红说："说要换大电表，你去买一只，请排骨帮忙换。"小江说："好。"却坐着不动。允红说："坐着也是坐着，你现在就去买回来。"小江说："好。"就出去买电表，一直到下晚才回来，坐下来先抽烟，也不提电表的事情。允红说："电表呢？"小江一愣，说："没有买到。"允红说："怎么会？"小江说："店里没有。"允红说："你这个人，叫你做点事情……"小江说："我还不好呀，我这样的还不好呀，你到哪里去找。"允红说："你说得出。"正说着，金建中的车子停在门前，朝里看看，说："忙啊。"允红说："你怎么已经下班了？"金建中说："晚上没有事情。"允红说："哪有这样，饭店不做晚上生意做什么生意？"金建中笑，说："我们的店就是这样，没有生意就早早放我们。"小江在一边看着金建中说："你就是排骨？"金建中一笑，说："是。"允红说："他是小江。"金建中说："我晓得，前几天来弄房子见到过你，就知道你。"小江说："知道我什么？"金建中笑，说："这还看不出来。"小江说："看出来就好，谢谢你帮我们弄水管子。"金建中说："这有什么。"小江说："你有什么事情要我帮忙的，尽管说就是，我在外面也是有些路子的。"金建中说："那是，不过我也没有什么事情。"小江说："你不必跟我们客气。"金建中说："我不客气，我这个人真是不知道客气。"小江说："那就好。"他们说了一会儿，金建中要走，临走又回头，说："对了，电表我帮你们弄了，明天朋友帮我送过来，我明天也没有什么事情，就帮你们换了。"说过就往家去了。小江愣了一会儿，说："他做什么？"允红说："什么？"小江又说："他什么意思？"允红看了看小江，笑起来，说："我说你看到他你就知道了。"小秀在一边捂着嘴笑。小江想了想，也笑起来。第二天金建中果然来帮允红换了电表，允红拿了钱出来。金建中说："做什么？"允红说："电表的钱呀，给你安装费什么，你大概不肯要的，可是买电表的钱总是要还你的。"金建中说："还什么，电表又不是我买的，是朋友送的，朋友就在那厂里，弄一个电表有什么。"允红说："那也不行，朋友是你的朋友，你欠了你朋友的情，我就欠了你的情，是不是？所以钱你还是拿去，你该给朋友些什么你给去。"金建中说："拿一只电表就要给什么，这算什么朋友。"允红张了张嘴，倒也没有什么好说的，手里拿着钱倒觉得自己有些尴尬。正在说着，烟纸店的老板娘在对面喊："排骨，过来帮我看看店，我去撒泡尿。"金建中说："来了。"就过去。允红看着他走出去，说："这个人真是的。"有弄头发的顾客知道排骨的，说："排骨就是这样。"允红说："人真是好。"顾客说："好是好，有时候也吃他不消。"允红想了想，说："倒也是，主要他家里人恐怕对他会有看法的。"顾客说："他家里人也拿他没有办法。"允红说："人真是天生的。"大家说是。

下一日金建中轮休的。到允红理发店坐，看允红很忙，就帮着一起给顾客洗洗头什么的。允红说："不要你做，怎么要你做。"金建中说："为什么？"允红说不出为什么，小秀只是在一边笑。小江来的时候，金建中正忙着。小江说："你又来了。"金建中说："我没有什么事情。"小江朝他看了一眼，好像想说什么，但想了想，没有说出口。待金建中走了，小江说："这个人，是不是有什么心思？"允红说："有什么心思？"小江愣了一下，说："他是不是对你……"允红笑得弯了腰，说："你说得出。"小江朝小秀看看，说："是不是对小秀？"允红也朝小秀看看，小秀红着脸只是笑。允红想了想，说："也不会。"小江说："那他做什么？"允红说："你觉得有什么不对的地方？"小江说："哪有这样的。"允红说："我觉得也没有什么呀，就是个热心人。"小江正要说什么，看到金建中端着饭碗过来，就不说。金建中朝小江笑笑，说："忙啊。"小江没有明确的态度，只是稍微地点了一下头。允红说："吃饭。"金建中说："你们呢？"允红说："饭在电饭锅里，倒是好了，菜还没有烧，一上午也没有歇下来。"金建中说："饿不饿，饿的话我回去给你们弄点来。"允红说："不饿，早上吃得晚。"小江说："饿也不能要你的饭呀。"金建中说："那有什么。"小江说："人家还以为什么呢。"金建中说："以为什么？怎么会以为什么？以前小温州也是这样的，来不及我就给他弄一碗来吃，这有什么。"小江说："现在也不是小温州那时候。"金建中说："倒也是。"小江站起来，对允红说："给我两只大一点的锅子。"允红说："做什么？"小江说："买些来吃。"允红说："菜都已经洗好弄好了，只一烧就可以吃，不买也行。"小江说："我说要买。"小秀拿了两只锅子给他。小江接了锅子走出去，过了一会儿，买回来两大锅的菜。允红过去一看，一锅是炒的虾仁，另一锅是鱼片。允红说："买这么好。"小江说："你以为我买不起？"允红说："你怎么这样说？"小江说："吃吧。"他们分头坐下来，盛了饭吃。允红吃了一口虾仁，说："你们尝尝，是不是有味道。"小江和小秀都吃了，也觉得有股异味。金建中凑过来看，说："这虾仁不新鲜，这颜色一看就能看出来。"小江说："你内行。"允红说："他就是在饭店做的。"金建中说："内行也算不上，天天看着，多少知道一点。"小江说："你是厨师？"金建中说："我不是。"小江说："那你在饭店做什么？"金建中说："也没有什么，端端菜啦什么的，反正蛮轻松。"小江说："噢。"允红说："你其实可以学学厨师，现在厨师也很吃香的。"金建中说："我笨，学不起来。"允红说："你笨什么呀，看你样样会的，怎么做菜学不会？"金建中说："我就是三脚猫，样样会一点，猪头肉，三不精。"小江说："现在这样的人也多。"允红说："其实，学学做菜做饭也不怎么难。"金建中说："做做菜什么的我倒也不怕，可是要拿证书，说还要考外语，我不行的。"允红说："你高中毕业？"金建中说："是。"允红说："高中毕业应该有点基础的。"金建中摇手说："我真是不行。"允红看看小江说："你认得商校的那个校长，不就是管考厨师的么，你帮帮忙，让排骨把外语混过去算了。"小江说："这怎么行。"允红说："这有什么不行。"小江说："你起劲。"允红说："我起什么劲，我也是看排骨这样下去总不是个事情。"小江说："人家排骨自己不急，要你急。"金建中说："就是，我的事情我也不急。"允红朝他看看，轻轻地叹一口气，没有再说什么。金建中拿出烟来请小江抽。小江说："我有。"也拿出烟来。金建中说："你派头。"小江说："开小车的人总是有点便宜占占的。"金建中说："那是。"金建中说着话，手里的饭碗早就空了。老太太走过来，把饭碗拿过去，说："吃饱了连个碗也不知道送回来洗。"金建中说："我正有事情说。"老太太说："那是，你事情多。我跟你说，你哥哥他们知道你今天歇，小毛头又送过来了，你抱啊。"金建中说："你说得出。"老太太说："那怎么办，我下午要出去的。"金建中说："你做什么要答应他们抱小毛头，你就说你病了，抱不动。"老太太说："有你这样的，自己操两只手只知道瞎混，也不肯帮帮，你忙别人的事情。"金建中说："别人的事情也不能不管呀。"老太太不再跟他多说，回去洗了碗，就把小毛头抱过来，往金建中手里一塞，走开了。金建中哭笑不得，说："真是的，叫我抱小毛头。"允红笑，说："先练练。"金建中也笑，说："练什么呀。"允红说："女朋友有了吧。"金建中说："哪有呀。"

允红说："也可以找起来了。"金建中说："我这样的，找女朋友也难，就算找得到，也不肯结婚。"允红说："怎么？"金建中说："我这样混混，自己养自己还紧巴巴，怎么养得起老婆小孩。"小秀笑起来，允红也一笑。小江说："你这倒是真话，像你这样，难的。"金建中说："是。"小毛头在金建中手里开始作闹。金建中说："叫我抱小人，真是作孽。"大家都笑，正笑着就看到一个四十来岁的女顾客横目站在店门口，头发乱得一塌糊涂。允红迎上去，说："烫头？"女顾客说："烫你个头，你看看，把我的头烫成什么样子。"允红看她的头实在是不像个样子，她记不起这个顾客是不是在自己手里烫的头，说："你是不是在我这里烫的？"女顾客说："不在你这里烫，我怎么找到你这里，你说怎么办吧。"允红说："一般在我这里烫的，不可能弄成这样子的。"女顾客说："你想赖。"允红说："我没有赖，我只是想我怎么会烫出这样的头。"女顾客说："那要问你自己。"允红一时没有话说。金建中上前一步说："你有话好好说，这一副吃相，多少难看。"女顾客说："还嫌我吃相难看，自己把人家的头弄得这么难看。"金建中说："到底是谁烫的，还不一定呢，你不要在别人那里吃了亏，跑到这边来讨还呀。"女顾客瞪着金建中说："你是谁？"金建中说："我不是谁。"女顾客说："你不是谁给我靠边站站。"金建中说："我为什么要靠边站站，我就站在这里怎么样。"女顾客说："你这样不讲理的我不跟你说，我只管找她，这样的头烫出来，要赔的。"允红说："怎么赔法？"女顾客说："问你呀。"允红说："我还是第一次碰到这样的事情，我也不知道怎么赔法。"女顾客说："你给我弄成原来的样子。"金建中说："你这才是蛮不讲理，已经烫成了，怎么还能弄回去。"女顾客说："我不管，你赔我的头发。"允红说："烫回去也不是不可以，先把头发烫直，再重新烫。"女顾客说："那我的头发不是伤得太厉害？"金建中说："烫头发本来就是要伤头发的么，要漂亮就不能怕。"女顾客说："关你什么事？"小江站在一边半天也没有说一句话，这时候才想到说一句，他说："排骨你是有点娘娘腔，女人的事情你多管做什么。"金建中说："女人的事情也是事情呀。"小江"嘻"地一笑，好像觉得和金建中再没有话说，和允红说了一声："我出车。"就走了。金建中说："他也不帮着说说话。"女顾客说："有你一个已经够可以的了，再来一个不要把我吃了。"金建中说："我这人就那么凶相呀。"女顾客倒笑起来，说："凶相倒看不出来，看出来有点十三点。"金建中说："十三点又怎么样？"女顾客说："你要觉得十三点也没有怎么样，那就最好了。"说着大家一起笑起来。允红给女顾客重新烫直了头发，又重新卷起夹子。金建中手里的小毛头一直不肯安定，作来作去。女顾客看了看小毛头，说："他饿了。"金建中说："饿了我也没有东西给他吃。"女顾客说："他有两岁了吧。"金建中说："我也不知道，大概有了吧。"允红和小秀又笑。女顾客朝她们看看，又看看金建中，说："有你这样的，他饿了，你给他去买点吃的。"金建中说："他能吃什么？"女顾客说："两岁了，什么不能吃。"金建中说："我先放他在这里，我去去就来。"允红说："好。"金建中把小毛头放在凳子上，走了出去。女顾客说："谁？"允红说："邻居。"女顾客觉得很好笑，自己笑了一回，也没有说什么。小毛头开始哭，允红说："小秀，你抱抱他。"小秀放下手里的活，过去抱他，一抱小毛头果然不哭，只是等金建中怎么也等不来。允红说："买点小吃，买到哪里去了？"又过了好一会儿，还是不见金建中来，倒是老太太先回来了。看把小毛头放在理发店，老太太也说不出什么话来，抱着小毛头回家去。一直到很晚了，金建中奔进来，说："豁边了，小毛头忘记了。"允红和小秀笑。允红说："你怎么买点心一去不返？"金建中说："碰到一件事情，一个人叫车子撞破了头，帮忙送医院。"允红说："你朋友？"金建中说："没有，不认识的。"小秀忍不住又笑，允红说："你真是。"金建中说："小毛头我妈抱走了是吧？"允红说："是。"金建中说："我知道她会来抱走的，所以我也不急。"允红说："你是不急。"再要说下去，就听老太太喊："排骨，回来吃晚饭。"金建中应声吃晚饭去。

二

　　小秀到外面倒了垃圾进来，慌慌张张。允红看看她，说："你做什么？"小秀说："没有，没有什么。"一边说一边又朝外面看，允红说："看什么？"小秀说："有人在看我。"允红笑，说："有人看你你怕什么？"小秀说："不是，我是说，我是说——"允红说："什么？"小秀张了张嘴，没有把要想说的话说出来，允红也没怎么往心上去。过了一会儿，看小秀又朝外张望，允红也朝外面看看，她没有看到什么人。允红狐疑地问小秀："你做了什么事情？"小秀说："我没有。"允红说："那就是了，你慌什么？"小秀说："是。"就做自己该做的事情。过了一会儿，小秀说："又来了。"允红看时，果然有两个乡下男人站在不远处朝这边看，过一会儿，就走过来看看，再走开去，再过一会儿，再过来看看，转来转去。允红走出去，说："你们做什么？"乡下男人说："不做什么。"允红听出他们的口音和小秀的乡音是一样的，允红想果然小秀是有点事情。允红说："不做什么这样转来转去怎么？"乡下男人说："我们又没有转到你店里，这外面的地方你也管得着？"允红正想怎么说话，金建中走过来，说："怎么？"允红把他拉到一边，告诉他小秀害怕。金建中回过来朝两个乡下男人看看，说："你们想做什么？"乡下男人说："我们不想做什么。"金建中说："那你们走开点。"乡下男人朝金建中看看，说："你是谁？"金建中说："我不是谁。"乡下男人说："看你也不像个谁，我们站这里关你什么事情。"金建中说："你们站这里也不要想能做些什么事情，我跟你们说，我就是一天到晚坐在这里看着的，反正我也没有什么事情。"乡下男人互相看看，没有再说什么，走开了。允红和金建中一起回进店来。允红问小秀："到底怎么？"小秀说："没有……没有什么。"允红说："是你们那地方的人，口音我听得出。"小秀的脸有些变色。金建中说："你有什么事情就说，你怕我们不能帮你？"小秀想了想，还是摇了摇头。金建中说："我出去看看走了没有。"走出来看时，两个乡下男人还站在拐角上，正向街上的人打听什么，看金建中走过去，他们就走开。金建中一直走到派出所去。派出所的值班民警小刘见到他，说："你来啦。"金建中说："有事情向你说。"小刘笑起来，说："你能有什么事情。"金建中说："这回不和你说笑话，那边有两个乡下人，一直不走开。"小刘看了金建中一眼，说："什么？"金建中说："他们看着理发店的小秀。"小刘说："怎么样？"金建中说："我也不知道怎么样，所以来告诉你。"小刘又笑："告诉我怎么样，叫我去抓他们？"金建中说："你说得出，你最好去看看，问问他们。"小刘说："你说得出，来两个乡下人也要我们去管，你要把我们忙得怎么样。跟你说，你倒是一大觉睡醒了是吧，我昨天夜里到现在还没有合眼呢。"金建中说："那你不去睡。"小刘说："哪走得开，一早上已经来了六件事情，你这也算事情的话，那是七件。"金建中说："我也不是特意来烦你，我正好走过看你在，跟你说说的，一直这么看着小秀算什么。"小刘朝金建中看，说："看着小秀关你什么事情，你是不是吃醋。"金建中笑，说："你民警啊，你说得出。"小刘也笑，说："你吃醋的事情也要我管呀，也不是不可以，先弄条烟来抽抽。"他们一起笑了一回，又有人来找小刘说什么事情。金建中就走开，回到理发店，对允红和小秀说："我已经跟派出所讲了，他们会管的，你们放心就是。"允红说："那就好。"小秀低着头，脸上很红，也不知在想什么心思。到中午时分，小刘一脸困倦走过理发店，站在门口看看，说："排骨，你说的什么乡下人呢？"金建中起身到外面看看，说："没有，大概走了。"小刘说："我回去睡了，困死。"金建中说："你辛苦。"小刘说："你惬意。"允红在一边看着他们笑。小刘对允红说："你小心一点，排骨老是往这边坐，你知道他的坏心思。"金建中说："你民警啊，你说话注意点，天地良心，我有什么坏心思。"允红说："排骨真是没有什么坏心思。"小刘说："你现在相信他，到时候你后悔不及呢。"金建中笑。允红说："不会的。"小刘说："你倒相信他。"一边打着呵欠，回家睡觉去。快到吃午饭时，小江来了，手里捧了一大捧鲜花，进来就送到允红手里。允红说："做什么？"小江说："给你。"允红说："做什么？"小江说："给你呀。"金建中过去看看花，说："真好。"允红说："怎么突然想起来买鲜花了。"小江说："不能买呀？"允红说："也不是不能买，又没有谁做生日，也没有什么特别的事情。"小江说："没有特别的事情买花才是真正的鲜花，为了什么事情去买花，那花就不如这花有意义，是不是？"金建中说："对，这话我要听的。"小江回头朝他看看，好像想说什么，但是忍住了。小秀又捂着嘴笑。允红朝小秀看看，也看看金建中，回头问小江："今天没有出车？"小江说："没有，厂长开会。"允红说："歇歇。"小江说："刚才在街上看到新开张的服装店，等会儿陪你过去看看。"允红说："我哪走得开。"小江说："少做个把生意就是。"允红说："怎么行，小秀一个人撑不起来。"小江说："你这个人就是，平时又说我不陪你上街，等我有了空，你又舍不得几个生意。"允红说："我是舍不得。"金建中听他们说了一会儿，插嘴说："你们去就是，我帮你们张罗张罗。"小江一笑。允红说："怎么能叫你弄。"小江说："你会？"金建中说："我跟小温州也学过几手，一般的头我也能弄弄，以前小温州有事情走开，就是我帮他弄的。"允红说："你既有这手艺，自己怎么不开个店？"金建中笑，说："我哪行，我只是帮帮忙。"允红回头对小江说："他就是这样的，真是。"小江说："少有。"金建中说："人家都这么说我。"小江没有接他的话。金建中说："你们去呀，我帮你们管着你们放心就是。"允红朝小江看。小江说："算了吧，以后再找个时间。"允红说："也好。"金建中很可惜地叹口气。小江坐了一会儿，看金建中老是不走，脸色不大好看，后来忍不住说："排骨，你有事情你去就是。"金建中说："我没有事情，真的没有事情。"小江说："你家里也没有什么事情要你做的？"金建中说："没有。"小江说："就算没有事情也不好老是待在人家这里呀。"金建中说："不碍事，真的不碍事，你们根本不要不过意的。"小江朝允红做个眼色，允红也忍不住要笑。金建中又说："我这个人就是喜欢这样。"小江说："你喜欢这样，你不知道人家要说话。"金建中说："说什么话，我也不管别人说什么话，这有什么。"小江长长地叹了一口气，说："真没有办法。"金建中说:"你的脾气我很喜欢,其实跟我差不多。"小江说:"我哪能像你这样。"金建中说:"真的,我真的觉得你和我差不多的性格,我们做朋友肯定合得来,不信你叫允红说,是不是?"允红只是笑,小江却笑不出来。允红看小江不高兴,也不好笑得太放开,收敛了些。小江沉默了一会儿,后来他对金建中说:"你还没有谈女朋友是吧?"金建中说:"是。"小江说:"我帮你介绍一个。"金建中说:"谈不起来的,我这个人,人家女的都不喜欢我,没有办法。"小江说:"我帮你。"金建中说:"那怎么好意思。"允红说:"你帮了人家这么多的忙,人家帮你一回你也不要不好意思了。"金建中说:"那倒是。"

过了些天,小江果然帮金建中介绍了一个,领来的那一天,金建中正在理发店里帮忙。小江站在门外,也没让那女的进来,只让她站在身后。小江把头探进来,说:"排骨,你出来。"金建中正帮顾客做发卷,抬着两只沾满化学药水的手说:"等一等,我正在弄。"小江说:"来了。"金建中说:"谁?"小江说:"你女朋友。"金建中"哈"一笑,说:"你拿我寻开心。"小江回身把那女孩子拉到前面,说:"你看看。"金建中看到女孩子,有些不好意思,对她说:"你进来坐坐,稍等一等,我做好这只头。"女孩子不肯进来。允红说:"排骨,不要你弄了。"上去拉金建中,可是正在被卷发的顾客看了看表,说:"他不弄,谁帮我弄?你们说只要一个小时就够了,你看看,已经半个多钟头还没有卷好,还要烫呢。"金建中说:"我弄我弄,快的快的。"女孩子站在门口,很尴尬,进也不好,不进也不好,对小江说:"他忙,就算了,我走了。"小江说:"不急。"金建中也笑着说:"不急,坐坐。"女孩子说:"我也不是来弄头发,我坐这里算什么。"金建中说："不碍事，你坐就是。"正说着，给顾客洗头的小秀突然"呀"了声，说："不好，阴沟洞又堵了。"大家看，果然水池的水下不去，溢了出来。允红朝小江看看，说："你帮忙去捅捅。"小江说："怎么捅？"允红说："找根什么东西捅一捅呀。"小江犹豫了一下，说："我换件衣服。"金建中说："你不要换衣服了，我来吧，我老弄这些的。"说着出去找了一根捅炉子的铁条，到外面阴沟洞去捅，一会儿捅通了，回进来，弄了一身泥水。允红说："真是的，又叫你弄。"金建中说："这有什么，你老说这话。"小江领来的那女孩子不再停留，转身走开。小江跟出来，女孩子说："你介绍我跟谁谈呀？"小江说："金建中呀，就是那个。"女孩子说："你算了吧，你以为我看不出，他和那女的有意思。"小江说："你说谁？"女孩子说："理发的。"小江说："你瞎说。"女孩子笑，说："这一点你也看不出来？"小江张了张嘴，不知说什么好。女孩子说："你不信可以等着看。"小江说："我怎么会信，理发的允红是我的女朋友，我们谈了两年多，马上就要结婚。"女孩子想了想，说："那金建中他做什么？"小江无可奈何地一笑，说："他就这样，有什么办法。"女孩子看了小江一眼，说："原来呀，怕抢了你的，你想把个二百五推到我身上来。"小江说："没有，没有这样的意思。"女孩子说："你算了吧，你那点心思我也能看出来，其实你实在不必为这个二百五吃什么醋，你女朋友再没眼色也不至于看上他呀。"小江认真地说："你看得出？"女孩子说："除非你女朋友也是个二百五。"小江不高兴，说："你才二百五。"女孩子笑了，说："那你放心就是，你不要拿我来做牺牲品。"说着，女孩子就走了。小江回进来，看金建中还在忙着，也没有想问一问女孩子的事情。倒是允红看小江一个人回进来，说："她呢？"小江说："走了。"允红说："你怎么给她走了呢。"小江说："人家要走我有什么办法。"允红说："排骨，你怎么这样？"金建中正专心致志地做头发，听允红叫他的名字，抬头问："什么？"允红说："人家走了，小江帮你介绍的女孩子。"金建中说："哎呀，真是对不起了，我连招呼也没有跟人家打一个，下次什么候来？"小江说："你说呢？"金建中说："我随便。"小江一笑，没有再和他说什么。

　　隔一日，小江到服装店给允红买了些衣服，拿过来，正没有顾客，小江叫允红穿着试试，允红不肯。金建中说："穿穿，看看怎么样，也是小江对你一片心。"小江朝金建中看一眼，说："你也知道。"金建中不好意思地一笑。允红就把衣服穿起来试试，对着镜子看看。小江说："很好。"金建中也说："是好。"允红说："很贵吧？"小江说："给你买，贵一点算什么。"允红笑了一下。小江说："我们的事情也差不多该办了，我家里问了好多回。"允红脸有些红。小江说："下面到淡季了，就办了怎么样？"允红说："我是想再做做，不过大主意你定就是。"小江说："你叫我定，我就定，明天我们就去看家具。"允红说："好。"并不很兴奋。倒是金建中很兴奋，说："喜糖不要忘记我。"允红说："怎么能忘记你。"第二天他们一起上街看家具，看中了一套，小江当场就要付定金。允红说："这么急，钱也没有带。"小江说："我带着。"允红说："原来，说是看看，你是有备而来。"小江付了定金，走出来，说："我再不备着点，万一你飞了怎么办？"允红说："你说什么呀。"小江说："我真是怕那个二百五。"允红说："谁二百五？"小江说："还有谁二百五。"允红说："你是说排骨？"小江笑。允红说："排骨人真是好人。"小江说："你老是说他好，我再不备，就很危险。"允红说："这怎么可能，你真是多心，我怎么会和排骨，不可能的。"小江说："大家都这么说，可我就是不踏实，也是怪。"允红说："定了家具你就踏实了？"小江说："也不能说完全踏实，但多少好一些。"允红笑，说："原来你以为有了家具就有了老婆呀。"小江说："你这张嘴也凶起来了。"他们一路说着，走过一家饭店，允红突然停下来，愣了一会儿，说："对了，这就是排骨那家饭店。"小江说："怎么？"允红说："去看看排骨。"小江说："有什么好看的，他不是天天在你眼前晃，还看不够？"允红说："你怎么这样说话，人家帮了我多少，我走过门前，连看也不进去看一看，算什么。"于是走过去，小江跟着。走到店门口，朝里看看，店堂里很乱，地上也脏，吃饭的人不多，三三两两。小江说："什么样子。"一个跑堂的看到他们站在门口，说："看什么，吃饭就进来。"允红说："我们看看金建中。"跑堂的就朝里边喊："排骨，有人看。"听见排骨在里面说："寻什么开心，正忙呢。"允红听那声音就笑起来，走到厨房门口看。金建中在里面跟几个人说话，只有一个师傅在忙着烧菜，别的人都没有事情做。允红往那里一站，大家都朝她这边看。金建中看到她"呀"了一声，说："你怎么来了？"大家说："排骨你什么时候弄了这么个漂亮的，也不告诉我们。"金建中说："哪里，你们不要搞。"允红说："没有什么事情，我们上街走过你这里就进来看看你，小江也来了。"金建中连忙迎出来，说："小江也来了，到里面来坐坐。"小江说："不坐了，我们马上走。"金建中说："你说得出，吃饭头上，到了我这里你还想走。"小江说："我们回去吃饭。"金建中说："那不行，今天让你们尝尝我的手艺。"小江说："不的，坚决不。"金建中看着允红，说："小江怎么啦，是不是不高兴？”允红说：“没有。”金建中说：“那为什么？不给我点面子呀。”
允红看了小江一眼，说：“既然排骨这么说了，就在这里吃也一样。”
小江说：“我是不想在这里吃。”金建中说：“为什么？”小江说：“也
不为什么。”金建中笑起来，说：“我知道，小江还跟我客气呢。既然
不为什么，就坐下。”允红说：“就坐下。”小江也跟着一起坐了。金
建中很开心地跑出跑进，泡了茶，又去切了几个冷盘，端出来说：
“这是我的刀功，看看怎么样。”允红看看，也不怎么样，朝别的桌
上的冷盘看看，那是要好一些。允红说：“你们这店，水平也是够可
以。”金建中说：“你们稍等，我去给你们弄菜。”允红说：“随便吃点
什么就行，我们其实就是来看看你的。”金建中听允红这样说，觉得
有些奇怪，说：“是不是有事情找我？”允红说：“没有事情。”金建
中看看允红，又看看小江说：“有事情你们就说，只要我能帮的——”
小江说：“你这个人怎么这样要帮人，跟你说没有事情。”金建中看上
去还是不能相信，说：“真的没有事情，专门来看看我？做什么呀？”
允红说：“不能来看看你？”金建中说：“不是不是，我是说专门来看
看我，我是没有想到的。”说着就进去弄菜。小江说：“这样的人，你
看他他也不明白。”允红笑了，说：“他就是这样的人。”小江说：“你
倒对他很熟悉了。”允红说：“天天在我店里，真是很熟悉了。”小江
不说话了，闷头吃菜。过一会儿金建中端了热炒过来，一只手端着
盆子，另一只手不住地甩动。允红说：“怎么？”金建中说：“有一段
时间不烧菜，手也生了，烫了一下。”允红说：“不要紧吧？”金建
中说：“不要紧，在饭店里做，常有的。”允红说：“弄点什么药擦一
下。”金建中说：“不碍事。”允红说：“还是擦一下的好，不要烂开
来。”金建中说：“不会。”他们说话时，小江只是吃饭吃菜，一句话

也不说。金建中说:"小江,看得出你喜欢吃我做的菜是不是?下次再来。"小江说:"是要来。"他们吃了饭,金建中把他们送到路口,说:"走这巷子穿过去,一点点路就到,走大街要好半天。"允红说:"你上班也很近的。"金建中说:"是近。"允红和小江回到店里。小秀慌慌张张地说:"又来了。"允红说:"是不是上次那两个乡下男人?"小秀说:"是。"小江说:"什么乡下男人?"允红把事情说了,要小江出去看看。小江走出去看了一下,说:"没有。"小秀说:"有的,看到你就走开了。"小江看看小秀,说:"你自己心里有数,是什么事情?"小秀不说话。小江说:"光天化日之下,你怕什么,只要你自己没有做不好的事情。"允红说:"我也这样想。"小秀还是不说话。小江说:"我要走了,厂长下午用车。"允红说:"你走过去注意看看两个人还在不在,如果看到他们你回来告诉一下。"小江说:"好。"小江走了好一会儿,也没有回过来告诉。允红说:"小秀你放心就是,肯定是走了,不然小江要过来告诉的。"小秀点头。淡季没有什么人来弄头发,她们坐了一会儿,小秀心神还是不宁,一直朝外面看。看了一会儿,小秀说:"我娘来了。"允红奇怪地说:"小秀你怎么?"小秀说:"我娘来叫我回去结婚。"允红不明白。小秀说:"我是逃出来的,我不想嫁那个男人。"允红说:"上次两个人大概就是出来找你的。"小秀说:"是。"正说着,果然来了一帮乡下人,当头是一老太太。小秀上前叫了一声"娘。"老太太伸手给小秀一个巴掌,小秀捂着脸哭。允红说:"老太太你不要打人。"老太太说:"我打我的女儿,关你什么事?"允红说:"女儿也不能打呀,再说你们这样逼婚是不对的。"说着,几个乡下男人就上前拉小秀。小秀说:"我不回去。"允红说:"你们这算什么,我去报告派出所。"老太太说:"你去就是，家庭里的事，派出所也管呀？"允红看形势不好，对小秀做个眼色，连忙奔出来。允红一出门就没有往派出所的方向去，却直朝金建中那饭店来，到了饭店，急吼吼地叫："排骨！"金建中应声而出。允红拉着他就往回奔，一路说："乡下人来抢小秀，小秀不肯回去。"金建中说："有这种事情，昏了头了他们。"奔到理发店，果然见几个人抓住小秀，小秀正在挣扎。金建中上前说："你们做什么？"小秀的母亲先有点软，说："你是警察？"金建中说："你管我是谁，你敢抢人。"老太太大概看出来不是个警察，又横起来，说："我叫我的女儿回去，谁敢阻挡？"金建中说："你说我不敢？"老太太瞄了他一眼，对一个乡下男人说："给他点颜色。"金建中说："想打架？"说着就上前去。允红连忙说："排骨，不要动手。"金建中说："你不要管。"果然就打了起来，乡下人上去只一拳就把金建中打倒在地上，真是不堪一击。金建中爬起来，又上前。允红看他鼻子出了血，连忙去挡他，可是金建中甩开允红。允红急得淌下眼泪来，说："哎呀，我怎么去喊了排骨，我是要去喊民警的呀！"小秀乘着大家不注意，跑了出去。等到小秀把民警小刘喊来，金建中已经躺倒在地上，爬不起来。允红也没觉得乡下人下了什么狠劲，只是金建中实在不经打。小刘朝金建中看看，说："你也跟人打架？先练练本事再说吧。"边把乡下来的一群人和小秀一起带派出所去。允红扶起金建中。金建中很难为情地说："我真不行，不经打。"一边说一边就觉得肋下很痛。允红连忙叫了一辆三轮车，把他送去医院。一路金建中直是说："我怎么这样不行，我这人真是没用，你叫我来帮忙的，反倒添麻烦。"允红说："你少说吧。"送到医院，拍了片子。等看片子时，允红说："我回去看看小秀怎么样了。"金建中说："你去就是，我没事。"允红赶回来看到小秀已经在店里，乡下人叫民警给吓走了。允红说："排骨可能受了伤。"小秀听了，"扑哧"一笑，允红说："你怎么的，人家为帮你才受的伤，你还笑。"小秀说："我知道，可是我忍不住要笑，我想到排骨那样子，我就要笑。"说得允红也笑起来，一笑就笑得再收不住。待笑够了，才想起金建中还在医院等看片子，回头又赶到医院，才知道果然伤了，已经到住院部去，又追到住院部病房，看金建中正在被护士训话。允红在外面待了一会儿，待护士训完话，才敢进去。金建中见了允红，高兴地笑，说："住院了，难为情，真是不经打。"允红说："说了多少遍了。"金建中说："不好意思，真是不经打。"金建中正说着，看到允红两眼红了，很快流出了眼泪来。金建中住了嘴，说："你怎么？"允红扭过头去，说："没什么，你住下，我回去告诉你家里。"金建中说："叫你跑来跑去。"允红说："都怪我不好。"金建中说："什么呀。"允红回过来，先到金建中家。老太太已经知道打了架，听说伤了骨头住院，也没怎么生气，也没有怎么吃惊，只是问清在哪个医院哪个病区。允红再回到店里。小江也已经回来，说："怎么回事，怎么打到排骨头上？"允红说："怪我不好，我本来是要去叫警察的，不知怎么就跑到排骨那边去叫了排骨，也想不到排骨这么不经打。"小秀一听又笑起来。小江说："你怎么搞的，叫谁你也不要去叫他，看他那样子，就知道是什么货。"小秀越发笑得厉害。允红说："我也没有想到他这么不经打。"小江说："这以后你知道他了。"允红听了小江的话，好像愣了一会儿，自言自语地说："这以后我知道他了。"小江说："你拿这些做什么？"允红看看手里的东西，说："给排骨送去，住院用得着。"小江说："排骨家里没有人啊，要你送什么。"允红说："排骨总是为了我们才伤了的，去看看也是应该。”小江说：“你要去你去，我是不去。”允红说：“好，我送去就回来吃晚饭。”小江没有吭声。允红骑着车子到医院，金建中的哥哥嫂嫂都在，允红进去时，正听金建中的嫂子说：“你为了别人何苦。”金建中说：“这叫什么话。”嫂子说：“你这么赤胆忠心对人家，人家给你什么好处？”金建中说：“我又不是为了别人给好处才打架的，我看不过去。”金建中的哥哥也说：“不仅是帮人家打架的事情，别的许多事情，我们看在眼里，倒是帮你看不过去。你帮人家多少，人家又怎么样。”金建中说：“我的想法和你们不一样，要怎么样？本来我也不要怎么样。”说了一会儿，才发现允红来了，金建中很开心。可是看得出他的哥嫂不乐，也没有和允红打招呼，只待了一会儿，就走了。允红问了问金建中的情况，金建中说：“没事，歇几天就好了。”允江说：“你哥哥他们是不是怨你？”金建中说：“这有什么，谁也不能保证一点事情也不出，是吧？”允红说：“他们是不是有点怨我？”金建中说：“那更说不上，跟你有什么关系。”允红盯着金建中看了好一会儿不说话。金建中说：“你怎么？”允红说：“你这个人，叫我怎么办？”金建中想了想，说：“我不明白。”允红半天没有说话，又过了好一会儿，她突然说：“我不结婚了。”金建中吓了一跳，说：“什么？”允红又说了一遍。金建中说：“为什么？”允红摇摇头：“不为什么。”金建中说：“是不是小江他不好？”允红说：“小江没有什么不好。”金建中说：“那为什么？”允红看着金建中，说：“为什么，为了我想和你好。”金建中先是一愣，随后笑了起来，笑了一会儿，他说：“拿我寻开心呀。”允红说：“没有。”金建中说：“什么没有？”允红说：“我没有寻你的开心，我说的是真话。”说完这话允红就走出去，头也没有回一下。

三

小江一来就说："我给你看样东西。"拿了几张纸给允红看。允红一看，是单位开的结婚证明和体检证明什么的。允红看了，愣了一下，说："小江，我不结婚了。"小江说："你开什么国际玩笑。"允红说："我不开玩笑，我是说真的。"小江盯住允红的脸看，说："你另外有人？"允红说："是。"小江说："谁？"允红停顿了半天，后来她说："是排骨。"允红说到排骨，小秀就笑。小江好像没有听明白，说："谁谁？排骨，金建中？"允红点头。小江说："怎么会，你开什么国际玩笑。"允红又说："我没有开玩笑。"小江说："不可能的，你不要骗我。"允红说："我没有骗你。"小江待着不知说什么好，过了好一会儿，他说："你为了排骨丢掉我？"允红说："我对不起你。"小江又问一遍："你为了排骨丢掉我？"允红说："是。"小江说："我不服的。"允红不作声。小江说："我找排骨去。"允红说："跟他没有关系。"小江没有再多说什么，转身到金建中家找金建中。金建中刚刚起来，正在吃早饭，看小江进来，很开心，连忙迎起来，说："小江，小江来了。"小江自然是满腔愤怒来的，可是一看金建中的脸，倒愤怒不起来了，想了想，只说了一句："好啊排骨。"金建中说："什么？"小江说："你跟允红，怎么回事？"金建中想了一会儿，说："什么事，没有什么事呀。"小江说："你算什么东西，允红说要和你结婚，不和我结婚。"金建中笑起来，笑了好一会儿，才停下来，说："允红也真是的，拿我寻开心的话，又跟你寻开心，你相信她呀？"小江看金建中样子，实在也看不出金建中有什么阴谋，小江说："你去跟她说，她一本正经，我不知道她是真是假。"金建中说："好，我去跟她说。"于是一起出来到理发店。允红看他们这样子，也不像吵过架的。金建中说："允红，你拿我寻寻开心也无所谓，你们小江可是个认真的人，老实人，你不要再拿他寻开心。"允红说："我没有拿谁寻开心。"小江说："你看看，你看看。"金建中走近允红，看看她的脸，说："允红，你怎么？"小江说："搭错神经。"金建中笑，说："真是有点。"允红也不看谁，只管给顾客做头发。小江站在一边有些难过，说："怎么说？"金建中说："这有什么多说的。"小江说："那不行，我要她给一个说法的，不然我算什么。"金建中说："允红你就算了，你的玩笑也开得差不多了，再下去小江真要生气。"允红仍然不说什么。金建中回头看小秀在笑，说："小秀你说你师傅怎么回事。"小秀只知道笑，也不说话。金建中看小江的脸色很不好，连忙拿出烟来请小江抽。小江接受了，点了烟抽了几口，后来他拿出那几张证明，对允红说："我再问你最后一次，你要是说不，我就把这撕了。"允红看了他一眼。小江继续说："老实跟你说，我也不是一定吊在你这棵树上，外面追我的小姑娘也不是没有。"金建中插话说："就是，小江真是不错的，我看看也和你很配。"小江说："排骨你也不要和她多说什么了，我也只有一句话了，允红，你说。"允红顿了一会儿，最后她说："不。"小江看着手里拿着的证明，愣了半天。金建中连忙上前抢过来，说："开玩笑，怎么能撕。"小江又一把抢回来，果然把那些证明撕了，走了出去。金建中顿一顿脚，对允红说："你怎么这样。"回身追了出去，只听他追着小江说："小江，你不要当真。"小江停下来，拿出烟来请金建中抽。金建中拿了烟，他们又说了些什么话，才分手走开。金建中回到理发店门口，对允红说："我跟小江说了，让他约个时间你再和他说说。"

允红说："没有什么好说的。"金建中说："允红你怎么回事，看你蛮聪明的样子，怎么会这样。"允红说："不知道。"小秀又笑。金建中说："你还笑，小江气也气死了。"小秀努力地不笑，可是她实在忍不住。金建中说："允红，你这样对小江实在是不公平的，小江有哪点不好？"允红说："没有不好。"金建中想了想，说："跟你也没有话说了，我走了。"金建中走后，允红让小秀看着生意，自己跟到金建中家。老太太看到她，说："做什么？"允红说："我找排骨。"老太太说："排骨被你吓着了。"允红说："我又没有吓他。"老太太说："你来看看我们的家。"允红跟着老太太进屋。老太太说："排骨要结婚，就只有这一间，八平方米。"允红不说话。老太太又说："排骨是要女人养的男人。"允红笑笑。老太太说："你养得起是吧，总有一天你要怨的。"允红说："怨什么？"老太太说："到时候你会知道。"允红想了一会儿，她笑了，说："排骨就像你。"老太太说："儿子像娘。"允红说："人家老太太哪个不为儿子急的？哪有你这样，把人往外推。"老太太也笑了，说："真是的。"她们一起笑了一回。金建中从里面出来，看到允红，说："允红，你想通了？"允红说："我早就想通了。"老太太朝儿子笑。金建中不明白，说："你想通什么？"允红说："你说呢？"金建中脸上显出一种迷惑的神情，后来他说："你真的？"允红点头说："我真的。"金建中说："我真是，真是想不到。我有什么，我有什么，我真是什么也没有。"允红说："没有什么就是什么。"金建中一笑，说："你这样想，你这人真是奇怪。"允红说："是我奇怪还是你奇怪。"金建中说："我有什么奇怪？"允红说："我有什么奇怪？"

　　小江自那一次愤怒而去以后，再也没有来找过允红，有时候却到金建中这边来看看，路过理发店，小江也不朝里看。允红看到小江走到金建中家去，允红就对小秀说："你过去看看，小江找排骨做什么。"小秀就去看看，回来告诉允红，小江和金建中在家里说说笑笑，很开心。允红说："倒是好。"等金建中过来，允红说："小江找你什么事？"金建中说："也没有什么事情，他走过这里，随便过来看看我。"允红说："没有事情？"金建中说："也没有什么大事情，说起做生意，问我跟不跟他一起做。"允红看着金建中。金建中说："我说我不行的，我这个人不能做生意的。"允红说："你恐怕是不行。"金建中说："小江的意思，叫我先试试，做得起来就做，做不起来就不做。"允红说："这倒也好。"金建中说："我不行的，试也不要试的，我知道自己不行。"允红说："那就算了。"过了几天，又看到小江过来到金建中家去，后来又和金建中一起出来，走过理发店小江和金建中都没回头看一眼允红，就走远去。允红放下手里的活，追出去喊："排骨。"金建中回头说："做什么？"允红说："叫你去买的洗发精呢。"金建中说："哎呀，忘了，等一等我买回来。"允红说："等着用。"金建中说："我先陪小江到饭店去谈点事情，回头带过来。"允红看他们一起走远，回进来继续做事情。一直等到很晚，金建中回来了，神采飞扬，说："成了。"允红说："什么成了？"金建中说："小江的生意谈成了，他承包了我们的饭店。"允红说："小江怎么想到承包你们的饭店？"金建中说："饭店也搞不下去了。本来店里一定要叫我承包的，我说我不行，说给小江听，小江说他来承包，领他去和经理谈了。谈得很合拍，一下就成了。"允红说："那你呢？"金建中说："我怎么？"允红说："我是说你做什么。"金建中说："我做什么，我能做什么，还是老样子做做。"允红不说话了。金建中说："小江是有本事的，我们经理一眼就看出他是个能干人，不像我。"允红说："那是，谁像你。"金建中说："我也知道我这个人不行，没有办法。"允红说："你帮别人办事就有办法。"金建中说："也是奇怪，我自己的事情就是打不起精神来，帮别人办事就有劲。"小秀听了直笑。金建中看她一眼，说："有什么好笑的。"允红说："排骨你其实也可以弄点正经事情做做。"金建中说："正经事情，我帮小江介绍生意不是正经事情呀？"允红摇了摇头，说："没有办法。"

又到了淡季，允红和金建中上街去看家具。允红说："去年这时候，我和小江一起来看家具。"金建中轻轻叹了一口气，说："其实小江人真是很好的，也能干。"允红说："这时候你还说这样的话。"金建中想了想，说："我这话没有说错呀。"允红说："有你这样的人。"他们一起到家具店，家具品种很多，他们转了一圈，走出来。允红说："你看中哪一套？"金建中说："什么？"允红说："你是不是来看家具的？"金建中说："是看家具。"允红说："那你看了怎么样？你到底在想什么？"金建中指了指旁边，说："你等一等。"就走过去。允红看那边有人在往一辆大卡车上搬家具，人少东西多，一只三联的大橱，眼看就难上车，金建中过去帮把手，把大橱弄上了车，又帮着把别的东西一一搬上去。搬完了，有人问他："你是娟娟的表兄？"金建中说："谁？"那人认真地看看他，说："噢，弄错了，你是娟娟的同事？"金建中说："谁？谁是娟娟？"那人又看看他，说："你不是娟娟叫来帮忙的？"金建中笑起来，说："不是，我看你们弄不上去，来帮一下手的，我们也是来看家具的。"那人感激地说："谢谢，谢谢。"金建中说："有什么好谢。"过来和允红一起走出家具店。

允红说："问你看中哪一套，要定就定下来。"金建中说："我不记得，看也看花了眼。"允红说："跟你没商量。"金建中说："我真是说不出来。"允红说："你以前不是这样对我的。"金建中说："什么？什么以前？"允红说："不说了，没有以前的事。"他们一起回来，看到小江在理发店等着。允红朝小江笑笑。小江没有表情，只是看到金建中后才笑了一下，说："排骨，我正找你有事情。"金建中说："什么事情？"小江说："大蒜头是你师兄？"金建中说："是。"小江说："跟你关系怎么样？"金建中说："大蒜头，一级。"小江说："那就好，我有事情托他，你能不能介绍一下。"金建中起身说："一句话，这就走。"两人一起走出去，允红看着他们的背影，心里有一种说不出的味道。

隔了些日子，小江突然又来了。金建中不在，小江也不说话，只坐在那里抽烟，脸色很不好看。允红说："出了什么事情？"小江说："我找排骨说。"允红有点尴尬，但也不好再说什么，看看时间，说："快回来了。"小江说："我知道他什么时候回来。"听口气倒比允红还了解金建中的行踪。又坐一会儿，金建中果然回来了，见小江在，一脸的笑意，说："小江来了。"小江说："我要找你。"金建中说："有事情？"小江说："你给我介绍的好事情，你们那个经理，说话不算数。"金建中说："怎么？"小江拿出合同书说："有一条当时合同上没有写，但是双方意见是一致的，现在他们不承认了。"金建中说："这怎么行，怎么可以这样，生意不成仁义在。"小江说："你们那帮人，什么仁义呀。"金建中说："不可以这样的，我要去跟他们说。"小江说："我全赖在你身上了，人也是你介绍的，事情也是你介绍，你不出面说，我有什么办法。"金建中说："你放心就是，这事情我挑起来。"小江说："那我什么时候等你的回音？"金建中说："明天吧。"小江走后，允红说："合同上没有的事情，你说有用吗？"金建中说："没有用也要说得有用，怎么可以这样对待小江。"允红看着金建中，深深地叹了口气。

第二天金建中回来，允红问他事情怎么样。金建中说："经理是不够朋友，说合同上没有的事情一概不能承认。"允红说："我说的吧。"金建中说："人怎么能这样，一做生意就什么也没有了。"允红说："有几个像你的。"金建中说："我跟经理说理，你知道经理怎么样？"允红说："怎么样？"经理说："说我再吃里爬外，就要除我的名。你想想，哪有这样的。"允红说："不过想想经理的话也不是一点没有道理的，你是有点吃里爬外。"金建中说："我总不能不为朋友说话。"允红说："你这样的想法，也是拿你没有办法，除了名也是话该。"金建中说："除名不除名我倒不在乎，但是事情总是要弄明白，谁是谁非。"允红说："现在哪儿有法的，你们自己没有经验，怪得到谁？"金建中先是叹了口气，后来想想还是不甘心，说："我出去，再找找人。"金建中走了一会儿，小江来了。允红说："哎呀，刚刚走。"小江说："到哪里去了？"允红说："也不知道，只说是为你的那事情找人去了。"小江听了愣了好一会儿，后来他走近允红叫了一声："允红。"允红不知他要干什么，吓了一跳，说："什么？"小江说："排骨真是个好人。"允红张了张嘴，没有说出话来，她看到小江眼睛里有一层水。小江又说："允红，你找他是找对了。"说完小江就走了。允红的心却被小江的话触动了，久久地平静不下来。

到了这一年的年底，允红办婚事了，结婚那一天，来了很多客人，小江带着他的新婚妻子也来了。大概因为金建中不怎么能喝酒，朋友们也都原谅他，结果倒是小江成了主攻目标，金建中就一直为小江打掩护。大家说，排骨，我们没有攻你，算你的运气，你还帮别人。金建中说："小江的酒量我也有数，你们不能几个人攻他一个人的。"小江说："排骨，你放心，应付他们几个我还有把握。"一时大家兴起，吹起来，不一会儿就看着小江有了醉态。金建中开始出面帮小江代酒。大家说，你是主动出来的，到时不要让新娘怪我们。金建中说："哪里。"于是帮着小江喝下了一杯又一杯的酒，一直到大醉，被扶进新房，糊里糊涂睡了一个晚上。到天亮时一看，允红坐在床边，金建中起身，还没有明白是怎么回事。允红说："我们离吧。"金建中说："什么？"允红说："离。"金建中努力地想明白："离什么？"允红说："离婚。"金建中再一次睁大眼睛看着允红，说："你说离婚，谁离婚，谁和谁？"允红说："我，和你。"金建中笑起来说："允红，你又拿我寻开心。"允红说："没有寻开心。"金建中说："允红你怎么了，昨天我们才结的婚呀。"允红说："是。"金建中说："昨天结婚，今天离婚？"允红说："是。"金建中一手撑着头，想了想，最后说："为什么？"允红说："你连为什么你也不明白。"金建中说："我真的不明白。"允红掉下眼泪来，说："你这个人就是这样了，我拿你没有办法。"金建中咧嘴一笑，说："我也拿自己没有办法。"

　　他们后来还是离了婚，金建中虽然不愿意离婚，可是既然允红坚持，金建中也没有怎么反对，就离了。允红在这地方做满了两年的租约期，就搬到别的地方开店去了，这地方的店又租给了别人，也是开的理发店。

　　过了一段时间，允红也结了婚，后来又有了孩子。有一天允红抱着孩子上街走走，就走到这地方来了，她看到金建中正在理发店帮人洗头。允红站在门口看了一会儿。理发师不认得允红，说："你烫发？"允红摇摇头。这时候金建中抬起头来，看到是允红，很开心，说："是允红，你怎么来了。"允红说："抱小孩上街，顺便过来看看。"金建中说："是儿子？"允红说："女儿。"金建中说："对，女儿好，女儿贴肉，女儿是妈妈的小棉袄。"允红忍不住笑，笑了片刻，允红轻声说："你不恨我？"金建中好像没有听清，说："什么？"允红说："对不起。"金建中说："什么呀。"允红沉默了一会儿，后来她问金建中："你怎么样，有女朋友了？"金建中不好意思地一笑，说："正在谈着呢。"

晚　唱

一

　　甫桥小学教导主任余觉民退休在即，熟识的人见了面，有时候问一问，余教导有什么打算呀，或者说余老师以后准备做些什么呢，恐怕大家也是深知余觉民的脾性，闲不住的一个老先生。余教导则说，我没有什么打算，我不准备再做什么，我做了四十四年的小学教师，做得真是很倦了。

　　这是真的。余觉民十九岁到甫桥小学。一个人在一个地方做同样的工作，做四十几年，是要叫人厌倦的。余觉民从一个年轻的小伙子做成了一个弯腰驼背的老头子，余觉民把自己的青年时代、中年时代甚至老年时代的一部分都交给了甫桥小学。余教导对甫桥小学的贡献，当然是有目共睹，有口皆碑。甫桥小学对余教导一再挽留，以至于余教导一直到了六十三岁才办退休。甫桥小学其实是很想给余教导办成离休的。但是这不可能。因为余教导虽然是在1949年以前参加工作，但那不算是革命工作，何况余教导在某一段历史上，还有一些污迹。

当初余教导在进成师范读书的时候，参加过一个读书会，读书会本来是很正常的，年轻的学生，在课余时间，想多读一点书，成立一个松散性的组织，互帮互学，说到哪儿也是件好事，况且那时候，学校的读书会很多，各种名目。余觉民参加的这一个，叫"育才读书会"，现在回想起来，大约有十来个人，空下来读读康有为的《大同书》、梁启超的《自由说》《新民说》以及孙中山的文章，再有就是读一些报刊上有关教育的言论，议论议论"教育救国"这一类的话题。更多的时候，总在开什么联欢会、朗诵会，男生女生在一起，很快活。谁想到以后查出来这个读书会是三青团外围组织。既然三青团是很反动的，那么三青团的外围组织也好不到哪里去。余觉民后来在讲清问题的时候说，那时候学校里读书会是很多的，我哪里知道这个读书会是三青团的。回答说：既然那时候读书会很多，你为什么不参加我们共产党地下党的读书会，却要参加三青团的读书会，这说明还是有选择的嘛。至此，余觉民无话可说，而他的历史从此留下了那么一点永远抹不去的污迹。

办离休还是办退休，余教导并不很在乎。不管离休还是退休，余教导就要离开任职四十四年的甫桥小学。

虽然余教导说退休以后不想再做什么，但是一个人如果大半辈子忙过来，他不大可能中途停下来，他很可能会忙一辈子。其实余教导退休以后还是有很多事情可以做的。余教导是一个兴趣广泛、爱好颇多的人。从前余教导的爱好不明显是因为他没有时间。现在他有时间了，所以可以断定，余教导退休以后绝不会寂寞无聊的。

比如余教导喜欢下围棋，虽然他的棋艺不能算很高、很精深，水平大概在业余初段上下，在这一层次上的围棋爱好者甚多，所以余教导有好些旗鼓相当的棋友，他们常常来找余教导下棋。余教导有时候不能奉陪，如果他在第二天要上公开课，他在前一天晚上就不能下棋。余教导看棋友离去，心情沮丧，觉得很对不起人，以后慢慢地棋友就不大上门了。余教导在即将办退休时，给一些棋友分别写了信，并不明说，问个好，并告知退休在即，意思也就在其中了。

再比如余教导对喝茶很讲究，但余教导在退休之前并没有很好的条件来讲究喝茶之道。品茗，是一件雅事，要有雅趣和充裕的时间。余教导每天早晨起来，泡一杯茶装进提兜，骑自行车一路晃荡去上班，到了办公室，那茶自然已不再青绿，不再秀雅，而是一杯浑水了；倘若余教导到了学校再泡茶，茶叶倒是青绿，但是烫得喝不上嘴，待到茶稍凉，上课铃声响了，四十五分钟下课，茶又凉过了头。总之，余教导在甫桥小学任职期间，是谈不上品茗的，只是将就着喝，解解渴，润润嗓子而已。

余教导退休以后，就有整块的时间可以用来喝茶品茗，讲究茶道。在这个历史悠久的小城里，仍然保留着一些从前式样的茶馆，或者依街临水，一弯小河从窗下流过，或是前后天井，天井里有一丛篁竹，几枝夹竹桃。虽然现在的小河水不再清爽，天井里也少了一些淡雅的情趣，但茶依旧清香。余教导退休以后，可以在一大早就到茶馆去喝茶，那里的茶客，都是一些闲居无所事事的老人，谈古论今，其中有的人，是有一些旧学底子的，余教导倘若去茶馆喝茶，总会有志同道合者的。当然这些还都是其次，关键在于，一个人喝茶，只能品其茶味，而难以讲其道。余教导因为喜欢喝茶，对于茶道他是很注意的。许多年来，余教导陆续收集了一些关于茶和茶道的文章、资料，他熟读被称为"茶神"的唐人陆羽所写的世界上最早的茶叶专著《茶经》，唐朝诗人顾况的《茶赋》，宋代蔡襄的《茶录》等；对于古人在诗词文赋中提及的茶的诗词句子他是每见必录。早的有如《宋雅·释木》中关于茶的记载，西汉王褒《僮约》中提到的"武阳买茶""烹茶尽具"，《三国志》中关于饮茶、韦曜因酒量小而以茶代酒的故事，以及一些诗句，比如白居易"商人重利轻别离，前月浮梁买茶去"，苏东坡"从来佳茗似佳人"，等等。余教导总的说来是一个有心人。

如果余教导退休下来，写一些关于茶的文章，也是很有意思的。

余教导如果写文章，首先当然是写给自己看的。但是如果文章写了仅仅给自己看，未免太狭窄了，倘若要想让更多的人看，就要发表出来。说到发表文章，对余教导来说并不困难，他在报社有一位好友叶昌群。

叶昌群和余教导不仅同龄、同学，在进成师范还参加了同一个读书会。叶昌群是《甫桥晚报》的老报人了，和余教导一样，他在晚报社工作了四十几年。这个城市一共有两份报纸，一份是日报，是党的市级机关报，主要刊登党的方针、政策、路线这一类的文章。这样的主导性报纸在一个地方是绝对不能没有的。当然因刊登内容所决定，党报的面目是不能太活跃的，太活跃了会让人觉得缺乏严肃性。但是太严肃了缺乏活跃性也是不平衡的，这样另一份报纸《甫桥晚报》就弥补了日报严肃有余而活泼不够的缺点。《甫桥晚报》有一个栏目叫《吴中闲谈》，这个栏目的文章，比较好写，因为比较自由、随意，框框比较少，生活中的一点感想啦，读书时的一点体会啦，对过去的一点回忆啦，对未来的一点展望啦，小杂文、小散文、议论、记叙什么都可以放在这个栏目里。《吴中闲谈》这个栏目开辟时间并不长，开始是很受欢迎的。晚报社如叶昌群这样的人，出面请了一些名家、大手笔写写文章，确实出手不凡，醇厚浓郁，读罢能让人久久回味。但时间一长，名家好手一一都写过来了，再约第二轮一则打扰人家，二则也不一定合适，弄得不好会被认为有同人刊物之嫌，就从自然来稿中选用，虽然也不乏一些好文章，但总体质量大不如先前。为此叶昌群有几次约老友余觉民的稿。余觉民这样的人，虽不能算名家，但文笔是很好的。叶昌群希望余教导能够百忙中抽闲撰稿，以解燃眉之急。余教导当然是要应允的，写文章本来是他生平最喜好的一件美事，但终因学校事情繁杂而一再爽约。叶昌群深知余教导的为人，也不会怪罪于他。本来写文章应该是一种轻松愉快的事情，想写就写，不想写就不写，能写就写，不能写就不写，如果弄得如同完成任务一样，就少一些自然之趣了。

　　已经说过叶昌群和余教导是同龄，也是六十有三的人了，他倒是在三年前就按时办了退休手续。因为叶昌群退休前是文艺部的副主任，他走开，就要选一个人来顶替他，但是为了这个副主任，报社好些同人伤了和气，弄得不大愉快，工作也不大上心。一时大有"走了张屠夫、吃了带毛猪"的趋势。叶昌群是四十几年的老报人，在《甫桥晚报》创办的时候，他就在报社了，经验丰富，而且思想不守旧，接受新事物比较快，所以后来晚报社干脆来了个返聘，请叶昌群再回文艺部工作，虽然名义上不能再做副主任，但实际上仍然做的原来的工作。

余教导写了关于茶和茶道的第一篇文章，拿到叶昌群这边。文章的题目是"茶中人生"，文章不长，总共千把字，写了三个内容：第一，写人生有如茶之甘苦浓酽；第二，写人生有如茶之甘甜耐品；第三，写人生如茶之清绝淡泊。叶昌群读罢，连连说："好文章，好文章，余兄笔力不减当年呀。"

余教导谦虚地说："叶兄过奖，我是一点雕虫小技，有当无的。"

就这样余教导退休以后的第一篇文章《茶中人生》很快就在《甫桥晚报》的《吴中闲谈》栏目中刊了出来。

读者的反应肯定是很好的，尤其是中老年读者，有时间读不到这种风格的文章，真叫人读了还想再读，欲罢不能。

根据读者的意见，叶昌群在报社文艺部开会的时候，提议请余觉民专辟一个关于茶的小栏目，每星期一篇，栏目名称就叫《星期茶话》。这个建议全体通过，大家受了余觉民《茶中人生》的启发，认为茶这样的东西，不是孤立的，谈茶就是谈人生，谈茶就是谈世道，谈茶就是谈七情六欲，谈茶就是谈五湖四海，由余觉民主持，肯定会大受欢迎的。

叶昌群把这个希望和要求带给余觉民。余教导说："你这老兄，叫我一个星期拿一篇出来，恐怕难以从命。"

叶昌群笑笑说："你能写，我知道，有关茶的资料，你搜集了那么多，有你写的。"

余教导说："你说的，资料又不是文章，文章要有好的观点，你叫我一个星期出一个新观点，难呢。"

叶昌群知道余觉民是很负责任的人，从来不肯拆烂污的，何况是为文，千人看、万人读的，余觉民绝不能敷衍的。叶昌群说："你要是有难处，我们可以再商量，或者改成两个星期一次，怎么样？"

余教导说："一个星期就一个星期，反正我现在也没有其他事情打扰。"

叶昌群说："那就太好了，你有时间到我那里，我们找几个人聊聊天，吹吹牛，我们有经验的，有许多观点、想法，都是在闲聊中出来的。"

余教导说："这个我知道。"

此后余教导在《甫桥晚报》成为一个栏目主持人，每次谈茶以及茶引申出去的各种事情、各种感想，比如他由茶写到从前的茶馆酒楼，沧桑茶馆，纵横酒楼，既写了风土民情，又有今昔比照，意味深长。比如他写茶的药疗作用，或者由茶写到茶具等，越写越有写头。

在甫桥小学，《甫桥晚报》基本上是人手一份。余教导从前的同事，看了余教导的文章，无不称赞。这多半也和余教导在任期间人缘好有关，有些人因为人缘不好，写了好文章也不被人承认。

已经说过茶这样东西不是孤立的，余教导的文章，虽是写茶，大都是谈的大家关心的事，尤其是知识分子关心的事，常常能说到人的心里去。甫桥小学余教导的同事，有的人现在还常常到余教导那边坐一坐，他们大都是余教导的学生，坐下来，总是要谈一谈余教导的文章，每次谈过，余教导总是备受鼓舞的。

一日下午，余教导一篇新作开了头，写得很畅顺，就听见有人敲门，开门一看，一个小伙子笑眯眯地站在门口，叫了一声："余教导。"

余教导愣了一下，随后也叫了一声："哎呀，是小吴。"

小吴是余教导的棋友，几年前在一次业余围棋比赛中相识，以后相交甚好。小吴的棋艺，要比余教导高一些，大概在业余二段水平。余教导和小吴对弈，一般是小吴让两子，让两子是各有胜负，如果只是让先的话，基本上是小吴赢。一般的人下棋，总愿意和自己水平差不多或者略高一些的对手下，这样棋艺才会提高得快。而小吴却常常来同比他略差一等的余教导下棋，小吴认为，虽然整体上余教导的棋还不如他，但余教导常常能下出许多出乎意料的妙着，他就是要来学这些别出心裁的东西。小吴是经过正规训练的棋手，少体校、青年队，一步一步走过来，他的棋很正规，一步一步都有套数，余教导的棋都是野路子，有时候根本没有什么路数，不讲规矩的。有人认为余教导这样下棋，不能作数。但以小吴的想法，管他正路子、野路子，能赢棋就好。

余教导看小吴上门，十分高兴，连忙泡茶，一边说："怎么，这么长时间不来，你好像胖了一点，我给你的信收到没有？"

小吴说："收到了。"

余教导说："收到了怎么不来，我退休了，不上班了，天天在家。"

小吴说："我很想来的，那一日遇见叶昌群老师，说你正在专心写文章，你的文章我都看了，我想就不来打扰你了。"

余教导说："你听他的，叶老兄怕你的本事被我学到，他就更弄不过我了。"

余教导和叶昌群是一起在进成师范开始学棋的，说起来又要归到那个读书会。读书会里有一个高年级同学，会围棋，就教大家都学。那时候对什么都有兴趣，连女同学也学。

余教导和叶昌群一起学棋，以后的四十几年，经历也大致相同。但是现在叶昌群的棋艺大大不如余教导了，两人若有兴致来两盘，叶昌群总是输得很惭愧，总是说余教导厉害，六十岁还长棋，少见。余教导则说，不是我六十长棋，是你退棋了。

现在余教导如果同叶昌群对弈，就觉得很乏味了，他是很希望常常和小吴这样的对手下棋的。

小吴略坐了一会儿，说："你正在写文章，我不打扰了，先走了。"

余教导说："你说得出，来了怎么能让你走。"

小吴说："影响你写文章。"

余教导把桌上的稿子推开，说："什么影响，我这把年纪了，难道还要赶什么命？不写也罢，反正说好不定期的，叶兄也不能来逼我。"

小吴说："说是不定期吗？我看每个星期都有的。"

余教导笑笑，说："不管他了，来吧。"

当下摆出棋盘。

余教导说："老规矩，让两子。"

小吴说："让两子你客气了，让先吧。"

余教导说："让先你客气了。"

互相谦让一番，还是取小吴的意思，让了先。

金边银角草肚皮，一般走棋，总是先走边角，余教导执黑，偏偏往当中一放。

小吴笑笑说："你这是武宫风格，宇宙流。"

余教导也笑笑，说："我是瞎走。"

这一盘棋，余教导布局还不错，但是到了中盘，就每况愈下，这一盘余教导输了，输得很快。

再来，余教导说："让两子，让两子。"

小吴笑笑。

让两子开始下。

这一次余教导下得十分谨慎，一直到中盘，双方仍是旗鼓相当，各不相让。可是中盘以后，余教导一着不慎，被小吴吃掉一条大龙，形势急转直下，余教导挣扎一番，无济于事，很快又输了第二盘。

余教导搓着手，连连说："生疏了，生疏了。"

小吴说："余教导你是不是有点走神？"

余教导说："没有没有。"

小吴不好意思地笑笑，站起来说："余教导，我走了，打扰了。"

余教导眼睛盯住那盘棋，嘴上说："不打扰，不打扰。"

小吴走出几步，停下来，说："噢，忘记告诉你了，我结婚了。"

余教导"噢"了一声，眼睛才离开了棋盘，问："什么时候？"

小吴说："有三个月了。"

余教导又说："噢。"

小吴说："今天我是顺道来看看你的，没有带糖，下次补。"

余教导笑起来，心里觉得有一块石头掉下了。

小吴的婚姻，是很不顺利的。小吴这个人经历很苦，从小失去母亲，父子俩也不知怎么过来的。小时候得了小儿麻痹症，没有及时治疗，留下了后遗症，右腿明显比左腿细，肌肉萎缩，个子也因此显得矮小，虽然还不算很严重，但是找女朋友很困难。到了三十岁，余教导也为他担心了，每次来下棋，总要问一问，小吴总是笑眯眯地说，不急。余教导倒是很急，他很想帮小吴介绍对象。可是因为工作忙，成天在甫桥小学，接触外界的面很窄。他有时候在报纸的中缝或者刊物的插页上看到征婚启事，就想让小吴到那上面找一找，或者干脆自己也登一个启事，但是又怕伤了小吴的自尊心，一直没有开口。现在小吴的婚姻大事已经解决，余教导当然开心。

余教导问小吴："新娘子，好吧？"

小吴说："还好，"停了一会儿，又说，"身体不大好。"

余教导问："没有什么病吧？"

小吴说："有是有一点，可能也算不上，说是心脏不大好。"

余教导说："那你要多照顾她。"

小吴说："是的。"

小吴走了以后，余教导本想收拾了棋盘棋子，写文章，可是面对那一个残局，心里怎么也摆脱不了，干脆复起盘来。

余教导复的当然是第二盘，第一盘他输得比较服气，而且从以往的战绩看，让先，他是绝对不可能赢的，所以输得不冤，但是让两子的第二盘，这么快就败下阵来，余教导有点不服气。

余教导记性很好，每一盘棋他基本上能一着不误地复出来。在复盘的过程中，余教导发现，由于贪吃，一心想擒对方一条龙，一时忘了自己气短，走了致命的一着错棋，反给对方吃了一条大龙去。

余教导不明白怎么走出这一着臭棋，怎么会有这一手败笔，怎么会有这样的思路，看起来还是基本功不硬，余教导想空下来还得多看看棋谱。他订了《围棋》《围棋天地》《棋乐》等等好几种报刊，买了不少围棋书，像《围棋死活杰作》《弃子的魔术》《鬼手·妙手》等，书刊上的棋谱，余教导每次看时，对于其中的路数、规矩，都觉得自己是深得要领的，甚至常常有一种大彻大悟的感觉。但是一到临场，什么路数什么规矩，都忘得干干净净，根本用不上。所以余教导觉得，还是要下功夫，熟读一些棋谱，加强基本功。小吴的棋，就是基本功扎实，临危不乱，步步为营，这是他要认真向小吴学习的。

复了盘，余教导收好棋盘棋子，看茶已经泡淡了，重新换了一杯。他平时一般喝的绿茶，都是从茶叶店里买来的当年的新茶，比如杭州的龙井、苏州的炒青、安徽的毛峰。当然一般不能买一二级的，总是四五级。买来放在装有石灰的缸里，可以保存一段时间，不会吸潮、走味，现在有了冰箱，放在冷藏室里保存，就更好了。待茶喝完，就买花茶喝，像茉莉花茶、黛黛花茶都喝。对花茶余教导也很喜欢，但总有一种想法，花固然是很香的，但有了花香盖过茶香，就不成其为茶了。余教导虽然对喝茶极为讲究，喜爱品呷，但又不过于固执，非好茶不喝，有时尴尬，茶叶末子、梗子也都能凑合着喝。

余教导重新坐到写字台前，续写那篇刚开了头的题为"茶与客"的文章。

文章的开头是这样的：来了客人，泡茶待客，主客相对，品其真趣，呷其真味，此乃人生之一大乐事。

余教导面对这个开头，苦苦思索半日不得一字以续，他想也许这个开头不利于下面的文章，便换了一个开头。

写道：相传从前有一出家人，有十二字诀窍，茶，泡茶，泡好茶，坐，请坐，请上坐。有客上门，分而等之，乃势利所致，此为好客者所不齿也。

写过之后，余教导就发现这个开头和那个开头完全不相及，他好像记不起在这篇《茶与客》中他要说些什么，脑子里乱糟糟的。

余教导索性丢开文章，拿起围棋书看起棋谱来，他的头脑一下子清醒了，那迷魂阵一般的棋谱，在余教导看来，是那么的奇妙神能，那么的贯通易懂，他觉得自己很快就融化在里边了。他想，这棋的魅力似乎比文章的魅力更大一些呢。

二

余教导吃过中饭坐在藤椅上打瞌睡。余教导做了一个梦，梦见从前的老邻居李凤霞拉着他的手喊他"觉民"，余教导心里很高兴，这时候就听见有人喊他，睁开眼睛一看，竟然真是李凤霞，不过不是喊他"觉民"，而是喊他"余教导"。余教导有点慌乱失措，瘟头瘟脑地起身，招呼李凤霞坐下，自己去洗了一把冷水脸，觉得精神好了一些。

余教导拿了茶杯要泡茶。李凤霞说："不泡了，我坐一坐就走，你坐吧。"

余教导就不去泡茶，坐下来，看着李凤霞，李凤霞却不看他，只是看着地上的青砖。

李凤霞是西泾镇人，西泾镇是太湖边的一个弹丸小镇，是名闻天下的苏绣的发源地，过去说的"闺阁家家架绣棚，妇姑人人习针巧",主要就是说的西泾这一带。李凤霞出生在这里,从小受影响,喜爱刺绣,她又是天生的聪明伶俐,手指灵巧,七八岁时的绣品就使长辈为之震惊,十二岁李凤霞绣出一幅以中国名画为蓝本的能够以假乱真的"春江图",父母见后,当机立断,送她出去深造。后来李凤霞毕业于丹阳正则女子艺专,绘画及手绣功底十分扎实。20 世纪 50 年代末刺绣总厂的一幅"百鸟朝凤"图,参加国际博览会获金质奖,就是李凤霞自己设计并且亲手绣成的。

从 50 年代起,李凤霞和余教导就是邻居,李凤霞有两个儿子,小儿子到黑龙江插队就在那边安家落户了。大儿子在本地农村插队,后来回城时没有合适的工作,就顶替母亲进了刺绣厂。李凤霞退休的时候,厂里念及她的贡献,不仅照顾她的儿子也进了设计室,还分了一套三室一厅的住房给她,以后李凤霞一家就搬走了。

余教导在李凤霞搬走之后,是时时念及她的,但因为工作忙,很少去看她。现在李凤霞来,余教导很高兴,说:"你,这一阵好吧?"

李凤霞说:"还好,你好吧?"

余教导说:"我还好,上次家麒来,厂里哪个人的小孩要进甫桥小学,我……"

李凤霞说:"我晓得了。"

余教导一时没有话说了。坐了一会儿,他问:"你是不是有什么事情?"

李凤霞就有点不开心,说:"没有事情,就不能来呀?"

余教导只好笑笑。

李凤霞又说:"我是有事情来的,从前我绣过一块方帕,是双鹤青松图。"

余教导说："你送给我的。"

李凤霞脸有点红，说："我想拿来看一看。"

余教导开玩笑，说："要讨还吗？"

李凤霞说："我最近画了几个样张，总不如意，我想找从前的样张看一看，找不到了，想问你借了看一看。"

余教导看看她，说："你歇歇吧，弄了几十年，你也不厌，还要弄呀。"

李凤霞说："在那边闷也闷死了，那种样子，你是晓得的。"

李凤霞那边的情形，余教导是有数的，那一家子，儿子媳妇，亲家母，家麒的女儿晓颖，家麟的女儿玲玲，今天你跟我斗气，明天她跟他闹意见，李凤霞身在其中，不胜烦闷。

余教导去打开箱子，找出李凤霞绣的那块方帕。水灰的底色，绿的松，白鹤红嘴，十分雅致清新。看到这块方帕，余教导和李凤霞想起了从前的一些事情。

当初余教导接受了李凤霞的手帕，曾配了一个镜框，挂起来，邻居们都以为要吃喜酒了。可惜他们错过了时间，一下子就是几十年过去，镜框也碎了。后来余教导重新配了镜框挂起来的时候，他的儿子女儿都长大成人、成家立业了。他们好像对方帕上"凤霞绣"三个字有些看法。

有时候儿子说："凤霞绣，谁是凤霞呀，这个名字好嫩气呢。"

女儿就说："就是李家姆妈呀，老太婆面孔上可以开泛了。"

余教导听了，自觉惭愧，摘下镜框，把方帕拿出来压在箱子里。

后来李凤霞一家搬走了，一转眼又是十来年。现在余教导和李凤霞对面相望，都已是半截黄土的人了。

余教导看李凤霞把那块方帕拿在手里翻来翻去，就说："你用过了，要还给我的吧？"

李凤霞终于看了余教导一眼，说："这是你的东西。"

余教导笑了一笑。

又停了一会儿，李凤霞说："我看到你写的文章了。"

余教导说："不值得提的，有日子不写文章，笔涩得很。"

李凤霞抿嘴一笑，说："你还是老样子，假客气。"

余教导有点发急，说："我没有假客气，我是真心话，这种文章，我知道，不过你我这样的老人看看，年轻人是不喜欢的。"

李凤霞说："家麒就很喜欢，家麒说还不知道余教导有这样的水平呢。"

余教导开心起来，盯住李凤霞看，说："你们家麒，对我们的事，怎么说法？"

李凤霞脸很红，好像有点生气，说："我们家麒，从来没有说三道四的，是你们余秀和余栋。"

余教导叹了口气，说："小辈有小辈的想法，也不好怪他们，他们贪图安逸。"

李凤霞眼圈有点红，说："什么想法，以为我是扫帚星？"

余教导连忙说："不是说你的，不是说你的，你不要多心。"

李凤霞说："我不多心，我有什么资格多心，我算什么？"

余教导不知说什么好。

李凤霞看看手表，说："我要走了，我是来跟你说一声的，我要到西泾镇的刺绣厂去，他们来招聘的。"

余教导愣了一会儿，说："你做什么？你要到乡下去？自己不想想，几何年纪了，不是小姑娘了，你不要命了？"

李凤霞说："我在家里再待下去，才是不要命了，还是出去做点事情，散散心。"

余教导有点感伤，说："不能不去啊？"

李凤霞说："合同也签好了。"

余教导叹息了一声。

李凤霞说："其实呀，我也是学你的样子，才想到要出去做点事情的。你看你退休下来，文章一篇连一篇，你有一篇文章我记得叫《清闲客》，批评一些人无所事事，茶水冲逝时光，是不是？我也应该寻一点事情做做，不然天天跟媳妇、亲家母憋气，太没有意思了。"

余教导说："唉，我的文章是写给别人看的呀。"

李凤霞说："我就是别人呀。"一边说一边起身告辞了。

李凤霞走了以后，余教导总是放心不下。过了几日，他忍不住到李凤霞家里去，找江家麒，听听他母亲下乡后的情况。

余教导去的时候，江家麒一家正在吃晚饭，余教导有点尴尬，坐在一边。江家麒捧了碗过来陪他，那边饭桌上，一堆女人正在叽叽喳喳地说话。

家麒的女儿江晓颖说："奶奶信上说，她们厂的厂长叫什么，你们猜，姓马，叫马什么？"

大家看看她，没有接她的话。

江晓颖又说："你们猜呀，叫马什么？笑死我了。"

大家又看她，不知她有什么好笑的。

江晓颖笑得喷出一口饭来，说："叫马女人，就是女人的女人，那两个字，好笑吧？"

只有江玲玲笑了一下，不过也没有开怀，只是"嘻"了一下。

江晓颖说："马女人马厂长是男的呀。"

江家麒的丈母娘突然说："这有什么稀奇？我从前认识一个男人，叫小 × 呢。"

江晓颖说："小 × 的 × 字怎么写？"

江家麒皱眉头，说："真无聊。"

丈母娘马上振作精神，说："你说什么？"

江家麒高挂免战牌，连忙转移目标，他问侄女："玲玲，今天你们摸底考试，考得怎么样？"

玲玲说："不怎么样。"

江家麒说："哪一门不好？"

玲玲说："外语不及格。"

江家麒有点急，说："你怎么搞的，错在哪里？"

玲玲说："听写翻译一分也没有拿到，45 分全扣光，洋屁放得太快。"

江家麒说："你怎么这样，听力不行，叫你多听多练，不是有小录音机给你么？叫你听的。"

玲玲冷笑一声，说："小录音机，在哪里？我怎么看不到？"

江家麒回头看看女儿。

江晓颖说："在我这里，怎么样？我也要听的，你不是考理科么，外语差一点，不要紧，我是要考外语专业的。"

江家麒说："玲玲马上要高考了，你还有两年呢，事情该有个轻重缓急吧。"

江玲玲说："她根本不是听外语，她是听音乐……"

江家麒说："晓颖你怎么这样？"

江晓颖并不理睬他，推开饭碗进了屋，一会儿出来了，换了衣服，手里拿着那只小录音机，耳机套在头上，说："拜拜啦，团活动啊。"走了出去。

江家麒干瞪眼。

这一家人的事，并不瞒余教导，因为是老邻居，瞒也没有意思。余教导看在眼里，心想，也难怪李凤霞要逃出去，这样的家庭实在是烦不过，他也就不再为李凤霞人到老年还出门做事而心中不安了。

以后余教导也不再去江家麒那儿打听李凤霞的事，他相信李凤霞到乡下总比在家里要开心一点。

余教导仍然给《甫桥晚报》写文章，主持《星期茶话》，他知道读者中有一个李凤霞，自然文章要更讲究一些的。

余教导的文章，写得津津有味，这是他最乐意的，安闲而有所为。余教导从前的学生施丽娟来找他，日子就有些不安闲了。

施丽娟是 50 年代初从甫桥小学毕业的，现在是旅游职业中专校长，也是甫桥小学毕业生中较为优秀的人物。

施丽娟也是看了余教导的文章才来的，她来请余教导给旅游中专的学生讲几堂关于茶道的课。

旅游职业中专有好几个专业，其中有烹饪专业、企管专业、导游专业，像这样的一些专业，对于茶与茶道的了解，似乎也是不可缺少的。这些学生，以后走上工作岗位，少不了要和茶打交道。在这以前，学校没有专门安排讲茶道的课程。

施丽娟那一日来，是坐了小轿车来的，她先到晚报社拉上叶昌群。施丽娟从车上下来，穿着时髦而又大方得体，风度仪表甚好，令余教导的一些邻居刮目相看，以为来了港台同胞。

施丽娟见了余教导，尊敬地躬一躬身，叫一声："余老师。"

施丽娟的嗓音还和以前一样清脆甜嫩，这使余教导想起那时候的情形。

余教导问叶昌群："你晓得她吧？施丽娟，是我们五三届的毕业生，校花呀。"

叶昌群笑笑。

施丽娟笑笑。

施丽娟说："余老师看你说的，还校花呢，老太婆了。"

余教导说："不说笑话，我在日报上看到介绍你的大块文章，你的爱国心，叫我们做老师的，也敬佩呢。"

日报介绍施丽娟，去年下半年留学期满以后，不管对方怎么热情挽留，怎样聘以高薪，毅然按期回国，为祖国四化建设做贡献。

施丽娟哈哈一笑说："你听记者吹呀，我实在是掉不下家里一家人呀。你帮我想想，一个老头子，两个儿子，三个光头，弄成什么人家了。我出去两年，家里你知道，被子都发霉了，我回来，屋里一股霉湿气。真是的。"

余教导和叶昌群都笑起来。

施丽娟是很忙的，稍稍扯了一会儿闲话，就言归正传。

余教导听了，连连摆手，说："这个不成，这个万万担当不起的。"

施丽娟说："有什么担当不起的，你教了四十几年的书，还有四十几年的教书经验，请你讲这几课，还不是小菜一碟呀。"

余教导说："我那四十几年，是教的小学生嘛，怎么可以给大学生上课？"

施丽娟说："余老师你的水平，我们都是了解的，叶老师你说是不是？一个人的水平不能跟他的工作职务等同的。"

言外之意，把余老师几十年放在小学里，是大材小用了。

余教导说："话不能这么说，我能把小学里的事情做好了，也是尽了力的，我现在是完成任务了。"

施丽娟说："余老师你从前常说，教书育人的任务是没有止境的，怎么就完成了呢？"

余教导笑起来，说："你这个施丽娟，还是这么会讲。"

余教导这么一说，这一笑，基本就是应允了。

三个人商量下来，决定先讲五课，试一试。每课两小时，内容也大体定下来，第一讲谈茶的起源和饮茶史。

待讲下五课来，视专业的要求和学生的反应再安排下面的课。施丽娟说如果成功，以后学校可以增设一门选修课，专门讲茶道。茶，这是一门大有讲究的学问呢。

讲课时间定得比较迟，余教导有一个多月的备课时间。余教导以为，这是绰绰有余的。可是想不到这一个月过得特别快，其间小吴来过两次，另外两个棋友各来一次，总共下了四次棋，时间一晃就过去了。讲课在即，余教导把备好的内容熟记了，他是胸有成竹的。

开课那天，是施丽娟派了小车来接余教导的。旅游职业中专是一所新办的学校，前后不过七八年。余教导进去以后，真是大开眼界。这是一所花圃般的校园，新楼房典雅而有特色。余教导想这都是在施丽娟的领导下办起来的。余教导愈是感叹自己的学生有所作为，就愈是惭愧自己一生虚度无所建树。

教室是阶梯形的，十分气派，听课的是烹饪专业三年级的两个班，有七八十人。

学生看到施校长亲自为讲课的老先生倒茶端盏，一时议论纷纷，猜测余教导是什么人。

到预备铃响，施丽娟才走了出去，刚出门却又匆匆地返回来，对余教导说：“这批学生，是毕业班的，学了三年，见多识广，有点傲气，你在他们面前不要过谦。”

余教导说：“这个我有数。”

施丽娟放心了。

开始上课的时候，余教导面对几十双乌黑的眼睛，心里难免有点把握不住的感觉，他清清嗓子，说：“同学们，你们好。”

下面一阵窃笑。

余教导意识到自己犯了一个错误，把他们当成小学生了，他马上调整了语气，说：“今天开始，我给大家讲茶。在一千多年以前，唐朝的陆羽，写了一部关于茶叶的书，叫《茶经》，这是世界上最早的茶叶专著，陆羽因此被后人称为茶神。《茶经》写于一千年以前，这是对我们国家古代饮茶史的一个总结。《茶经》中说：‘茶之为饮，发乎神农氏，闻于鲁周公。’也就是说，神农氏是第一个发现和利用茶的人，那么，这神农是什么样的人物呢……”

余教导停下来，喝了一口茶，换口气，又说：“那么神农氏是什么样的人物呢……”

　　结果笑声更大，使余教导有点手足无措，但余教导毕竟有四十几年的教龄，他有丰富的经验，他不动声色，让学生笑过以后，继续讲课。

　　下面的课，学生的精神就不大集中，课堂里有了杂声。余教导是很严格的，他上课是不允许下面有一点声音的。他几次停下来，暗示学生，他一停，学生的声音也停了。他再讲，学生又有了声音，如此几次反复，余教导也懒得再暗示他们，因为开小差的毕竟是少数，大部分人还是认真听讲的，这也就够了。求全则不全。

　　如此讲了两次，余教导急于想听一听学生的意见，和施丽娟约了时间。施丽娟先给班主任布置了任务，由班主任搜集学生的反应，向她汇报，她再和余教导交换看法。

　　学生总的认为余教导的课厚实而广博，内容丰富，但有的地方离题比较远了一点，比如说到三国时期江南地区饮茶已经成为生活中的常见公事，举的例子是《三国志·韦曜传》，说韦曜是孙皓的臣僚，因酒量不行，每逢宴会，孙皓特别宽待他，密赐以茶，让他以茶代酒。说到这里，完全可以了，因为已经说明了要说的观点。可是余教导却刹不住车，大谈起韦曜这个人来，又大谈三国中的其他人物，就有些离题。

　　余教导听了，自然也是忧喜参半，对于离题的意见，他也能虚心接受。他问施丽娟，学生究竟最想听什么。

　　施丽娟支吾了一会儿，说：“说出来你不要笑话，他们是实用主义，就想听一听，茶叶的优劣，泡茶的技术，怎样以茶待客，这些。”

　　余教导有些不悦，说：“那样的课，只要请茶馆店的跑堂来讲就可以了。"

施丽娟说："是这样的，可是……"

余教导说："其实学生是不明白，基础不打好，没有基本功，没有好的修养，没有好的素质，什么事情也做不好，就是做个跑堂也做不好。"

施丽娟说："道理确实这样，他们也懂，现在的学生，你跟他们讲道理，他们都懂。"

余教导叹息了一会儿，说："那么你看我是照准备好的讲稿讲呢，还是怎么办？"

施丽娟笑起来说："余教导你当然照你自己的讲，你想怎么讲就怎么讲，学生就是这样的，你不要太上心，你是有经验的。"

施丽娟话虽然是这么说，但余教导知道她是客气话。

下一课开始，余教导对大家说，即使做一个茶馆酒楼的跑堂，也不是很容易做的。他讲了从前茶馆酒楼堂倌的一些例子。

堂倌的职责是照应侍候顾客，你看他们肩搭毛巾，笑眯眯地等在店堂门口，迎客入座，揩椅抹桌，送茶斟酒，喝茶的，问一声，你要龙井，还是茉莉。看上去很简单很轻松，实际上这碗饭不是容易吃的，要有一套揣度茶客心理的本领，哪些是常客，哪些是临时客人，要心中有数。一般茶客的姓氏、职业，只要打过照面的，总要记得丝毫不错，才能保证不出差错。

余教导在讲这些内容的时候，学生倒是听得很认真，鸦雀无声。待到开始讲正课，下面又不安静了。

余教导别无他法，只好将就着把课讲完。

讲完预定的五课，余教导就收了场，跟施丽娟说了，施丽娟也不再强求，按规定付清了讲课费。讲课费相当高，出乎余教导的意外，倒叫余教导不好意思。

施丽娟说："这是标准，都是一样的。"

以后，余教导也不再外出讲课，只是在家中埋头写文章，也相当安闲有趣。

三

关于茶和茶道，能写出这些文章来，这是余教导原先自己也没有想到的。

文章写得多了，读者来信也多，在这个小城里，闲居的人甚多，读了文章，生出一点感想，随手写封信，寄到报社，再由报社转给作者，或者以此就和作者建立了某种联系。以后有些人到晚报求得余教导的地址，上门来和他交流切磋，余教导十分乐意，在交谈中，他得益匪浅。

读者的意见是各式各样的。先是表扬赞赏的多，以后就有了一些批评意见，批评的观点，大致认为，余觉民的文章，大为功利，喝茶本来是一件极轻松的、消遣排忧的乐事，许多人愿意整天孵在茶馆，就是想于品茗之中忘却烦恼，抛开烦躁的世事，故喝茶应该有淡如微风的感觉，才是真正的品香茗，沁心脾而忘忧虑。由此见来，余教导之关于茶与茶道的文章，反却把喝茶与人生世间的任何事情挂上钩，一则难免有牵强附会之嫌，另外把喝茶弄得有点火药味，实在有些败坏人的清静淡雅之趣。

对这样的批评，余教导认真考虑过，认为是很有道理的，他觉得很受启发，他想这大概是从前几十年，什么事情都上纲上线，对他的一种影响所致。他和叶昌群交换了看法。叶昌群也有所同感。在以后的文章里，余教导就注意尽量避免一种雕琢、刻意求"意"的东西，多一些自然之趣。

余教导写了一篇《茶趣》，谈自己对茶的爱好，常常是因为口渴，总要泡上一杯，放在书桌上，细细地看，深深地玩味，人自有一种融化在茶的色香味中的感觉……

叶昌群看过之后，却有些为难，他认为这篇文章从一个极端走向另一个极端，一味风花雪月，轻描淡写，远离生活。当然文章就茶议茶，这么写本身也是无可非议的。叶昌群担心的是主任那儿通不过。

叶昌群送审以后，主任果然有如此的意见，认为这一篇文章和余教导从前的文章，相去甚远，如出两人之手。

叶昌群把这个意见告诉余教导，他怕余教导的积极性受挫，一再说，不是文章的问题，从那一种风格，转到这一种风格，是要有一个过程的。

余教导当然不会因为这件事不高兴，他写文章的积极性绝不会因为这一下就受到影响，但问题是文章还要继续写下去，再往下，应该怎样写，余教导眼前有些茫然。

叶昌群深知余教导的心思，建议说，报社有几个记者，日内要去茶场采访，不如由他陪着余教导，一起走一走，说不定会有些启发的。

余教导很愿意出去走一走，当下和叶昌群约好，等叶昌群问明了出发日期，就来告诉他。

过了一日，叶昌群来了，说已经讲好了，第二日一早出发。

余教导问："坐班车，还是怎么走？"

叶昌群说："报社有车的。"

余教导"噢"了一声。

叶昌群说："要不要到你这里绕一下，来接你？"不等余教导回答，他又说，"这样吧，你这里离报社也不远，你慢慢走过来，准七点在报社门口等。"

余教导记住了。到第二天一早，他七点差十分就到了报社门口，一直等到七点二十分，仍不见人来，也不见叶昌群。余教导有点急，不知道是不是听错了时间地址。他看报社传达室里一位老同志老是朝他看，就走过去打听。传达室的老同志笑起来说："这位老同志，你没有经验，说七点出发，起码在七点半以后开始来，八点能走，就是好事。"

这样余教导就放了心，只要不是弄错了地方，多等一会儿无所谓。

果然到八点差十分，有一辆很漂亮的小面包车来了，在报社门口停下来。车门开了，叶昌群下来招呼余教导上车。余教导在车门口往车上一看，基本上都是年轻人，坐得满满的，除了叶昌群站起来空的那只位子，另外只有前排司机旁边有一只空位子了。

叶昌群说："你坐前边吧。"

车里有人说："哎，还有丁主任，前面是丁主任的。"

这样就少了一个座位，余教导有点尴尬。叶昌群说："没关系，在这边传达室借一张凳子。"

叶昌群从传达室拿了一张方凳，加在车厢过道里，然后让余教导坐了他的位子，他自己坐方凳。余教导很不过意，谦让了一番，还是坐了。

然后车子绕出一大段路，去接丁主任，从丁主任那儿出来，余教导看了一下手表，八点已经过五分了。

汽车在拥挤狭窄的小城旧街上爬行了二十几分钟，才出了城。一上公路，眼前开阔了，大家心情也开朗起来，谈笑风生。余教导和叶昌群基本上插不上嘴。后来有人问叶昌群："老叶，你这位朋友，哪里的？"

叶昌群说："他是余觉民。"

好像没有什么反应。

叶昌群又说："就是我们《星期茶话》的主持人。"

有人"哦"了一声，说："是作者。"

他们对《星期茶话》栏目好像没有什么深的印象。叶昌群对余教导说："他们是新闻部的，和我们不是一个部。"

隔行如隔山，也难怪。

一个多小时以后，到了太湖边的这个茶场。正是春茶上市季节，漫山遍野都看见有人在采茶。阳光、绿叶、起伏的山脉，余教导心里有点激动。

一群人到了场部。场长早已接了电话，在等待他们，人一到，就泡了新的碧螺春，杯子是透明玻璃的，没有花纹图案，专供喝碧螺春茶用，先加入80℃左右的开水，再撒放茶叶，但见色泽碧绿、细嫩蜷曲的茶叶沉下去，慢慢地伸展开来，茶水泛绿，不要说喝，就是看一眼，也让人舒服。

叶昌群找个空当，向场长介绍了余教导，说余教导对茶叶茶道很有研究。场长很客气地请余教导教，余教导说："不敢当，不敢当，我是来学习的。"

年轻的记者都笑了，场长也笑笑。然后场长就和丁主任聊起来，介绍当年春茶的情况，大约讲了二十分钟，大体情况就讲完了。丁主任和几个记者又问了几个问题，场长一一做了回答，然后大家收起笔记本，开始品茶，说一些赞扬的话，间或也开开玩笑，看上去他们和场长很熟。叶昌群和余教导在一边就像是陌生人。

茶过三杯，就淡了，这是碧螺春的特点，也是许多好茶的共同特点。因为嫩，所以不经泡。一看时间，十一点半，场长说："吃饭吃饭，今天是便饭啊，现在廉政，请各位多多包涵。"

大家只是笑。

一群人到了餐厅，就见一大圆桌摆着，冷盘已经放好，十二道小盘，菜有熏鱼、酱鸭、油鸡、海蜇、菠萝、蘑菇等，中间是一大盘油爆虾。

丁主任"哈哈"一笑，说："场长哎，你这叫廉政饭呀？"

场长笑笑，问服务员有什么酒。

服务员说什么酒都有。

场长回头征求丁主任意见，喝白酒还是喝啤酒。丁主任说："听你的，听你的。"

场长说："听我的，我当然要喝白酒。"

于是拿来白酒，另有啤酒和易拉罐饮料。

余教导是能喝一点白酒的，但他有点拘谨，不大好意思，就倒了一点饮料。叶昌群没有白酒的量，喝啤酒。

年轻人闹起酒来，兴致极大，各种名目的酒喝过来，大家有了几分醉意，却见两位老同志干巴巴地坐着，不动声色，有人就把矛头转到叶昌群身上，说："老叶今天不够朋友。"

叶昌群一再说不会喝白酒。他们又闹："老叶不喝，让老叶的朋友代喝。"

对准了余教导。

余教导一时兴起，就喝了一小杯，一旦开了戒，别人就不能轻易放过他了，一杯连一杯，你方敬过我又来，直把余教导灌得晕乎乎的，幸亏叶昌群在旁边一再劝阻，挡驾，要不然余教导就不知怎么收场了。

热炒有好几道，其中有几道和茶叶有关的，这是茶场的名菜。一道是"茶叶炒蛋"，利用喝剩下的碧螺春的汤叶炒鸡蛋，黄绿相映，清香扑鼻。另一道叫"碧螺虾仁"，虾仁居中，绿茶绕四周，犹似白玉镶翡翠，美味可口，别有风味。

酒足饭饱，又回到会议室，重新泡上茶，抽烟，然后就开始讲买茶叶的事。场长说，早已经给准备了，一人送一斤炒青，如果还要买，优惠价，有碧螺春，也有炒青。

一阵混乱之后，各人买了自己需要的数目。一看，都是买的炒青，十块钱一斤。场长不说什么，倒是开票的女会计，一再强调，这是一级炒青，市场价是五十块一斤。叶昌群和余教导各人买了两斤，加上场长送的一斤，共有三斤。茶叶是半斤装的，三斤茶叶有六包，拿在手里，很大的一堆，余教导觉得不好意思。

各人的账各人算，算清了。场长说："怎么，都不买碧螺春？我这里的碧螺春，久负盛名的。"

大家说："穷记者，买不起。"

丁主任犹豫了一会儿，说："我要一斤，不要一级，二级或者三级的都行。"

场长叫人去拿来，是二级，一斤收八十元。丁主任听了，愣了一下，说："喔哟，八十。"

场长说："今年又上了，二级的，国家牌价是一百二，我们向附近茶农收购，一百一。"

丁主任问："你们自己有茶场，还向农民收购？"

场长说："丁主任你不知道，我们场生产的碧螺春，每年虽也有几十担，但根本不够用，每年这时候，来的人有多少？中央的，省的，市的，县的，乡里书记来，一开口就是一大批，供不应求呀。二级的，今年供销部门向茶农收购是一百零五元，我们加一点价，才能抢到一点。"

大家听了都叹息。

丁主任说："是这样的，你们也难呀，每年要贴不少钱吧？"

场长苦笑说："那就不提了。"

丁主任说："唉，我这是私人买的，不好报销的，唉，八十块。"

场长笑笑，说："算了算了，七十吧。"

丁主任苦着脸。

场长咬咬牙，说："六十。"

丁主任这才去交钱。叶昌群、余教导和几个记者先走了出来。余教导听他们几个在说："丁主任这碧螺春是孝敬田总的，他自己是吃不起的。"

大家把茶叶放上车，就和场长告别。

余教导脱口说："怎么，就走了？"

大家朝他看。

余教导说："我还，还有不少问题要请教呢。"

大家又笑起来。

场长笑着说："下次来，下次来，欢迎下次来。"

挥手，上车。

回去的路上，大家昏昏欲睡，喝过酒，热闹过了，现在静下来，就想睡了。余教导头也有点晕，却不想睡。他看看大家大包小包地抱着茶叶，心里总有点内疚。他想算一算，今天这一趟，场里就贴了多少钱，可是算了半天，也没有算清，他知道总不是个小数目。

回到家里，余教导跟儿女们说起这次出差，感叹不已。儿女们也只是听听而已。

不过几日，《甫桥晚报》头版头条刊登了丁主任和另一位名记者合写的长篇通讯《今日茶乡风景独好》。余教导读了，十分感动，并且很佩服丁主任他们的才能，他想自己一趟茶场之行，除了买到几斤茶叶，几乎别无所获，确是有一点懊丧。

余教导看了丁主任他们的文章，其中介绍到茶场的茶叶，介绍碧螺春，也介绍了炒青，形容得十分诱人。余教导看了，当下就把在茶场买的茶叶取了出来，拆了包，泡上一杯，过了一会儿，呷一口茶，觉得味道不是很正。余教导拿过杯子，仔细看时，发现茶色并不是生青碧绿，而有些发黄，茶叶也很粗，有不少茶梗漂在水上。他又喝了几口，味道实在不怎么样，根本不像丁主任文章上写的什么香气鲜嫩，味甘鲜醇厚、爽口。余教导把茶叶包拿来看，上面明明写着一级炒青。余教导一时有些恍惚不解。

当日下晚，叶昌群来了。余教导说："你那茶，在茶场买的，喝了吗？"

叶昌群："喝了。"

余教导说："怎么样？"

叶昌群说："不怎么样。"

余教导说："怎么说是五十块钱一斤的一级炒青呢？"

叶昌群笑起来，说："什么一级炒青呀，不知四级五级还是六级呢。再说即使一级炒青，也不过卖二三十块钱一斤吧，他们几个人，到茶叶店去看过了，我们拿的这一种，大概十二块钱一斤。"

余教导说："那个女会计说，嘿嘿……"

叶昌群说："只有丁主任的那一斤碧螺春，是货真价实的……"

余教导听了直是摇头。

叶昌群来，是和余教导商量下面的稿子的事。余教导说："我现在好像难以为继了，是不是停一停再说？"

不再给《甫桥晚报》写文章，余教导一下子就轻松多了。轻松下来，就想下棋，常来的一些棋友，水平都在他之下，他没有大的兴趣，很想小吴来，可是小吴有很长时间不来了，他给小吴写了一封信去。

等了两天，没有等到小吴，却等到了江家麒。

余教导看到江家麒，也很高兴，说："你怎么有空？"

江家麒也不说什么客套话，告诉余教导，母亲到西泾刺绣厂以后，兴致很高，时隔不久，就通过从前刺绣研究所的一个熟人，介绍了一个外商的生意。这个外商是受美国好莱坞一位女明星委托，来订购四百幅女明星本人的绣像，为庆祝她从影三十年送人作纪念品的，要求根据女明星的照片，做出刺绣品来。李凤霞亲自弄出了样品，对方看过以后，十分满意，当即付了百分之十的定金。西泾厂就集中精力赶制四百幅绣像。绣像全部完成以后，却不见外商来取货交钱。后经多方打听，才知道出了事情。女明星因为涉及一桩丑闻，身价陡跌，不仅庆祝会成为泡影，几乎所有财产被法院判罚。女明星一时不知去向，外商在那一边找不到债主，这一头也不好向西泾厂交代，干脆也一走了之。

对西泾厂来说，一下子就损失了好几十万，这四百幅绣像，国内市场是根本销不掉的，要重新开辟国外市场，谈何容易？李凤霞为西泾厂办的第一件事，就得了这样的结果，越想越伤心，人变得呆钝钝的，眼睛发定。厂里担心她出问题，送她回来，回家以后，天天流泪，弄得一家老小不能安宁。

江家麒来找余教导，无非是想请他相帮劝劝。余教导当然义不容辞。他跟江家麒过去，就看见李凤霞坐在家里发愣，见了余教导好像不认识似的。

余教导在她面前坐下，一时也不知说什么好，他想来想去，不大好相劝。倘是自己碰上这种事情，也会想不开的。

干坐了一会儿，余教导看李凤霞桌上摆了一本书，他顺手拿来看看，是一本《乱针绣法》，书里还夹了些纸片。余教导一看，居然都是他写的那些文章。李凤霞剪了下来，夹在书里。

余教导看了，心里越发不好过，稍坐了一会儿，他就告辞了。

以后余教导一直放心不下李凤霞，想去看看，又怕去了没有什么说的，熬了几天，他又去了一次。

这次却不同了，一家人笑逐颜开，西泾刺绣厂那个叫马女人的厂长也在。余教导进去时，正听他在大夸美国女明星了不起，女强人什么的。原来，那位女明星并没有被丑闻打垮，很快又重整旗鼓，找个后台老板，庆祝会照开，四百幅绣像很快就提走了，西泾厂绝处逢生。

按照厂里和李凤霞订的合同，利润分成，李凤霞分得一大笔钱。

马厂长说："李师傅，你身体怎么样？倘是好一点，就下去啊。"

李凤霞点头。

江家麒却说："你省省吧，安逸点吧。"

马厂长说："哎，怎么省省呢，我们要靠她帮忙呢，厂里人都说李师傅是我们的救星呢。"

一家人笑起来。

余教导在一边插不上嘴，他觉得自己在这里是个多余的人。

后来在家里他和余秀、余栋闲谈，说起李凤霞应聘的事，说到她得了一大笔钱。

余秀、余栋互相看看，又朝父亲看看，什么也没有说。

余教导觉得很没趣。

小吴一直没有来，也没有回信。余教导有些生气，他想不到这个一向很谦和的小伙子会这样无礼，即使没有空来，也该给他个回音呀。

空闲的时间，余教导就看棋谱，看得兴起，就自己摆起来，一个人下棋，慢慢地觉得能运用一些规矩套数了，心中很是得意，急于想和厉害的棋手下几盘。

又过了些时间，小吴终于来了，面色很苍白。余教导还有些生气，就表现出一些冷淡来，淡淡地说："哦，你来了。"

这时候他就看见小吴左臂上戴着黑纱，他心里一惊，说："你家里谁……"

小吴看了一眼手臂上的黑纱，说："两个都没有保住。"

余教导"呀"了一声，愣了好半天，说："你妻子……"

小吴说："要是生下来，倒是个男孩呢。"

余教导说："怎么会，怎么会出这种事，怎么会？"

小吴说："医生原先是说过的，她心脏不好，不能要孩子。"

余教导说："既然这样，你为什么，你怎么可以……"

他说了一半停下来。

小吴低垂着眼睛，不说话。

余教导手抖抖地去泡茶，开水烫了手。

小吴说："来吧。"

余教导说："不来不来，我不来。"

小吴笑了一下，说："为什么？"

余教导闷着不说话。

小吴熟门熟路，自己把余教导的棋盘棋子拿出来，说："让先。"

余教导这回没有谦让。

一盘棋，余教导很快败下阵来。

老规矩，再来就是让两子，让两子余教导又很快败下阵来，后来又连来三盘让两子，都是余教导输棋。最后小吴说："余教导，你怎么回事？"

余教导并不明白，输也输得糊里糊涂。

小吴和余教导一起复盘，耐心地指出余教导的失误之处。

余教导一边复盘，却有些心不在焉，他突然问小吴："以后你怎么办？"

小吴说："过过再说吧。"

余教导看着小吴，突然又说："惨事啊，惨事啊……"说这话的时候，余教导眼睛有点红。

小吴喝了一口水，说："过去了，不提也就算了。"

余教导心里隐隐作痛。

小吴说："再来一盘，余教导你用点心。"

余教导说什么也不再来了。

小吴说："也好，往后有时间了，厂里照顾我，改做常日班了。"

这天夜里余教导送小吴出去，一直到小吴拐弯不见了影，余教导还在门外站了很久。

一　页

一

　　我没有见过我的外公，我外公在很长很长的时间里一直一个人住在老家南通。

　　我第一次回故乡是在我外公去世多年以后的一个雨季。那时候我外婆和我母亲也都已经不在人世。我常常独自心酸，一辈子和我最亲的人——她们先后离我而去，那些事情不说也罢。

　　我第一次回故乡是为了我们老家的房子，那房子不是我父系家族的，并不是说我父亲的家族里从来没有发生过与房子有关的事，但是那些事早已经成为过去，时间毫不留情地斩断了过去与现在的联系，关于我的父系家族的旧宅问题，也许要放在某一篇新历史小说中来反映。所谓的新历史小说似乎就是用现代人的眼睛去看历史的故事，不知这样理解有没有道理。现在的读者一般都愿意读新历史小说，我并不知道我有没有能力写那样的小说。

召唤我回故乡的老屋是我母系家族的房子，因此也可以说是我外公的房子。关于我的母系家族的家族史，我的一些母系家族的直系和旁系的亲友他们都希望我能写一写，我想这恐怕是不可能的事情，或者至少也应该是多年以后的事情，但是我想多年以后我一定不会写我的母系家族的家族史，因为了解我的母系家族家族史的人现在越来越少，以后会更少，一直少到没有。

我为了我外公的房子第一次回故乡，这动因说起来似乎有些难以启齿，但事情就是这样的，如果不是因为我外公的房子，我第一次回故乡的时间也许还要往后推几年或者更长一些。

现在来回忆关于我的从来没有见过面的外公的事情，我的感觉是已经为时过晚。现在可以向我提供我的外公的种种情况的只有我的两个舅舅，还有我的生活在南通老家的堂舅舅们。要特别说明的是也许还应该有我的父亲，但是我父亲似乎是一个不怎么喜欢忆旧的人，说起从前的事情他从来没有什么特殊的神情，这和我母系家族的人有着很大的区别。我母系家族的人们，一般都喜欢忆旧，他们说起从前的事情总是神采飞扬，在该沮丧的时候他们也会很沮丧，总之他们对于从前往事的感情色彩向来很浓，不知这是为什么。我的舅舅们都以一个"年"字排行，我想这种排行并不一定说明我的母系家族是一个优秀的庞大的家族，但是在我舅舅们的印象中，我的母系家族好像是很辉煌过一阵的，我的舅舅们他们有这样一些名字：檀年、栋年、杨年、桐年……不难看出，他们都拥有一片树木。

是不是在我母系家族中五行缺木，如果确实如此，每一个男丁的名字中都嵌入一棵名树，这样我的母系家族在五行循环中是不是走向另一个极端呢，在下一轮的繁衍生息中，也许就是五行缺金了，金克木。其实这里边的道理我是很难明白的，五行八卦是一门很深的学问，我想我这辈子是不敢弄懂它的。最近我的大舅舅从杭州来到我家，我向他问起我外公的事情，我大舅舅说，外公其实没有什么事情。我大舅舅的话像一段密码，在我的母系家族之外的人他们大概是不能明白的。

　　我在第一次回故乡的时候，走进了我外公许多年一直一个人住的那老屋，我的心情是不是有点激动，我想大概没有。我只是想起我外婆和我母亲在我小的时候常常说起的一些事情。我想象着我外公坐在朝南的堂屋里，我们家朝南的堂屋应该是很宽敞、很气派，屋中间还有很粗很粗的圆木柱子，我母亲和我的舅舅们小时候围着柱子捉迷藏，这是母亲告诉我的。从前在南通大家知道冯势徐财，我外公姓冯。我想象着我外公坐在堂屋中间的高高的红木太师椅上，指桑骂槐地折辱我的父亲，我想象我父亲那时候是个十七八岁的毛头小伙子，他寄人篱下住在他的继父的一个远亲家里。我父亲的继父的远亲是我母系家族中的一支，我父亲的继父的远亲那时候租了我外公家朝北的小屋居住，我父亲那时候在南通城里读书，他到他继父的远亲这里来玩，于是就走进了我外公的家门。我父亲第一次看到我母亲的时候，他心里有些什么想法我不知道，我和我父亲较少交流感情，在这一点上我大概更多地继承了我的父系家族的血统。我父亲看到我的母亲他的心就跳起来，这一点我想我用不着在征询我父亲的意见以后再写。我想象我父亲站在我外公家的门槛上，并且尽量地踮起脚跟，这是我母亲告诉我的，我父亲大概觉得他的个子不够高，身材不够魁梧。我母亲说这话的时候，抿着嘴一笑，我看到在我母亲的右脸颊有一个浅浅的酒窝。在我母亲后半辈子的生命中，苦难的阴影始终笼罩着她，笑容很少出现在她的脸上，她长年身患重病，其实在她前半辈子的生命中，也没有多少快活时光，但是我记得在她跟我说起往事的时候她笑了，我母亲的笑是那么的纯真美好。现在回想起来，我母亲像是一个永远也长不大的女孩，她曾经饱经风霜，她笑的时候总是带着一点害羞，她有一个不太深的酒窝，我继承了我母亲，我也有一个不太深的小酒窝，我不知道面相学上对这个酒窝怎么说法。她说我父亲那时候踮起脚跟朝里面张望不已，我外公很威严又很不屑地说，头顶的人家，脚踏的人家，很明显这是对我父亲寄人篱下的形象比喻。其实我父亲大可不必为此感到屈辱，其实我父系家族的历史和气势也许要比我母系家族的历史和气势要长得多大得多辉煌得多，只是到了我父亲那时候，家族败落了。这事情与我父亲无关，我爷爷死的时候，我父亲才七岁，在以后长长的几十年中，曾经有人说我父亲七岁就做了地主，向人收租，我想这也不是全无道理的，老地主死了，小地主就是地主，顺理成章，就像老皇帝死了，小皇帝就是皇帝，与年龄全无关系。作为土财主的我父亲，我的书香门第的外公当然是不屑一顾。在我外公想起来，我母亲一定像公主一样的高贵，事实上我母亲在她很年轻的时候，确实是很高贵。我母亲是女师的高才生，我母亲不费吹灰之力替我大舅舅做的作文让我大舅舅得了三个星，老师居然没有怀疑；我母亲自己编印的文学小册子到处流传。好多年以后我走上文学创作的道路，我母亲什么话也没有说，我一直不知道她对此有什么看法，现在我再也没有机会向我母亲问及此事。我永远也不再会有机会，我永远也不能明白我母亲对于我的事业的想法，我只是记得在我将要离开大学去搞专业创作的时候，许多人劝我留在高校，我母亲身患绝症，她躺在病床上对我说，你去吧，我就去了。现在来评判我那时候的行为属上策抑或是下策，好像还为时过早，但是，我想说我心无悔。那时候我母亲走到哪里，身后总有一串影子，他们或者不言不语，试图以优雅取胜，或者他们在我母亲背后说，手帕子掉了，以此换取我母亲的回眸一笑。我母亲跟着高年级的进步学生一起上街游行，喊着要民主要自由的口号，母亲年轻的脸激动得散发光芒，母亲告诉我后来她才知道谁谁谁是地下党，谁谁谁是三青团，我母亲在大操场唱《北风吹》，我想象我母亲那时候的骄傲。我外公坐在朝南堂屋高高的太师椅上，听着我母亲一边做作业一边唱歌，我外公心里真是涨满幸福。其实我父亲完全不必因为我外公的良好感觉而自惭形秽，事实上我外公家在我父亲出现的那段时期，也已经走过了他们的高峰时期，我外公已经把自己住的房间出租给别人，这就是一个最好的证明。现在回想起来，如果没有我父系家族的完全败落和我母系家族的下坡趋势，以后也就不会有我哥哥，也没有我。我父系家族的下坡趋势显然比我母系家族的下坡趋势来得更早些更快些。在我外公坐在高高的太师椅上鄙视我父亲的时候，我父亲并没有看出我外公家的这种趋势也已经来临，所以我父亲躲躲闪闪地偷偷地和我母亲接头，我母亲也大有大不了私奔的想法存在。其实时代到了那时候，我外公已经不可能一锤定音决定我母亲的终身大事了，我父亲和我母亲大可不必如临大敌，后来的事情也证明了这一点，后来在我母亲义无反顾地跟定我的一无所有的父亲时，我外公什么话也没有说。

在我自己的漫漫的人生道路上，我填写过许许多多的表格，这些表格后来越积越多，慢慢地就构成了我这个人，其实我们大家都是这样，我们被一沓表格塑造成现在的样子。在我1985年调动工作到新单位报到的时候，我们单位的领导对我说，你的档案我们看过了，你自己很干净，但是不要忘记思想改造，因为在你的入党志愿书上还写着"批邓反击右倾翻案风"。我那时候想象我的档案就是一沓发了黄的和没发黄的表格，我回想许多年来我在我的每一份表格的某一个栏目里总是老老实实规规矩矩地填上"历反"两个字，这两个触目惊心的字眼，是送给我外公的。在我入大学的第一天，我和许多同学一起在教室里填表格，在我写下"历反"两个字的时候，一位来自农村的同学问我"历反"是什么，我说历反就是历史反革命，我不知道我说话的时候是否有些恶狠狠的意思，大家哑口无言。我在插队时入党，支部大会上有人说你外公是历史反革命，立刻有另外的人说，虽然她外公历史上有些问题，但是她舅舅是党员，她外公如果有大问题，她舅舅怎么可能入党，于是我就被通过了。在许多年以后，文坛盛行算命看相，他们都说我命中有贵人相助，我回想我在农村入党时的情形，我不知那算不算贵人相助。在我的漫长的人生路上，我常常遇到贵人相助，对我好的人层出不穷，我的大舅舅他真是很了不起，我因为我外公的事情弄得好多年很有些抬不起头来的意思，而我外公不是我大舅舅的父亲吗，我大舅舅一生背负着这么一个沉重的包袱，他在司法战线工作了几十年。许多年以后我大舅舅感叹万分地对我说，我们那时候有什么说什么，真是连娘偷汉子爷做贼也向组织交代。我可以想象我大舅舅那许多年的日子和他的心情，我因此也能够明白我大舅舅为什么常常喝醉酒并且酒后大哭。现在我大舅舅嗜酒如命，一天三到四顿，但是他不再酒后大哭，我听到我大舅舅胸腔里终于吐出轻松的气息。有一阵子我也有过和我大舅舅一样的毛病，酒后大哭。这一段历史基本上无人知道，除了我哥哥现在还常常说起，但是说的毕竟和亲眼看到的效果不同。我的朋友们对于我曾经有过的酒后大哭实在是不能相信，他们看到的我总是在酒后咯咯咯地笑，觉得可爱无比，他们不愿意想象一个女人在酒后大哭的狼狈样子。现代的人们都甩掉了沉重的包袱，他们搬掉了压在头上的沉重的磨盘，活得轻松潇洒，以至于潇洒得有点轻骨头；说自己的祖宗是强盗，说爷爷是土匪奶奶是婊子，爸爸是婊子养的叔叔是杂种，说姥姥偷汉子姥爷做贼，说自己是流氓弟弟是强奸犯，说得无比自豪无比风光；再没有什么可说的了，就说我这是拿你们逗逗乐的，其实我奶奶是正儿八经的大家闺秀，真是好潇洒、好轻骨头。我在好多年以后，仍然想起我外公的事情，我问我大舅舅，外公到底有什么事情，我大舅舅说外公其实没有什么事情。

我想象我外公在漫长的岁月中，每个月的十五号坐在旧宅门前的小矮凳上，他翘首盼望一个身穿绿色制服的人骑着自行车从巷口过来，到了我外公面前他笑一笑，说："敲图章。"

我外公起身取图章，我想象我外公的动作一个月比一个月更迟缓一年比一年更麻木，然后我外公从邮递员手里接过一张填着"壹拾贰元整"的汇款单。我外公戴上眼镜，颤抖着手，仔仔细细看一遍汇款单上的笔迹，有一次汇款单上的字是我填的，我外公一眼就能看出来，他立即写了信来说我把他的名字中的一个字写错了，他说他的名字是"扬"，而不是"杨"。我至今不明白我外公为什么一看汇款单上那歪歪斜斜的字，就认定是我写的字，他为什么不认为是我哥哥的字。我想我外公一定是很喜欢我的，这与我母亲不无关系。在我外公的三个孩子中，我外公无疑最喜欢我母亲，我母亲是他的女儿，而我则是我母亲的女儿，我没有别的办法来评定我外公对于我的感觉，我只能如此胡乱推断。我想起我外公有一次写信来索取我的相片，他说他想看看外孙女长得什么样子，我不知道我外公为什么不想看看外孙是什么样子，我在以后许多年中一直对这个问题心存疑虑，后来我想，也许我哥哥的照片我母亲早已经给我外公寄去了，只是我不知道罢了。我外公向我母亲索取我的照片，可是那时候我基本上不拍什么照片，我们找了半天，只有一张我和另外两个农村姑娘一起拍的合影。那时候我们全家下放在农村，我们别无选择地专心地做着农民，我母亲把我和农村女孩子的合影剪开来，剪下一条我的形象寄给我的外公。后来我在我家的一堆旧照片中重新看到了那张照片，我不记得我外公收到夹着我的照片的信以后再给我母亲来信时对我怎么评价，我想象我外公看到他的外孙女长了那样一个模样一定哭笑不得，一定大失所望。在我外公的记忆中我母亲是高贵的公主，是仙女，因此我母亲的女儿就应该是一个小仙女；我外公他也许不知道我母亲在长期的艰辛生活中身上的高贵之气已经荡然无存，她的细细的双脚踏在农村的泥泞之中，而我作为我母亲的女儿自然和母亲一起做了农民。我外公不再对我寄予很大的期望。我外公看过汇款单的笔迹后，他叹息一声：这怎么够用哦。但是他的脸上露出一丝宽慰的笑意，然后他到邮局去取钱。每个月的十号我大舅舅领取工资以后就给我外婆寄来一张十七元的汇款单，我外婆从中取下五块钱，这是我大舅舅给我外婆的零用钱，我外婆再把十二块钱寄往南通老家，与此差不多的时间，我小舅舅他从另外一个地方给我外公寄去五块钱。在许多年里，我外公这十七元钱的生活费一直没有变化过。我想象当我外公从邮递员手里接过生活费的时候，他同时也接到了子女平安的消息，他一边牢骚满腹抱怨子女让他孤零零一个人度着贫苦的晚年，没有人陪伴没有人看望，生了病也没有人照顾，他抱怨子女不能再多给一点生活费。我外公过着一日三餐粗茶淡饭之外再不能有任何改变的生活，一年一年，不知重复了多少个日夜。我外公一边抱怨一边自己向自己诉说着子女的不是，但是他心中却在祈祷，我想他祈祷子女们平平安安，也许还希望子女们兴旺发达。据我的回忆，我母亲还有我大舅舅我小舅舅他们一般很少给我外公写信，所以每个月一次的汇款，就是我外公联系他的子女们的唯一纽带。我不知道在漫长的岁月里，这每月十五号的汇款是不是出过些差错，我想这是难免的，我想象我外公在到了时间接不到汇款时的心情一定很恶劣，他一边骂着我母亲我舅舅一边又心急如焚以为子女们出了什么事情。我虽然不能亲眼看到外公那时候的情形，但是我觉得我应该能够想象并且应该能够体验我外公的心情。

生活日渐艰难，这是我外公活着的最强烈的几乎可以说是唯一的感觉。从前家里留下的一些东西，能当的都当了，能卖的都卖了，我外公再也找不出一件值得让人看一眼的东西去换钱；我外公向我母亲和我舅舅提了增加生活费的要求没得到回答，于是我外公开始想办法。有一次我母亲接到我外公的信，我外公在信上说，房子是国家的，过去给我们家白住了，从现在开始要收租钱，我外公说他付不起房租。其实这样的理由是很经不起推敲的，房子的性质是早就确定了的，我母亲可能多少明白一点我外公玩的把戏，我母亲给我外公回信，她说既然国家要收房租，当然要交的，她让我外公把房租的收据寄过来。在下一封信里，我外公说，房租收据随信一起寄上，可是我母亲怎么也找不到收据，我母亲哭笑不得。我外婆说，江山易改本性难移。我外婆对我外公的本性看得很透吗，我不知道。许多年以后，我还能回想起我母亲满地寻找我外公寄来的房租收据的情形，我想那时候为什么我们不能挤一点点钱下来给外公过日子。其实我的想法根本不可能实现，我们家以及我的大舅舅我的小舅舅家我们都已经挤了又挤，不能再挤，这是毫无疑问的。我仔细回想那时候我们家在经济方面的窘迫之态使得我母亲已经不可能再顾及我外公了。我们在某一个年关到来的时候，家里已经没有一分多余的钱可以买年货，在大年三十的下午，我们突然收到我们家的一个亲戚寄来的五块钱。那亲戚我应该管她叫姨妈，是我的母系家族中的一支，确切地说是我外婆的姐姐的女儿。我外婆的姐姐的女儿在大年三十的下午给我们家寄来了五块钱，这真是喜从天降。我们以最快的速度赶在邮局关门之前领取了五块钱，又以最快的速度赶在商店关门之前去买柿饼黑枣花生水果糖。我记得我和我哥哥赶到食品店的时候，已是华灯初上。这事情许多年来一直缠绕在我的心头。我们家的经济困难累及了我们不能给我孤苦伶仃的外公稍许多一点点钱让他生活得稍微好一点点。据我父亲回忆，有很长一段时间，我父亲一想起"月底"两个字就魂飞魄散，后怕不已，其实每个月并不用等到月底才知道亏空，在每个月的下旬，我父亲就四处奔波筹借一家五口的伙食费。我想象我父亲厚着脸皮低垂着眼睛的样子。

等我父亲借到了钱，我们就到面店里去开一次荤，我们买五碗面条，其中有一碗是浇肉丝的，其余的都是光面。我们把浇肉丝的面条和四碗光面搅在一起，然后再重新分成五碗。我回想我曾经被母亲一次次派遣到旧货店去。有一次我母亲给了我一条土布格子裤子，我母亲说低于一块钱你就不卖。我走在旧货店铺吱嘎作响的旧式楼梯上，我心里并没有一丝一毫的难受和窘迫，我心里紧张而兴奋。结果那一次我母亲的估价失误，当我从旧货铺带回来的不是一块钱而是三块钱的时候，我兴奋到了顶点。在和平年代的动荡期中的一天，我跟着母亲上街买猪肉，我母亲刚刚称了一块猪肉拿在手里，正要付钱，突然四周响起了枪声，买肉的和卖肉的四下逃窜，我母亲一只手紧拉着我的手，另一只手紧紧抓着那块猪肉，我们一口气逃回家去，返身把门关紧。我和我母亲兴奋地向我外婆讲述不出钱买肉的经过。我现在把这些往事一一地捡起来其实并没有什么别的目的，我只是说我们家在那时候实在也拿不出更多一点点的钱来给我的外公，我舅舅他们也一样。于是我外公就想出一些办法来向我母亲和我舅舅他们榨取一点点钱。我不知道我外公这样做的时候，他心里是很矛盾，还是很坦然，好多好多年以后，我常常想，我外公要是还活着，我一定待他好一点，多给他一点钱。其实我的这种想法是不可靠的，就像我常常痛恨懊悔自己在母亲和外婆活着的时候没有待她们更好一点。人就是这样，要等失去以后才知道珍贵，但是如果有一天失去的东西复得了，却又不知道去珍惜。我常常后悔我的人生，我觉得我对不起我外婆和我母亲，但是如果她们今天还活着，还病着，又很老了，病得没完没了，老得不能动弹，我又会拿多少孝心去献给她们呢？我会嫌烦，我会很没有耐心，我会拿自己的事情做借口减少对她们应尽的责任，我对我的外公恐怕也是这样的一种心情吧。我为自己感到惭愧。

在漫长的岁月里，我外公一个人是怎么熬过一天又一天的，我能够想象我外公在漫长的日子里的某一个特定时间的形象，但是我无法把这许许多多特定的形象连接成一串历史。太阳升起来又落下去，月亮升起来又落下去，我外公每天早晨起来面对一个又一个完全相同的毫无新鲜感的沉闷日子，他活得怎么样我一点也想象不出来，或者说我没有能力面对那样的一段日子。我小舅舅曾经告诉过我，我外公在狱中的时候，我小舅舅去探望过我外公，不知为什么我小舅舅没有说起我外公在狱中的情形。我小舅舅告诉我，他给外公带了一串香蕉，和我外公同监的犯人，他们把我外公吃下来的香蕉皮吞进肚里。我小舅舅说，只是眼睛一眨，香蕉皮就没有了。我想我外公在狱中也一定吞过别人的香蕉皮，其实我外公在狱中待的时间并不很长，更长的更沉闷的日子是他出狱以后的日子。我外公的亲生子女我母亲我舅舅他们差不多和我外公断绝了关系，唯一连接着父亲和子女的就是那一张汇款单。我的老家的亲戚们也不敢和我外公来往，我外公每天早晨起来面对的是另一种监狱，他坐在破落不堪的小庭院里，听着乌鸦在头顶上盘旋聒噪，看着别人忙忙碌碌，大哭小叫，我外公是不是觉得他早已经成了一个世外的人了。我外公后来得了肺病，孤独和贫困侵驻了他的身体，在他的身体的某一部分蛀出一个空洞，再蛀一个空洞。我母亲到医院配了链霉素给我外公寄去。我看到母亲在寄药的小包裹里夹了一小包水果糖。我想我母亲也已经尽力而为了——我后来想，我外公的穷苦孤独和我外公的病一直伴延到我外公去世。

在我外婆生命的最后几年里，她常常对我说，我看到你外公来叫我去，他病了，病得很重，他要我回去，我应该回去了。我外婆在我生下来的那一年从南通老家出来以后，就一直没有回去。我外婆把我带大，我外婆对于我的偏爱我想这世界上在她之后再不会有人这么对待我。其实在我外婆对我说她看到我外公的时候，我外公已经不在人世了，只是我母亲我舅舅他们商量下来取得一致的意见，他们认为这事情不必告诉我外婆。我外婆那时候也已经很衰老，我母亲我舅舅他们认为没有必要再在我外婆布满创伤的心灵上再添一刀，能瞒就瞒，就像后来我母亲对我隐瞒了我外婆去世的消息一样。我不知道这是不是我母系家族的传统习惯。就这样我外婆一直到死也没有得到我外公的确切消息，但是很长的时间里我一直在想，我外婆到底是一无所知，被我们大家瞒住了，还是早就知道了一切，她只是不说罢了。这就像我母亲在她的生命的最后几年里，我们一直对她隐瞒着她的真实病情，我母亲一会儿充满信心，一会儿又万念俱灰。我也不知道我母亲对自己的病到底是怎么想的，她是充满希望走向另一个世界还是怀着绝望的心情离去，我再也无法得知。在我外婆常常对我说起我外公的时候，离我外婆的归期无疑也不太远了。其实我外婆和我外公这一对夫妻也许算不上什么和睦夫妻，他们的旧式婚姻以及他们各自的性格脾气决定了他们不能平平静静地走过他们共同的一生。他们只能在两地想念着对方，他们若是走到一起，无疑会吵得过不下去，他们在年轻的时候，已经明白了这一点。所以我外婆离开我外公之后，一走就走到了生命的尽头。但不管我外公和我外婆是怎么的合不来，我外婆对于她这一走就只能走到另一个世界去见我外公这样的一个结果大概也是始料未及的。

就这样我外公在无声无息中走完了他一生的路程。我母亲我大舅舅他们都没有去给我外公送葬，我小舅舅后来告诉我，我外公的后事主要是我的老家的堂舅舅帮助办的。我小舅舅反复告诉我一个道理，我堂舅舅真是个好人，我外公后半辈子一直受到我堂舅舅的关照。我外公自己的亲生子女不能为他送终，我外公的哥哥的孩子代替我外公自己的孩子做了应该做的事情。后来我在第一次回故乡的时候，见到我的堂舅舅，我很想听他说说我的外公，可是那一次的行程太急促，我堂舅舅也是希望我写一写我的母系家族的家族史的。

二

我为了我外公的房子第一次回我的故乡南通，南通是我父亲的家乡，也是我母亲的家乡，因此南通也是我的家乡，在过去的许多年里，尤其在我外婆和我母亲去世以后，我一听到南通话就有一种亲切不已的感觉。我常常很羡慕我的姨表姐妹们，她们说得一口流利正宗的南通话，我很担心时间再往前走，我会对南通话越来越陌生，我将一直走到我彻底听不懂南通话为止。我的姨表姐妹和我同一个曾外祖母，我的外婆和她们的外婆是亲姐妹，到了我的母亲，和她们的母亲就隔了一层，到了我和她们就隔了两层。在我外婆和我母亲健在的时候，我们常常和我们的姨表姐妹们来往，后来我们的来往越来越少。

虽然我为了我外公的房子回到故乡，但我外公的房子到底是怎么一回事情，其实一直到好多年以后我还是没有很明白我外公的房子究竟怎么了。关于房子的事情，有过许多专用语，比如没收、合营，又如出典出租，又如自住。我外公的房子是属于哪一种性质，我想这也许并不很重要，关键在于我外公去世好多年以后的某一天，那时候我外婆我母亲也都追随我外公去了，在这一天我的两个舅舅下决心要把老家的房子彻底地处理一下，我作为我外公的子女中我母亲这一脉的代表，跟着我的大舅舅和我的小舅舅一起回到故乡。

在过去的漫长的岁月里，我外婆和我母亲她们对于老家的思念是不是曾经很浓郁很强烈，我不是很清楚，我外婆和我母亲常常说起老家的许多事情，但她们有没有对我说过带我回老家看看或者类似的话，我努力回忆但是我记不得，好像她们从来没有说过，也许她们确实是有那样的想法，但是被我忽视了。在我和我外婆我母亲共同生活的年月里，我并没有继承我外婆我母亲她们的思乡之情，我想假如有机会，我外婆我母亲她们一定愿意带我回南通老家看一看的，可是这种机会永远不可能再有，我只能跟着我的舅舅回老家，我外婆我母亲她们化作一缕青烟，我相信她们已经随风飘扬回到故乡。据我母亲的回忆，我母亲老家的房子是三南一北一庭院的旧式格局，在我母亲的记忆中，这三南一北的房间宽敞而气派，而且我母亲印象中那一条街前后左右的房子都是同一个家族的。我想这不用怀疑，一个有相当气派的家族，在某一个城市的某一条街上拥有一大片的房子这一点也不足为奇。如果那时候我母系家族在那一条街上的房产像一个大棋盘，那么属于我外公的这一小套，不过是大棋盘上的一只小棋子罢了。这样的比喻不知是否把我的母系家族的气势烘得太大了些，但是我相信我外婆我母亲以及我外公他们都愿意这样比喻。在我第一次回老家的时候，我的母系家族中我外公这一支上，没有一个人居住在老家，也就是说在我外公的大大小小数十子孙中，没有人住在老家南通，我和我舅舅只能在我的堂舅舅家落脚。我堂舅舅告诉我，我的母系家族中出了许多人物，我想这很正常，每一个家族都会出很多的人物，我好像没有特殊的理由特别地为我的母系家族骄傲。

　　我堂舅舅是我外公的侄子，我堂舅舅管我外公叫四叔，关系就是这样的。我外公兄弟四人，我外公是老四，他的名字中有一个季字，这在旧时代旧式取名中是常常可见的。关于我堂舅舅的父亲，也就是我外公的二哥以及我外公的大哥三哥还有他们的后代，也就是我的另外许多堂舅舅堂姨妈他们的复杂的人生经历，我想那许多内容在我这一页的历史里已经容纳不了。我的关于第一次回故乡的文字记录，大概只能到我的特定的这一位堂舅舅为止。我记录关于我的这位特定的堂舅舅的一些事情，完全是为了我外公，我堂舅舅在我外公最后的几年里，他尽自己所能照顾我外公，尽可能使我外公少一些孤独多一些欢乐。我一见到我堂舅舅就肃然起敬，并且心里充满自责，不管我堂舅舅的父亲是做什么的，他是多么的了不起或并没有什么了不起，总之我的堂舅舅是个很普通的人，他拥有的是小人物的平凡善良真诚，他的南通话更体现出他的这种让人感动的本性。

　　关于我堂舅舅的记录是在我第一次回故乡以后的事情，当我跟着我的舅舅踏上老家南通土地的时候，我还不知道我有这么一位堂舅舅，我们沿着我舅舅的记忆往前走，一直走进我舅舅们的往事中。

　　雨季将临，天阴沉沉的，蓄满了雨水，雨将下未下，我跟着我舅舅在雨季开始的时候走进了我的舅舅们的往事，往事是一条长长的小石子上长着些青苔的小街，我跟着我的舅舅我们站在往事的边缘。往事的边缘有一棵高高的香樟树，这树也许已经很老很老。我想象此时此刻站在大树下的假如不是我而是我母亲或者我外婆，她们会对这棵老树有些什么想法，也许她们并不觉得这树更老了些，这树比起从前也许并不见得老到哪里去，如果换了我外婆我母亲，她们一定会想，一切都不是从前了，只有老树还是那样子，我想应该是那样的。在我母亲甚至我外婆那时候，这树已经是一棵很老的树了……有一只老鸦从头顶飞过，呱呱地叫着。我抬头看着树上的鸟窝，鸟窝高高地筑在树尖，随风摇摆，我突然想起了一篇小说的题目"风中的鸟窝"，这是我的一篇一直想写却从来没有写成的小说，前前后后开了十多个头，却没有一篇能往下写，这在我的写作生涯中是很少见的，我不知道这是为什么。"风中的鸟窝"这个想法得之于我家的保姆。有一天我和我家保姆一起站在我家的阳台上看天气，我说天气不怎么好，今年会不会发水呢？1991年的大水对我们每一个人来说仍然是记忆犹新的。我家保姆说，今年不会发大水，她说我看到鸟窝了，今年的鸟窝筑得高，我家保姆接着告诉我，鸟窝筑得高，风大，鸟窝筑得低，水大，这是农谚。我至今不能明白这农谚里蕴藏着什么道理，鸟这是在和自己作对还是和谁作对呢，风大，应该把鸟窝筑低一点才是。我问我家保姆，保姆说，鸟就是这样，它们的脾气大概很倔吧……于是我就想到了我的小说的题目"风中的鸟窝"，但是我始终没有写出这篇小说来，我努力想象我写不出这小说的原因大概就在于我本来就不应该写这篇小说吧……当我跟着我的舅舅们站在往事的边缘，我们听着老鸦在头顶飞来飞去叫唤。在民间，老百姓多半不喜欢乌鸦，普遍认为乌鸦是一种不吉利的鸟，关于乌鸦的种种说法也尽拣不好听的说。其实，我从我母亲我外婆她们在许多年中的关于往事的回忆中并没有听到她们对于乌鸦的评价，可以想象多少年来乌鸦一直在这里筑窝，好像并没有做出什么特别的不好，若是有什么特别的不好，我想我母亲我外婆她们一定会说出来。当然在我外公多年居住的这条小街，许多年来不好的事情也不是没有发生过，但是倘若这小街不好，别的小街也不见得会好到哪里去。这时候我听到我大舅舅在问我小舅舅，我大舅舅指着小街上的一扇门说，你记得刘全吗，你记得刘全的父亲抽鸦片把家败了吗？我小舅舅笑了一下，我小舅舅说该败落就败落了，和鸦片有什么关系呢。我想我小舅舅是对的，我想我母亲的家也一样，该破落就破落了，和乌鸦有什么关系呢。

在我母亲生命的最后几年中，有一年她的病突然有了起色。我母亲大喜过望，她在把家里堆积了许多年没干的家务活儿一一干完之后，她终于拿起了笔。她写道：在我自己到了快做外婆的时候，我常常想起我的外婆；她写道：小时候，我跟着母亲到我的外婆家去，我们乘坐一只小木船，母亲抱着弟弟，我睡在母亲脚边，小船从白天一直驶向黑夜，我在黑夜里紧紧靠在母亲身边，听着水流的声音……母亲唱起了《乌鸦歌》……

这《乌鸦歌》，似乎是我们家的传统教育歌，我在很小很小的时候，就听我的外婆和我的母亲唱，以至到了今天我外婆和我母亲去世多年，我还能清清楚楚一字不落地将这首歌背下来：乌鸦乌鸦对我说，乌鸦真正孝，乌鸦老了不能飞，对着小鸦啼；小鸦早起打食归，打食归来先喂母，母亲从前喂过我……

乌鸦在头顶盘旋，我想着我们家的人常常唱的《乌鸦歌》，想着我的已经故去的外婆外公和我母亲，我的心酸酸的。我跟着我的舅舅走进往事。

我外公的房子破落成这样子，这是我没有想到的，我想我的外婆和我的母亲她们几十年不回老家，她们一定想象不出老家的画面已经完全改变。我看着我大舅舅的脸，突然觉得我大舅舅有些尴尬，而我小舅舅却比较坦然，我想我小舅舅的镇定和坦然和我小舅舅这些年常常回来看看肯定是有关系的。我跟随着我的舅舅们走进了我外公的房子。

我茫然地站在我外公的院子里，我回头发现，从我外公的院子里可以看到街口的那棵大树，我想象我外公在他漫长的生命历程中，他每天坐在院子里看着树上的鸟窝，看着老鸦在头顶飞来飞去。我不知道我外公对此有什么想法，也许我外公什么想法也没有，漫长的生命历程里我外公唯一的想法就是一天一天地过下去。

从朝南的三间屋子中的一间里走出一个中年男人，他端着一盆水准备倒在院子里。他看到我的舅舅们就像看到了还乡团，我不知道我用还乡团这个词是不是准确，总之在我的印象中那中年的男人他十分惊诧并且有些慌张。他认识我的小舅舅，他打量我大舅舅的脸，后来他又端着那盆水回进屋去了。

我小舅舅说，我们走吧。

我和我大舅舅跟着我小舅舅，我们到了我外公房子背后的我堂舅舅的家。

当我们走进我堂舅舅家的时候，天开始下雨了。我堂舅舅事先已经知道我们要去，他家里已经摆开了一桌子南通家乡菜。我堂舅舅说，等你们半天了。我们吃着家乡菜的时候，雨越下越大，我堂舅舅家的某一处开始漏水。我堂舅舅说，房子太旧了，一下雨就漏。我堂舅舅家的人他们去拿了早就准备着的接水的器具放在漏雨的地方。我们继续吃着鲜美的家乡菜。其中有一道菜叫作蚶子，我不知道这是它的学名，还是俗称，我从小就听到我的父亲母亲以及我的外婆说一句老话，他们说蚶子不过江，以此来表示他们对于故乡的思念之情。现在我学着我的堂舅舅以及我的舅舅们，我像他们那样吃着不过江的蚶子，我想象在我外公生命的最后日子里他对于蚶子的感受是不是也很鲜美呢。蚶子在我外公还在人世的那时候，根本算不上特别珍贵的食物，只是到了现在，蚶子就和别的许多本来并不稀罕的海鲜一样珍贵起来。我想我外公那时候虽然生活十分困难，但是如果他想吃一点蚶子他还是能够吃到的，反而倒是我外婆和我母亲她们出了老家以后就再也没有尝到过老家的蚶子，她们只能在向孩子叙说的过程中，努力地回味蚶子的鲜美。

说实在的，我平时对于海鲜之类并没有十分地感兴趣，但是对于老家的蚶子，我却很愿意品尝。我想我的思乡情结也许有些矫情，我对于老家南通其实是没有什么切肤之感的，我所遗憾的只是我终于没有能见到我的外公一面。我现在只能从我堂舅舅那里了解我的外公，我了解我的外公并没有什么实在的目的，我并不想拿我的外公来写文章挣稿费，我也不是一个喜欢追寻过去的人，这一点我很像我的父亲而不像我的母亲。我对于我外公的了解，其实一切都出于偶然。我在我外公去世多年以后，回我外公的老家当然也是我自己的老家，为了我外公的房子，我开始了解一些和我外公有关的事情，这一切都很自然，基本上不存在什么匠心和雕琢。

我大舅舅和我小舅舅吃着家乡菜，他们感谢我的堂舅舅许多年来对我外公的照顾和关心。我堂舅舅说我很对不起他老人家，我没有能力让他过得更好一些。我听到我堂舅舅说这话的时候，我觉得自己无地自容，虽然这种无地自容也许矫情也许虚伪并且为时已晚，我想我的舅舅们他们也会有这样的感受。我堂舅舅说，叔父去世的时候，我在他的身边。

我堂舅舅的叔父就是我的外公这已经很清楚，我外公去世的时候，我堂舅舅守在他的身边，我外公是不是怨恨他的亲生子女以及他的嫡亲的第三代，或者我外公是不是怀着对子女以及对第三代的思念和关切离开人世的呢？如果我要了解我外公临终前的情形，我就得从我堂舅舅那里打听，但是我没有问我的堂舅舅，我只等着我堂舅舅说出来，如果他不说，我是不会问的。

我堂舅舅告诉我们，我外公的后半辈子生活的主题就是房子。这是很出乎我的意料的。我一直以为我外公后半辈子的生活主题应该是一天一天地过下去，而不是具体的房子、孩子或者别的什么。但是我想我堂舅舅一定不会无中生有，我现在确信我外公后半辈子的生命和生活的主题就是房子。

我外公的房子。

我的母系家族的房子。

我的曾经以为非常了不起的老家的房子。

我堂舅舅告诉我们，我外公后半辈子生命和生活的唯一主题就是卖房子。

我外公一直到他去世的时候他的问题并没有得到平反，虽然以后我大舅舅可以坦坦然然地对我说，你外公其实什么事情也没有，但是在过去的许多年里，我们家的人谁也不敢说这样的话，他们连在心里想都不敢这么偷偷地想一想。我外公一直到他去世仍然不知道他其实并没有罪，他也不知道房子是属于他的，我外公在根本不可能确认房子是属于他的情况下，一心想着卖掉自己的房子，这就是我外公生命的最后几年中的矛盾和痛苦。

这些情况除了我的堂舅舅之外，我小舅舅也略略知道一些。我小舅舅说，他去找过彭书记。

彭书记是我母亲的学生。我母亲当年从女师毕业以后，分配在市委机关学校当老师，这是女师毕业生们最向往的去处，这最好的去处给了我的母亲，于是我们不难想象我的母亲当年确实是很优秀。我母亲进了机关学校，那时候在机关里有许多不识字的或者识字很少的打下江山的工农干部，他们自然而然地成了我母亲的学生，他们不仅听我母亲讲课，而且很崇拜我的母亲。这使我母亲在好多年以后，在她年轻的风采早已一去不返，她躺在病床上回忆这一切的时候，脸上露出了喜悦的羞涩。我母亲说，他们中有许多人喜欢我，真的，我知道谁谁谁。可是我母亲并没有嫁一个大干部，我母亲义无反顾地跟我的一无所有的父亲走了，她毫不留情并且不懂得珍惜地斩断了他们对于她的仰慕钦佩和爱。其实我母亲她也许错了，有些东西她是没有办法斩断的。我母亲在跟了我的一无所有的父亲以后，她仍然为了她的家庭，去找过彭书记、张书记、李书记，他们一无怨言地帮助我的母亲，他们曾经帮助我的大舅舅隐瞒年龄让我大舅舅如愿以偿提前参了军；他们又给我的外公找到了工作，让他在一所重点中学担任教导主任，使我外公全家的生活有了着落；他们还帮助我的母亲让她在政治上不断地进步。在许多年以后，我回忆我母亲曾经给我讲过的这些往事，我的心底涌动着一股感激之情，这是真诚的。

我母亲终于扔下了帮助过她的和爱着她的人跟着我的父亲走了。帮助过她爱她的人与她爱的人这是不能混为一谈的，对于这一点我母亲始终很坚定，她没有动摇过。我常常想我能不能继承我母亲的这一个优点或者是缺点呢，我现在不敢说。

我母亲跟着我父亲离开他们的南通老家，到了南方的一个城市。

我想，我父亲和我母亲他们绝不会想到，他们这一走居然再也不能回老家，他们当时根本没有那份心思，那是一个十分激动人心的时代，谁也没有闲情逸致去反复地细细地体味什么是思乡，什么是怀念。他们只是跟着南下的部队一直往南走，往南走，一直走到他们的孩子也即我和我哥哥的出生地，南方的某个小城。

我大舅舅在稍稍晚一些的时候也离开了南通老家，他跟着他的部队也是一直往南走，往南走，一直走到南方的另一个城市。我大舅舅就在那里落脚生根，开始了他的艰难的曲折的因为我的外公的问题而不能舒舒展展过日子的一生。

我母亲的离开加上我大舅舅的离开，这对我外公的家庭来说，是一件好事，儿子和女儿都出息，都革命了，我外公应该高兴，应该自豪。而事实上据我母亲和我外婆的回忆，在我母亲做市委机关干部学校老师和我的大舅舅参军的时候，我外公的确满脸放光，他很自豪。我外公的邻居和亲戚都知道我母亲和我大舅舅在外面做大事。我小舅舅那时还小一些，还留在我外公身边念书，我外公在重点中学做教导主任，对他的能力来说是绰绰有余的。那一段时间，也许是我外公一生中活得最愉快最风光的时间。我现在想象那一段时光，我为我外公感到一阵轻松。

　　但是我外公的轻松愉快并没有能够维持很长的时间，据我母亲后来说，这一切的变化恰恰是因为我母亲和我大舅舅的离开，我母亲坚持认为，如果她和我大舅舅坚持不离开故乡，我外公以后的事情就完全不会朝那样的一个方向发展。我母亲这话我完全相信，但是事实上我母亲和我大舅舅他们都义无反顾地走了。

　　我外公老老实实地做人，勤勤恳恳地工作，他度过了第一次镇反，松了一口气，接着他又度过了第二次镇反，我母亲说我们全家都松了一口气。但是我外公最终还是没有能漏网。

　　我一直不知道我外公到底有什么问题，许多年以后，我大舅舅在喝了一点酒以后告诉我，你外公其实什么事情也没有，但是我仍然很想知道我外公的人生经历。我大舅舅告诉我，我外公毕业于一所商业学校，在旧政府的税务所办事，在日本人投降的前一个月，我的老家的某一个小镇上突然死了一个镇长，这镇长是我外公的一个亲戚，我外公去奔丧的时候，他们说，没有镇长，你来代替一下吧，年薪多少。我外公算了一下，这年薪还是比较可观的，于是我外公就答应下来。我外公做了一个月的伪镇长。我大舅舅和我母亲坚持说我外公绝对没有血案，他们一致认为不要说血案，我外公连鱼肉人民的事情也没有做。我母亲曾经努力回忆我外公是不是有过什么劣迹，但是我母亲说我外公真的没有什么劣迹，我外公是一个谨小慎微的人。我想我母亲我大舅舅也许并不认为我外公的思想觉悟有多高，他们只是觉得总共一个月的时间，我外公即使想做什么坏事也来不及做吧。并且我外公不是一个果断的人。当然在一个月的时间里，有人送些吃的什么在我想来这样的事情也许是会有的，新官上任，我母亲我大舅舅我小舅舅他们一定都吃过别人送给我外公的东西。那时候我外公是个镇长，也许算是有些地位。一个月后，日本人走了……这就是我外公的"伪镇长"的经历。日本人走后，我外公继续在国民党的税务部门做事，那时候我外公的收入一年比一年少，我外公家的情形一年比一年差，我外公家的祖传物品一件一件地进了当铺。一个政府日薄西山，一个家庭也日薄西山。

日薄西山的我外公的家，因为一个新政府的诞生而突然变得欣欣向荣，我外公我母亲我大舅舅我小舅舅以及我的外婆他们当然从心底里拥护，我母亲我大舅舅他们义无反顾地走了。

我母亲许多年来一直后悔，她认为一切都是因为她的离开造成的。

我外公在度过两次镇反以后，心情渐渐好起来，他在给我母亲写的信中已经开始透露好消息。我母亲和我外婆都很宽慰，也许她们本来就不必着急，我外公并没有什么事情。

突然有一天，下晚的时候，居民委员会来通知我外公参加会议。我外公如期去了，我外公走向居委会会场的时候他的心情还很坦然，那时候居委会常常开会，我外公早已经习以为常。我外公走进会场的时候，他并没有注意到大家看着他的那种目光和往日有什么不同，我外公找了一个位子坐下，他静静地等待会议的开始。这时候会场上突然站起一个女人来，这个女人我外公并不认得，她说了几句话，她说我外公是一个罪大恶极的伪镇长。我外公觉得莫名其妙，他想说我并不认得你，可是已经没有了我外公说话的余地，我外公还没有明白发生了什么事情，他被告知，今天你不能回家了。

我外公没有回家，他进了监狱。

这里面的前前后后的来龙去脉，都是在以后的日子里，我小舅舅回老家，从我的堂舅舅那里点点滴滴地听来，又点点滴滴地告诉我外婆我母亲和我大舅舅，再由我外婆我母亲和我大舅舅点点滴滴地告诉了我。当然他们并不是特意地要告诉我，只是我外婆我母亲我大舅舅他们在絮絮叨叨地说着这些往事的时候，被我听见了。

只有一次例外。

最近我大舅舅到我家，我向大舅舅问了当年的事，我大舅舅告诉了我。

我外公的脾气并不很好，他的邻里关系并不是很理想，曾经有人反复动员我外公的邻居出来揭发我外公的罪行，可是我外公的邻居中没有人愿意做这样的事情。我不知道这是为什么。我想象这里面可能有多种情形，或者我外公的邻居觉得我母亲和我大舅舅是一个遥远的谜，这个谜也许还有一定的威慑力，他们不敢；或者我外公的邻居他们确实认为我外公没有罪孽，他们不愿意陷害我外公，也或者还有别的诸多的原因。总之据我小舅舅回忆，我外公的邻居没有人出来揭发我外公，那个女人，我小舅舅我外婆我母亲我大舅舅他们一致认为那是一个根本不认得的女人。

我外公的命运就是这么改变的。

许多年以后，我大舅舅坦然地说你外公其实什么事情也没有，你外公所做的事情都是为了吃饭为了养家活口。这一点我是相信的，但是为了吃饭为了养家活口做下坏事的人也不是没有，所以我不敢保证我外公真的什么事情也没有。

我外公进监狱这是事实。

是冤假错案？我外公平反了没有？

我母亲在她的生命的最后几年，已经没有能力再顾及我外公的事情；我大舅舅一辈子为了我外公的事情抬不起头来，而他的工作特性又偏偏要他把头抬得高高的。我大舅舅在他很年轻很年轻的时候，他就是某一个大监狱的狱政科科长，在死刑犯不服判决的情况下，通常由我年轻的大舅舅去做说服工作。我大舅舅曾经给我们讲过许多他做死刑犯思想工作的事情，他说有的死刑犯暴跳如雷，有的死刑犯绝食，有的死刑犯要杀人，有的死刑犯大笑不止。我大舅舅在给他们做思想工作的时候，说你们应该明白你们是罪有应得，你们的死是自己造成的。我大舅舅在做狱政科科长期间所有的不服判决的死刑犯都被我大舅舅做通了工作，我大舅舅真是很了不起。我们都很崇拜我大舅舅，可是我不知道我大舅舅在给死刑犯做思想工作的时候，他有没有想到过同样关在监狱里的他的亲生父亲？我想我大舅舅一定常常想到，要不然我大舅舅怎么会酒后大哭。有一回他到北京出差，住在旅馆里，酒后大哭，抽烟把旅馆的毛毯烧了。我大舅舅常常想起我的外公，这是毫无疑问的，但是我大舅舅也没有能为我外公的事情前后奔走，为我外公奔走的只有我的小舅舅和我的堂舅舅。我的小舅舅在我外公去世以后，一心要替我外公平反。我的南通老家的亲戚都劝我小舅舅，人已经不在了，平反不平反已经没有意义。我小舅舅听不进去，他觉得平反和不平反是不一样的。关于我外公的事情最后到底有没有平反，我并不很清楚，我没有问过我的大舅舅和小舅舅。

　　我外公的房子是和他的经历紧紧地连在一起的。我外公入狱以后，我老家的三间朝南一间朝北的房子就被别人住了。我母亲我大舅舅以及我小舅舅他们都为我外公的命运的突变所惊呆，他们根本来不及考虑房子的事情，他们只是想象着我外公在监狱里怎么过日子的，仅此而已。那时代我母亲我大舅舅他们都把自己的一切交了出去，自己的一切以及自己家的一切，从物质到灵魂都交走了，至于老家的房子给什么人住，根本不在他们心上。

老家的房子到底是合营了，还是没收了，还是亲戚代为出租了，还是怎么了，我母亲我大舅舅我小舅舅他们在许多年里一直是糊里糊涂的。

在许多年以后，我就跟着我的糊里糊涂的大舅舅小舅舅回到了南通老家。我们为了我外公的房子回来了。

我堂舅舅告诉我们，我外公从监狱出来以后，就住在朝北的小屋里。朝北的小屋使我想象我父亲当年站在这里踮起脚跟朝南的大屋张望的情形，我想笑一下，但是我没有笑出来；朝北的小屋使我想得更多的是我外公的大半辈子被阴云笼罩着的生命。

朝北的小屋终年见不到阳光。朝北的小屋没有被没收，或者没收了后来又放还了？或者，我外公的全部的房子三南一北一直就是属于我外公的？我跟着我大舅舅和我小舅舅回老家南通就是为了弄清楚房子的事情吗？

我外公已经不可能再把房子的事情告诉我们，其实即使我外公还健在，他也未必能把房子的事情说清楚，现在关于我外公的房子，唯一能使我们弄清楚的只有我的堂舅舅了。

当年我外公命运突变的时候，我堂舅舅还很年轻，他并不一定清楚全部过程，但是我堂舅舅的母亲，也就是我外公的嫂嫂一直活着，关于我外公的许多事情，以及我外公的房子的事情，我堂舅舅就是从她老人家那里听来的。老人家如今躺在床上，但是头脑清醒，思路敏捷，说话层次分明。

我跟着我大舅舅我小舅舅走近老人家的床边，我们看到一个形容枯槁但双目炯炯有神的老人。我心里突然跳了一下，我想起我的外婆。

我外婆很瘦，我母亲也很瘦，现在我也是一个很瘦的人，我不知道这是不是遗传基因在起作用。在大家努力减肥的时候，朋友们看到我就说，呀，你太瘦了。现在我面对一个很瘦很瘦的老太太，我不仅想起我的外婆，我也许还想到我自己。

有关我外公的房子的事情将由我的堂舅舅向我们说出来，我堂舅舅告诉我们许多事情是老太太记忆中的事情。

我感谢老太太，我感谢她还活着。

三

根据我堂舅舅的叙述，我们渐渐地明白我外公的房子属于私房改造中错划没收的范围，按政策我们现在可以向有关部门提出改正的要求，这要求完全合理。我的舅舅们都觉得这一趟老家没有白回，他们和堂舅舅商量着应该找谁说明问题。

我堂舅舅认为应该直接找主管部门，不必再绕大圈子找别的什么人，比如市里的首长等。因为我堂舅舅对这一切是深有体会的，最后的事情还是落在具体单位。我堂舅舅还说，四叔曾经找过彭书记，但是他并没有见到彭书记。

我不知道我外公没有见到彭书记是因为彭书记不在还是因为彭书记不愿意见他，我也不必去弄明白，我想我堂舅舅的话是对的，我们应该直接找管房子的人。我堂舅舅说，街道房管所的人我都认得他们，听说你们要回来，我已经和他们简单地说过事情了，他们表示欢迎。我和我的两个舅舅一致认为，既然如此，我们直接到街道房管所就行。

我们在街道房管所进行得很顺利，他们替我们查了许多年前的档案材料，最后他们承认当年的房子问题是扩大化了的，现在我们提出改正的要求完全合理。我大舅舅和我小舅舅他们长长地出了一口气。

谈判的第一轮进行得很顺利，我们很快达成共识，根据政策，在私房改造的时候，按我外公当时所有的人口统计面积应该退还我们多少平方米的房子，在这一点上我们没有疑议。但是第二轮的谈判陷入僵局，那就是怎么处理这些退还的房子。

我大舅舅我小舅舅他们一致认为应该把房子归还给我们，但是房管所认为这是不可能的，根据规定，凡是没有本城户口的，私房一般不予归还，那些住在我外公家的房客都是最困难的房客，如果有办法他们早就搬走了。房管所给我们指出两条路：一条是把房子折价卖给公家，另一条是拖下去再说，拖到什么时候谁也说不准。

折价的房子三钱不值两钱，我大舅舅和我小舅舅认为这样就把我外公祖上的房子给卖了实在于心不忍，我大舅舅说我们宁可把房子要回来让我堂舅舅住。我堂舅舅家的住房相当困难，这在我到达我堂舅舅家我第一眼就看出来了，但是我堂舅舅红着脸说，我没有那个意思。我相信我堂舅舅真的没有那层意思，他帮助我们就像当年他帮助我外公一样。我堂舅舅很可能为了我外公家的房子而给街道房管所的同志留下一个不怎么好的印象，他们会不会以为是我堂舅舅在里边撺弄。我希望事情千万别如我想象的那样，如果那样我们真是害了我的堂舅舅，害了一个很好的好人。

其实事情并没有那样，街道房管所的同志和我堂舅舅熟悉得很，他们对我们家的情况从前的和后来的，对我外公以及我外公的几个子女的情况都很清楚。我大舅舅在向他们介绍我的时候，他们很惊讶，说，原来就是你呀，你写过一个反映大院老百姓生活的电视剧，我们都看了，我们想不到你就是你母亲的孩子，你为什么不写写你外公家的大院里的事情，那些事情很丰富，你堂舅舅可以向你提供，我们也都可以向你提供，冯家的事情我们都知道。

他们和我们拉起了家常，但是在房子的出路问题上他们寸步不让。我大舅舅我小舅舅和我堂舅舅他们商量了一下，说让我们回去再想想，我们几个人凑到一起回趟老家也是很不容易的，我们愿意这一次就把事情办清楚了。房管所的同志对我们的合作态度表示十分的感谢，他们说落实私房政策的事情很多，你们的通情达理使我们很感动。

我们一起回到我堂舅舅家里，我堂舅舅对我们的最后决定一直没有表态，他告诉我们我外公在他的最后几年里一直想卖掉他的房子，到处找买主，可没人相信他的话，大家都知道房子早被没收了。

我想象我外公坐在朝北的小屋门前，他看着街头大树上的鸟在风中摇摆，我外公那时候已经心如死灰。

房客们住着我外公的朝南的三间大屋，我外公住在朝北的小屋里，我外公一心要想收回他的朝南的三间大屋，可是我外公所有的努力都是白费力气。他和房客们的关系紧张，他在背后说房客们的坏话，他盼望着他的子女们回来给他出口气，可是他的子女们一直没有回来，于是他又开始骂他的子女，骂我母亲骂我大舅舅和我小舅舅。这些都是我堂舅舅的母亲说出来的。我堂舅舅并不愿意老太太把这些事情告诉我们，可是老太太愿意说，她说着这些话的时候枯槁的脸上竟然有了光彩。从老太太的放着光彩的脸上我突然想到我外公在他的生命的最后几年里也许并不是死灰一堆，他也有他的乐趣和他的斗志，我大概将他想象错了。

我大舅舅和我小舅舅继续商量着房子最后落实的问题，他们左右为难进退维谷，路只有两条，没有第三条，但是两条路我们都不想走。我的舅舅们在两条的夹缝中钻来钻去，企图再钻出一条新的出路。我说我到外面看看，其实我是想再到我外公的房子去看一看，我为了我外公的房子第一次回老家，我不能看一眼就走，我得多看几眼。

我绕过我堂舅舅家的后院来到我外公的院子里，当我站在我外公的院子里的时候，我真切地感受到一种气氛，一种压抑，院子里似乎弥漫着一种能浸入人的肉体和灵魂的气息。我不知这气息从何而来，是我外公留下的吗？我想应该是的。

这时候天又开始下雨，我躲在我外公家朝南三间屋的屋檐下。有一个女人从中间屋里走出来，她很和善地看着我。我显得有些慌张，我说我避一避雨。女人笑笑，女人说你是来看房子的吧。我只好承认。女人接着说这房子是危房，已经好多年没有修理，一到雨季我们就提心吊胆，许多年来我们已经说得不想再说了，我们一趟趟地跑房管部门，我们一次次地找人，可是总是没有人来看房子，他们只是说要修的，要修的，一定会修的，我们都已经不再寄托希望了，想不到你们真的来看房子了，可是雨季已经来临，现在修房子很麻烦。

　　我半天没有吱声，我想我最好还是不要表态。雨越下越大，雨水已经开始打湿我的鞋，女人说要不你进屋来躲一躲，这雨一下起来就像疯子似的。我摇摇头，我不敢直视女人的眼睛，我怕她看出我是什么人来，我甚至不敢随便开口说话，我一说话我就会露馅儿，我尽量地往墙脚边站着。我和女人一起站在我外公的屋前，我们一起看着雨水从天而降。

　　雨水越来越满，院子里的下水道的排水速度显然跟不上天掉下来的雨水，我们眼看着院子里积起水来。我有些慌张，我说这水下不去了，女人笑了一下，是下不去了。我们说着话的时候，水开始漫上走廊，水浸湿了我的鞋，我已经无路可去。女人微微笑着，她不慌不忙地抱出一些烂布将它们堆在我外公屋子的门槛上，急欲冲进门去的大水放慢了速度，可是并没有被彻底挡住，水顽强地向屋里渗透。我看着女人不急不忙的样子，我说水进去了。女人点点头，女人说屋里怕水的东西已经垫高了，不碍事。我朝屋里看的时候，屋里的水已经有了一寸高，雨继续下着，我和女人站在深深的水中，我们无奈地看着雨水横行霸道。

　　雨下了一阵又一阵，最后雨终于停了，女人笑着出了口气，说有事情做了。我惊异地看着她，女人走进自己屋里，她端了个小矮凳坐下，用一只舀水的瓢一瓢一瓢地将屋里的水往外舀，她的动作很机械也很轻松，她没有负担，家具都浸泡在水里，可是女人并不焦虑。债多不愁，虱多不痒，是不是这个道理呢。

　　我踩着积水回到我堂舅舅家，我堂舅舅家也已经汪洋一片。我听到我大舅舅在说，这雨水也不见得怎么大，怎么一下子就积这么多水。我堂舅舅说，每年都是这样，每年都有这样一些日子。接着

我小舅舅说，从前好像不是这样的，我们在家的时候，也下雨，也
下大雨，怎么不进水。我堂舅舅说，房子旧了，各个部位都老了，
不畅通了。

我外公的房子以及我外公的家族群的房子，它们都已经很老很
老了，我为了我外公的很老很老的房子回老家，我在我外公的老家
看到我堂舅舅一家人，我堂舅舅我堂舅母我堂表兄弟们，他们一起
欢笑着用舀水的瓢将屋里的水舀出去，我堂舅舅的母亲老太太躺在
床上看着她的子孙们忙碌，老太太的脸上有一种幸福的光彩。

后来我大舅舅和我小舅舅有很长的一段时间没有说话，他们闷
闷地抽着烟。我想象着我外公在他的生命的最后的日子里，我外公
面对大雨他是不是也像我的堂舅舅以及他的房客那样从容不迫。我
想象我外公也和他们一样拿着一个舀水的瓢将朝北小屋里的水一下
一下地舀出去，我外公在做着这些动作的时候，他心里是布满安详
还是充斥怨气。我努力想象我外公的形象，但是我的努力无济于事，
我外公在我的心目中始终没有一个鲜明的具象。我回忆我外婆和我
母亲对我外公的描述和评价。我外婆有一次偷偷地告诉我，她说你
外公是个白面书生；我母亲则认为我外公和我外婆的婚姻是一段不
相配也不幸福的婚姻，这一点我从我外婆几十年不回老家的行为中
能看出来；我母亲和我外婆一致认为我外公是一个脾气急躁但不多
说话的人。由此推断我外公在大雨中他的心情一定不能很悠闲，他
一边往屋外舀着水，一边也许正抱怨着什么……我现在渐渐地有些
明白，我在我外公的院子里感受到的那种气息那种压抑，一定是我
外公内心深处的某种情绪的流露，我外公虽然早已经去世，可是他
的气场仍然回荡在他的院子里，我感受到了。我想，作为我母亲的

孩子，作为我外公的第三代，从来没有见到过我外公的我，现在确实地感受到了我外公的气息。

这是一种带着永远的愧疚的感受。

我大舅舅和我小舅舅终于将烟掐灭。我大舅舅说，既然如此，我们也不要这房子了，卖了吧。

我小舅舅说，是的。

我堂舅舅惊讶地看我大舅舅和我小舅舅，他过了好半天才说，定了？

我大舅舅和我小舅舅都没有再说话。

我们把我外公的房子卖了，我们把卖得的钱平均分成四份，我大舅舅我小舅舅和我们家各分一份，最后的一份我大舅舅交给我堂舅舅，我堂舅舅坚决不收，这一份钱就一直放着。

卖了我外公的房子以后，我们的事算是办完了，我们没有必要再在老家待下去，我大舅舅我小舅舅以及我都有自己的事情要做，我们准备告别我的堂舅舅。我堂舅舅突然说，你们想不想到祖坟上看看。

我大舅舅我小舅舅和我都想去看一看，于是我堂舅舅领着我们一起来到郊外的我外公家的祖坟。大雨刚过，坟头的泥土被雨水冲刷了，露出一块石碑。我堂舅舅显得有些激动，他上前抹去石碑上的泥迹，我们看到石碑上写着：

冯氏西宗

十八代哲庐

燕京大学地理教授

我堂舅舅对我大舅舅和我小舅舅说，冯哲庐是我们的祖父。

是我大舅舅我小舅舅和我堂舅舅共同的祖父，是我外公的父亲。

我们都被这块在地底下埋了许多年的石碑震动了心灵，我想象我外公年轻的时候，白面书生，西装革履，学识渊博，感觉良好……

我们回到我堂舅舅家吃最后一顿晚饭，席间我们说着话，突然听到老太太在床上问，老四的房子怎么了？

我堂舅舅告诉老太太，四叔的房子处理给国家了。

老太太突然笑了起来，我看到她的没牙的嘴张得大大的。老太太说，老四的房子早就给老四卖了。

我堂舅舅说，老太太您可能记错了，四叔的房子是被没收的。

老太太又笑了一回，她坚持说，老四进去之前就把房子卖了。

老太太说的"进去"，我理解就是我外公进监狱，老太太的意思是说我外公在出事之前就已经把房子卖了。

我大舅舅我小舅舅和我堂舅舅他们面面相觑。

老太太最后又说了一遍，老四进去之前已经把房子卖了。

这就是说，我外公的房子和外公的经历并不如我想象的联系得那么紧？

这又是另一桩公案。

我不明白。

我的所有的有关我外公的想象也许都是错误的？

我不得而知，现在知道我外公的人越来越少，以后会更少，一直少到没有。